Knaus
K

Franz Xaver Roth

Falscher Mann

Wirtshauskrimi

Knaus

In Leuterding kennt jeder jeden. Daher sei der Hinweis erlaubt, dass alles, was der Autor erzählt, frei erfunden ist. Nichts stimmt, aber die Wallfahrtskirche in Neufahrn, die gibt es wirklich. Genau wie die Legende von der heiligen Kümmernis – die ist so gut, dass selbst der Autor sie nicht erfinden kann. Und zu guter Letzt: Das Champions-League-Finale dahoam, von dem im Hammer-Eck am Weihnachtsabend 2011 geträumt wird, haben die Bayern dann wirklich erreicht, aber leider verloren.

Verlag und Autor danken dem Diözesanmuseum Graz der Diözese Graz-Seckau für die freundliche Genehmigung der Abbildung des Kunstwerkes »Hl. Kümmernis/Wilgefortis«. Eine ikonografische Beschreibung dieses Bildtyps befindet sich im Anhang des Romans.

FSC
www.fsc.org
MIX
Papier aus verantwortungsvollen Quellen
FSC® C014496

Verlagsgruppe Random House FSC-DEU-0100
Das für dieses Buch verwendete
FSC®-zertifizierte Papier *Super Snowbright*
liefert Hellefoss AS, Hokksund, Norwegen.

1. Auflage

Gesetzt aus der Minion
von Buch-Werkstatt GmbH, Bad Aibling
Druck und Bindung: GGP Media GmbH, Pößneck
ISBN 978-3-8135-0474-3

www.knaus-verlag.de

Wir spielen am besten,
wenn der Gegner nicht da ist.

Otto Rehhagel

1

Im Hammer-Eck nahmen sie noch einen Absacker. Joe, Sammy und Faulhuber saßen vor ihren Gläsern, während Luginger auf dem Klavier verschiedene Beatles-Melodien klimperte. Nur Barbara war nicht mitgekommen. Lugingers Freundin war direkt von der Geburtstagsfeier der Volkshochschule nach Hause abgezwitschert, weil sie auf das zu erwartende Gute-Nacht-Programm in seiner Kneipe keine Lust hatte. Wenn du erst mal hinterm Tresen stehst, kommst du da nicht mehr weg, hatte sie gesagt. Und auf euer Männer-Gequatsche kann ich nach so einem schönen Abend erst recht verzichten.

»Soll das *A Hard Day's Night* gewesen sein?«, fragte Faulhuber, als Luginger den Klavierdeckel zuklappte.

»Klang mehr nach *Radar Love*«, meinte Joe.

Sammy lachte. »Hängt am Klavier, total verstimmt. Wartet ab, bis Franz das neue Album von Drafi Deutscher rauf- und runterspielt.«

»Der Mann ist tot«, brummte Faulhuber. »Kein schlechtes Wort über Drafi Deutscher.«

Luginger machte sich einen Espresso. Alkohol hatte er schon reichlich, 'ne Pfütze Kaffee würde ihm guttun.

»Wo steckt eigentlich Gernot?«, fragte Joe.

Stimmt, dachte Luginger. Gernot! Warum ist er nicht längst hier?

»Wird schon noch auftauchen«, meinte Faulhuber.

»Oder auch nicht«, erwiderte Joe. »Ich hab ihn gesehen, so gegen zehn. War heftig neben der Spur. Stand trotz der Kälte nur im Pullover mit seinem Rad an der Gartenstraße, nicht weit vom Bürgerhaus, und quatschte mit irgendeiner Frau. Keine Ahnung, wer das war.«

»Später hast ihn nicht mehr gesehen?«, fragte Luginger.

»Nee. Bin ja den ganzen Abend mit dem Taxi die gleiche Strecke gefahren. Von der Feier, also vom Bürgerhaus, nach Downtown und zurück. Kein Gernot, nirgends.«

»Sammy, mach noch mal 'ne Runde«, knurrte Faulhuber. »Irgendwie muss ich den Wein wegspülen, den die im Bürgerhaus ausgeschenkt haben.«

»Was trinkst auch so 'nen Mist.« Sammy kritzelte Striche auf Faulhubers Deckel.

»Wie geht's dem Pizzaofen?«, fragte Faulhuber.

»Franz zieht nicht mit. Pizza hat jeder, sagt er.«

»Bier auch. Und Moni?«

»Bei Ratenzahlung ja, alles cash auf die Hand no go.«

»So ist sie, die Hüterin des Grals«, murmelte Faulhuber und fischte eine Zigarette aus einem zerdrückten Päckchen. Joe gab ihm Feuer. Luginger rauchte eine mit und bemerkte, wie ihn Faulhuber anstarrte.

»Und?«, fragte Faulhuber.

»Und was?«, fragte Luginger zurück.

»Der Pizzaofen. Kaufst du den jetzt oder nicht?«

Luginger zog Nikotin durch die Lungen. Der Scheiß-Pizzaofen hatte ihm gerade noch gefehlt. Eine Gernot-Connection, Innsbruck, Restaurantauflösung. Sammy war begeistert gewesen, klasse Idee, hatte er gesagt, mal was Neues, Pizza im Hammer-Eck.

Luginger wollte aber nichts Neues. »Bleibt unklar«, brummte er Richtung Faulhuber.

Alle nickten.

Zigarettenqualm verdunkelte fahles Tresenlicht.

»Wir müssen uns um Gernot kümmern«, sagte Joe schließlich und kippte seinen Tequila runter. »Der treibt's gerad zu bunt.«

»Ist ein großer Junge«, sagte Faulhuber.

»Trinkt zu viel«, ergänzte Sammy.

»Wird Sorgen haben«, sagte Joe.

»Wer hat die nicht«, sagte Faulhuber.

»Dezember-Depression«, bemerkte Joe.

»Advents-Allergie«, meinte Faulhuber.

»Zu viel Glühwein«, frotzelte Sammy.

»Schönes Gespräch«, sagte Luginger.

Alle stöhnten.

»'ne Frauengeschichte«, sagte Joe.

»Glaub ich nicht«, erwiderte Faulhuber.

»Familienkram«, meinte Sammy.

»Mit Familie ist ja nicht viel«, sagte Luginger.

»Warum auch«, sagte Sammy. »Er hat ja uns.«

»Klatscht sich jeden Abend Gel ins Haar und steht auf der Matte«, brummte Luginger.

»Haarwasser«, verbesserte Faulhuber. »Haarwasser kommt anders. Haarwasser dätscht, Gel baut auf.«

Luginger drückte seine Kippe aus. Faulhuber legte nach: »Ist bestimmt halb so wild mit Gernot. Vielleicht könnte Erika mal mit ihm reden?«

Erika war nicht nur Joes Freundin, sondern auch die einzige Männerversteherin, die Luginger kannte.

»Keine schlechte Idee«, bemerkte Sammy. »Erika kann so was. Mit Männern in Krise. Ich meine, also, wenn es was zu reden gibt.«

Alle blickten zu Joe.

Joe hob sein Glas. »Ich werd's ausrichten.«

* * *

Als Luginger die Tresenbeleuchtung löschte, war es schon weit nach Mitternacht. Joe und Faulhuber waren nach Hause gegangen, und Sammy hatte sein Rad geschnappt, um zu einer Michelle zu fahren, ein Name, den Luginger noch nie gehört hatte. Sammy war nicht nur Lugingers Koch, sondern als einziger Schwarzer mit Waschbrettbody für viele Leuterdinger Frauen auch genau der Typ, den man nicht von der Bettkante schubste.

Luginger leerte den Aschenbecher und spülte die letzten Gläser. Er musste ins Bett. Mit dreiundfünfzig konnte er nur noch in seinem eigenen Laden zechen. Auswärts rissen ihn fünf, sechs Bier regelmäßig vom Hocker.

Mit einer letzten Zigarette zwischen den Lippen ließ er sich auf einen Stuhl fallen. Die Feier zum vierzigsten Geburtstag der Volkshochschule war in Ordnung gewesen. Die Musi hatte Rock und Pop aus grauer Vorzeit gespielt, und auf der Tanzfläche war richtig was los gewesen. Besonders Frau Murray, ihres Zeichens Vorsitzende von dem ganzen Laden, und ihr Göttergatte hatten für Stimmung gesorgt. Während der braun gebrannte Best Ager mit offenem Hemd und klasse Beinarbeit sich selbst schwindelig tanzte, hatte die Lady ihre Schuhe Richtung Bühne geschleudert und die Hüften geschwungen, dass es eine wahre Freude war. Tolle Figur, tolles Gebiss, hatte Faulhuber Luginger zugeraunt. Zwanzig Jahre Wiesbaden, fünfzehn Jahre Bonn, fünfzehn Jahre Japan. Und jetzt eben Leuterding. Will nur noch das viele Geld ausgeben, das ihr Mann als Gemüsehändler in Kioto gescheffelt hat. Sie macht so Gestecke, Franz, also Arrangements mit Blumen, Zweigen und allerlei Grünzeug, Ikebana, du weißt schon, hat sie dort drüben gelernt. Ikebana war Luginger egal, aber Faulhuber musste es ja wissen. Als Zahnarzt war er im Bilde. Wer anderen fünf Tage in der Woche im Mund rumfuhrwerkte, erfuhr so einiges. Später ging auch noch Schuberth ab wie Schmidts Katze. Sauberes Headbanging auf *Hells Bells*. Dazu nackter Oberkörper, Schweißfilm, gepolsterte Hüften und eine Power, die den Buchhändler mit schütterem Haar zum Star der letzten Feierstunde machte.

Plötzlich öffnete sich die Tür. Zuerst hörte Luginger nur Regen, dann stand Gernot völlig durchnässt im Lokal.

Als Luginger nur glotzte, sagte Gernot: »Du hast nicht abgeschlossen.«

»Was ist denn das für eine Scheiße«, rief Luginger. »Du bist ja nass bis auf die Haut!« Mittlerweile war er aufgestanden. »Sag mal, warst auf dem Kriegspfad?«

Luginger roch eine fürchterliche Fahne und sah Blut an Gernots Klamotten. Im nächsten Moment rutschte der kleine Mann Luginger in die Arme.

»He, Gernot! Bist fertig, oder was?«

Luginger hievte ihn auf einen Stuhl. »Wo kommt denn das Blut her? Bist mit deinem Radl abgestürzt?«

Blut an den Händen, Blut am Pullover und auf der Hose. Dazu eine aufgeplatzte Lippe und aufgeschürfte Finger. Gernot machte kurz die Augen auf.

»Bleib sitzen. Bin gleich zurück.«

Luginger wischte Gernots Gesicht und Hände mit einem Handtuch ab. Dann flößte er ihm Kaffee ein und schleppte seinen schmächtigen Körper auf die Holzbank unterm Fenster.

Vor dem Kneipeneingang lag Gernots Fahrrad. Es regnete in Strömen. Luginger schloss die Tür, zog den Tisch vor der Bank zur Seite, kniete sich hin und schlug Gernot auf die Backe. Der kleine Mann stöhnte auf, rülpste und sank zur Seite. Luginger lief nach oben in seine Wohnung, kam mit Pullover und Hose über der Schulter zurück und zog Gernot um. Schließlich legte er seinen Kopf auf ein Kissen und deckte ihn zu.

Er überlegte, was er tun solle. Er konnte Joe anrufen und Gernot heimbringen lassen. Faulhuber war auch eine Möglichkeit. Beide hatten aber zu viel getrunken. Blieben Moni und Barbara. Wer Barbara um diese Zeit weckte, bekam neben einer roten Karte zusätzlich ein Jahr Hausverbot. Moni würde kommen, weil Moni immer kam, wenn es brannte, doch würde sie Gernot dermaßen zur Schnecke machen, dass er selbst im Vollsuff und Tiefschlaf glauben musste, seine letzte Stunde habe geschlagen.

Luginger drehte die Heizung auf und stopfte die nassen Kleidungsstücke in eine Plastiktüte. Dann schob er den Tisch so nah an die Bank, dass Gernot nicht auf den Boden fallen konnte.

* * *

Am Morgen war Gernot verschwunden. Luginger ging nach draußen. Auch das Rad war weg. Ein kalter Ostwind blies letzte Herbstblätter über den Bürgersteig. Zurück im Haus, suchte Luginger sein Handy und versuchte Gernot anzurufen. Nichts.

Mit beiden Händen in den Anoraktaschen stapfte Luginger wenig später am Maibaum vorbei, bevor er in den Drachenweg einbog, um seine Mutter zu besuchen.

Anna Luginger saß zusammengesunken in ihrem Wohnzimmersessel. Luginger sah, wie ihre Hände zitterten. Neben ihr stand ein Adventskranz, der schon erste Nadeln verlor. Über Beine und Knie hatte die alte Frau eine Wolldecke gelegt.

»Morgen«, sagte Luginger.

Keine Antwort.

»Was ist? Du bist ja weiß wie die Wand, Mama.«

Keine Antwort.

»Ist was passiert? Hast Schmerzen?«

Anna schüttelte den Kopf.

»Hast dir auf die Zunge gebissen? Kannst nix mehr sagen?«

»Ein Traum, Bub. Ich träum so wirres Zeug.« Annas Hände umklammerten die Sessellehnen.

Luginger war erleichtert. »Dann geht's ja. Ich dacht schon, es wär was Ernstes.«

»Ich bin im Sarg gelegen. Und jeder hat was draufgeschaufelt. Ich hab's gehört, wie's geklatscht hat, die Erde, weißt. Ich war nicht tot, und die schütten mein Grab zu.«

Luginger strich ihr über den Kopf. »Träumst öfter in letzter Zeit?«

»Nur im Sessel. Wenn ich lieg, ist nix.«

»Da schläfst halt auch fest, im Sessel döst so rum.«

Zustimmendes Nicken. Lugingers Mutter war vierundachtzig und bis auf ihre andauernden Kniebeschwerden gut beieinander. Laufen fiel ihr schwer, also saß sie. Häufig verließ sie ihren Sessel nur, wenn sie in die Küche schlurfte oder aufs Klo musste.

»Hast was zum Frühstücken, Mama? Komm, ich mach uns Kaffee.«

»Später kannst Semmeln haben. Die Resi besorgt welche.«

»Wann ist sie denn los?«

Anna antwortete nicht. Luginger setzte Wasser auf, holte Filter und Filtertüte aus dem Schrank und packte beides auf eine Kanne, die schon zum Haushalt gehört hatte, als er ein Kind war.

»Ich hab Visionen«, rief seine Mutter plötzlich.

Luginger ging zurück ins Wohnzimmer. »Visionen hat nur Felix Magath«, sagte er ruhig und sah, wie Anna verständnislos die Augenbrauen hochzog. »Vergiss es, Mama. Magath ist Fußballtrainer und hat mal was Schönes über Visionen gesagt.«

»Ich seh Bilder, Franz. Ich sitz hier und seh Bilder, also von früher, gestochen scharf, der Papa zum Beispiel, oder du, wie du bei einem Fußballspiel als Bub vor lauter Ärger deinen Kakao umgeschmissen hast.«

»Fußballweltmeisterschaft, 1970 in Mexiko, Deutschland – Italien, Gianni Rivera, 4:3 in der Verlängerung.«

»Das weißt noch?«

Während Luginger durchs Wohnzimmer lief und die Temperatur des Heizkörpers prüfte, sagte er: »Klar, und ich hab keine Visionen, Mama. Ich erinner mich nur. Sag mal, musst sparen? Die Heizung ist ja nur lauwarm. Bei der Zimmertemperatur hätt ich auch Visionen. Mallorca oder Bali.«

»Ich frier halt immer. Da hilft die Heizung auch nix.«

Luginger hörte den Wasserkocher pfeifen. Auf dem Weg zur Küche läutete es. Mit offenem Mantel stand Resi vor der Tür und schwenkte aufgeregt ihre Einkaufstasche.

»Komm rein«, sagte Luginger. »Ist was?«

»Und ob, Franz. Und ob.«

Luginger nahm ihr die Tasche ab und sortierte Semmeln in einen Brotkorb. Dann hörte er Mamas Nachbarin im Wohnzimmer erzählen: »Wir haben eine Tote. Stell dir vor, im Krügerweg ist heut Nacht eine Frau gefunden worden. Die Kripo war da.«

»Eine Frau«, sagte Anna, und Luginger spürte, wie seine Mutter munterer wurde. »Ist sie von hier?«

»Also kennen tut sie niemand. Beim Bäcker eben hab ich den jungen Meier getroffen, der hat doch Musik gemacht, gestern auf der Feier von der Volkshochschule. Dann ist er mit seinem Bus heimgefahren und hat gesehen, wie am Parkhaus Leute rumgestanden sind. Das war um halb eins, hat er gesagt. Er hat Fotos gemacht. Du weißt doch, der macht Fotos für die Zeitung.«

Luginger stand zwischen Küche und Wohnzimmer. Aha, Alex! Wenn der vor Ort war, war klar, dass alle Bescheid wussten. Alexander Meier fotografierte in Leuterding und Umgebung alles und jeden. Keine Feier ohne Meier! Ob Schützenverein, Gemeinderat, Altersheim oder der Einzug der Trachtler zum Volksfest, Alex war immer dabei. Nur wenn er Schlagzeug spielte, wie gestern Abend, blieb die Kamera aus.

»Und Alex war schon so früh beim Bäcker?«, fragte Luginger.

Resi nickte.

»Was war denn mit der Frau?«, fragte er weiter.

»Ermordet, Franz. Meier meint, ermordet.«

Luginger sah, wie seine Mutter an ihren ausgefransten Ärmelenden rumfummelte. »Bei uns ein Mord«, murmelte sie. »Im Krügerweg, da am Parkhaus.«

Während Resi in die Küche marschierte, sagte Luginger: »Der Alex übertreibt bestimmt. Der will seine Fotos verkaufen. Und Mord in Leuterding klingt natürlich besser als Herzinfarkt oder angefahren oder irgend so was.«

»Die Frau muss schon älter gewesen sein«, rief Resi Richtung Wohnzimmer. »Genaues hat Meier nicht gewusst, aber jung war sie nimmer, und ganz schwarze Haar hat sie gehabt.«

Luginger half Anna aus ihrem Sessel. Resi stellte Butter und Marmelade auf den Küchentisch.

»Umgebracht, ja wie denn?«, fragte Anna.

»Die Polizei hat nix gesagt. Die wollen das für sich behalten, sagt Meier.«

»Tolle Story.« Luginger schlürfte Kaffee. »Und nichts Genaues weiß man nicht. Besser geht's nicht.«

* * *

Am Abend war das Hammer-Eck brechend voll. Moni stand hinter dem Tresen und zapfte, Sammy hantierte in der Küche, und Luginger kümmerte sich um die Gäste. Das Freitagabendspiel der Fußball-Bundesliga interessierte nur wenige. Leverkusen gegen Hoffenheim, ein müder Kick, der wie so oft nur als Untermalung der Kneipenstimmung diente. Viel interessanter war die Gerüchteküche um die tote Frau. Seit gestern Nacht hatten sich die spärlichen Informationen zum Leichenfund am S-Bahn-Parkhaus wie ein Lauffeuer verbreitet. Mal war die Frau aus Grafing, mal eine Ausländerin. Die einen waren sich sicher, dass sie erschossen wurde, andere sagten, sie habe sich bei einem Sturz vom Parkhaus das Genick gebrochen. Außerdem sollen bei der Leiche Zeichnungen gefunden worden sein, die verraten würden, wer für den Tod der Frau verantwortlich war.

Luginger schaute zur Leinwand. Kießling rannte einem Ball hinterher, der ins Seitenaus rutschte. Einwurf, Zweikampf, Hackentrick, Grätsche, Foul. Schürle legte sich den Ball zurecht. Gezänk und Gezeter.

Moni hatte vorhin als Erste gefragt, wo denn Gernot stecke, und Luginger hatte gemurmelt, er habe keine Ahnung. Fußball ohne Gernot ging nicht. Wenn einer hinguckte, dann er. Wer auch immer spielte, ob gut oder schlecht, Gernots Blick hing auf der Leinwand. Dass Luginger ihn im Lauf des Tages schon mehrfach zu erreichen versucht hatte, behielt er für sich.

Beim Stand von 1:0 für Leverkusen kam Faulhuber mit Erika im Schlepptau zur Tür hereinspaziert und steuerte direkt auf Moni zu.

»Wer spielt?«, fragte Faulhuber, während Erika sich bei Luginger unterhakte und nach Gernot fragte. »Faulhuber hat mich abgeholt. Nette Geste. Joe hat mir erzählt, dass ihr euch wegen Gernot Sorgen macht.«

Luginger nickte.

»Hätt ich nie gedacht, dass euch mal was anderes als die Tabellenführung der Bayern interessiert. Muss ja schlimm sein.«

»Du hast ihn doch auch gesehen die letzten Tage. So viel und so andauernd hat er noch nie geschluckt.«

»Oh Gott«, rief Faulhuber, und Luginger drehte sich zur Leinwand. Braafheid, ein Hoffenheimer Verteidiger, der auch mal bei den Bayern mitspielen durfte, hatte sein Gesicht tief in den nassen Leverkusener Rasen gebohrt.

»Vierkommaneun, vierkommaneun«, brummte Faulhuber. »Stolpert über die eigenen Haxen. Schlimmer geht's nimmer.«

»Gernot ist ja gar nicht da«, bemerkte Erika, nachdem sie sich umgeschaut hatte.

»Richtig«, sagte Moni und stellte ein Weißbier vor sie hin. »Wenn ich's nicht besser wüsste, würde ich sagen, Gernot hat da tot vorm Parkhaus gelegen.«

»Mach keine Witze«, flötete Erika.

»Komm schon, jeder weiß doch, dass er freitags immer kommt, selbst mit seinem Kopf unterm Arm.«

»Vielleicht traut er sich nicht, weil du ihn zur Sau gemacht hast.« Plötzlich stand Heider bei ihnen, und Luginger sah, wie Erika genüsslich durch Haare fuhr, die seit Modern Talking keinen anderen Schnitt mehr gesehen hatten. Lang, besonders hinten, und lockig, besonders künstlich. Heiders Frisur war alles in einem: Dieter Bohlen und Thomas Anders.

»Warum soll ihn Moni denn zusammengefaltet haben?«, fragte Erika.

»Wegen seines Deckels. Der ist nämlich höher als der Mount Everest.«

»Und du machst den jetzt flacher. So wendelsteinmäßig?«

Heider winkte ab, und als Sammy aus der Küche kam, fragte er: »Was gibt's zu essen?«

»Magst du Pizza?«, fragte Sammy.

»Seit wann machst du Pizza?«

»Wenn ich eine hätte, würdest du eine wollen?«

»Sofort, Mann. Aber hör auf mit deinem ›hätte‹ und ›würde‹.«

»Schnitzel, Semmel, Ketchup. Oder Wiener, Semmel, Ketchup. Wahlweise Senf.«

»Geil«, rief Heider. »Also Pizza Salami bitte.«

Halbzeitpfiff. Sammy verschwand in der Küche.

Moni schenkte sich Cola ein, und Luginger hörte sie fragen: »Hast du Gernot schon gesehen?«

»Ist krank«, sagte Heider.

»So krank, dass er nicht kommt, kann er gar nicht sein«, sagte Faulhuber.

Heider zupfte an seinen Haarspitzen. »Ich war im Baumarkt. Da war er nicht, und eine Kollegin hat gesagt, er ist krank.«

Während Luginger am Tresen lehnte und sich eine Zigarette ansteckte, rückte eine ältere Frau mit grauer Kurzhaarfrisur den letzten freien Barhocker zurecht.

Luginger war überrascht. Mit gequältem Lächeln brummte er: »Die Kripo.«

»Sie sagen es, Herr Luginger, Sie sagen es.«

»Schön, Sie mal wieder zu sehen, Frau Kommissarin«, säuselte Faulhuber. »Ist schon eine Weile her.«

Clara Weibel, Kriminalhauptkommissarin aus Erding und anlässlich der Aufklärung zweier Verbrechen im vergangenen Jahr häufiger Gast im Hammer-Eck, hatte mittlerweile ihren Mantel ausgezogen und auf dem Hocker Platz genommen.

»Was gibt's?«, fragte Luginger, ohne freundlich klingen zu wollen.

Frau Weibel blickte streng. »Wir suchen Herrn Hager. Gernot Hager. Wissen Sie, wo wir den Herrn finden können?«

»Hat er was ausgefressen?«, fragte Moni.

»Nein. Ich möchte ihm nur ein paar Fragen stellen. Leider ist er wie vom Erdboden verschluckt.«

»Was heißt das?« Luginger hatte die Arme verschränkt und seinen kräftigen Körper nach oben geschraubt.

»Das heißt, dass er nicht zu Hause ist.«

»Warum wollen Sie ihm Fragen stellen?«

Sammy öffnete die Küchentür und stellte einen Teller mit Wienern auf den Tresen. Nach einem schlichten »Hallo« verdrückte er sich wieder.

»Super.« Frau Weibel blickte auf den Teller. »Einfach und übersichtlich angerichtet. Bei Ihnen hat sich also nicht viel verändert, Herr Luginger. Würden Sie bitte Ihre Zigarette ausmachen? Ich vertrage den Qualm nicht mehr.«

»Ach Gottchen«, sagte Heider.

Luginger nahm einen letzten langen Zug. Dann fragte er erneut: »Also, was ist?«

»Wie Sie sicher wissen, hat sich in Ihrem Ort ein Verbrechen ereignet. Wir ermitteln, und in diesem Zusammenhang möchte ich mich gerne mit Herrn Hager unterhalten. Das ist alles.«

»Und deshalb kommen Sie zu mir?«

»Ich habe mit seiner Tochter Gabi gesprochen. Und die junge Dame sagte mir, das Hammer-Eck sei sein Wohnzimmer.«

»Wenn Sie ihn sehen, grüßen Sie ihn von mir.« Luginger drückte seine Kippe aus.

Frau Weibel drehte sich um, und Luginger sah, wie ihr Blick durchs Lokal streifte. Alles wie immer, dachte Luginger. Staub auf der Yucca am Fenster, uralte Fotografien von Schauspielern wie Robert Mitchum und James Dean an der Wand, dazu das völlig verblasste Bild einer barbusigen Schönheit auf einem Kalenderblatt von 1984, das nie abgerissen worden ist.

Schließlich wandte sich Frau Weibel an Moni. »Einen Kaffee und ein Wasser, bitte. Übrigens schön, dass Sie noch da sind.«

»Würde mich sonst ja langweilen«, kam es lächelnd zurück.

»Na ja, vielleicht gibt es auch Alternativen.«

»Mögen Sie einen Persiko dazu?«

»Geht auf mich«, ergänzte Faulhuber prompt.

»Persiko«, stöhnte die Polizistin. »Hätte ich mir ja denken können.«

Persiko war nicht nur ein alkoholisches Getränk, das längst aus der Mode gekommen war und nur noch bei Luginger angeboten wurde; der dunkelrote Likör mit seinem zuckrigen Kirschgeschmack galt auch als Monis Geheimwaffe, um wahre Gäste von solchen zu unterscheiden, die sie als Laufkundschaft einordnete. Zudem waren Kaffee, Wasser und Persiko genau die Getränke gewesen, die Frau Weibel im Sommer letzten Jahres im Hammer-Eck als Erstes bestellt hatte.

»Was hat denn unser Gernot mit dem Tod der unbekannten Frau zu tun?«, fragte Faulhuber.

»Wahrscheinlich gar nichts, Herr … Entschuldigung, wie war noch mal Ihr Name?«

»Faulhuber. Wie faul, also schlecht oder übel und Huber, wie Huber.«

»Zahnarzt und Rotweinkenner, stimmt's?«

»Stimmt.«

»Wie schon gesagt, gegen Ihren Spezl, wenn ich so sagen darf, liegt nichts vor. Es gibt nur vage Hinweise, dass er die getötete Frau gekannt haben könnte.«

»Gernot!«, rief Erika. »Ausgerechnet Gernot soll eine Frau gekannt haben, die sonst niemand kennt? Das ist doch gaga.«

»Hat er es nicht so mit Frauen?«, fragte Frau Weibel.

Moni und Erika kicherten.

»Gernot ist neutrales Gelände, wenn Sie verstehen, was ich meine«, sagte Moni.

Frau Weibel nickte. Dann räusperte sie sich und zählte still vor sich hin.

»Fünfzehn Raucher! Dass die Kneipe immer noch nicht geschlossen ist, grenzt an ein Wunder.«

»Ausnahmegenehmigung«, antwortete Luginger. »Sonst noch was?«

Die Kommissarin lächelte. »Jeder ein starker Raucher, wie? Alles Menschen, die bei Ihnen angestellt sind und zum Rauchen nicht ständig ihren Arbeitsplatz verlassen können. Kellner, Köche, Spüler, Tänzer.«

Luginger nickte.

Moni servierte die Getränke. »Was können Sie denn zu der Toten sagen, ohne Ihre Ermittlungen zu gefährden?«, fragte sie. »So sagt man doch, oder?«

Frau Weibel nippte am Kaffee. »Donnerstagnacht wurde um halb zwölf die Leiche einer Frau gefunden. Sie ist einundsechzig Jahre alt geworden. Wir haben einen Namen, warten aber mit einer offiziellen Stellungnahme, bis wir zweifelsfrei von der Identität der Toten überzeugt sind. Alles spricht dafür, dass die Frau nach einem Kampf vom obersten Stock des Parkhauses an der S-Bahn gestoßen wurde.«

Heider, Faulhuber und Erika blickten sich an.

Luginger fragte: »Wer hat die Tote denn gefunden?«

»Zwei Ehepaare, die ihre Autos dort abgestellt haben.«

»Haben sie was gesehen? Den Täter oder sonst was?«

»Tut mir leid, Herr Luginger. Dazu werde ich nichts sagen.«

»Verstehe. Schweigegelübde. Kenn ich aus der Glotze.«

»Gibt's 'ne Presseerklärung?«, fragte Heider, nachdem er den letzten Würstchenrest zerkaut hatte.

»So was in der Art, ja.«

»Und haben Sie Zeugen?«

»Kein Kommentar, Herr …«

»Heider.«

»Heider«, wiederholte Frau Weibel und lächelte süffisant. »Dabei erinnern Sie mich an jemanden, der anders heißt.«

»Anders ist gut«, kicherte Erika. »Sehr gut, Anders. An den erinnert er mich auch immer.«

Frau Weibel legte einen Zehner auf den Tresen und zog ihren Mantel an. »Also, wenn Herr Hager bei Ihnen auftaucht, sagen Sie ihm, er möge mich anrufen. Meine Nummer habe ich überall hinterlassen. Sicherheitshalber lasse ich Ihnen noch eine Karte da.«

Moni legte Rückgeld auf den Bierdeckel.

»Stimmt schon. Wäre schön, wenn die Quarzerei aufhören könnte. Und vergessen Sie nicht, dass der Qualm hier drinnen ihnen gehört, also halten Sie Türen und Fenster geschlossen, damit sich keine Fußgänger an der frischen Luft belästigt fühlen.«

* * *

Am folgenden Tag platzte die Bombe.

Luginger hatte gerade die Kneipe aufgesperrt, als Markus Polterer die Tür aufriss und triumphierend mit einer Plastiktüte wedelte. Luginger ahnte sofort, was der fleißige Ortspolizist gefunden hatte.

Polterer stürmte in voller Bullenkostümierung Richtung Tresen. »Was soll ich denn davon halten, Herr Luginger? Wie kommt diese Tüte auf die Ladefläche Ihres Pick-up?«

»Was haben Sie mit meinem Pick-up zu schaffen?«, antwortete Luginger ruhiger als ruhig.

Polterer zeigte auf den Inhalt. »Ein blutiger Pullover und eine blutige Hose. Erklären Sie mir das?«

Lugingers Augen folgten Polterers Finger, die die Tüte weit aufrissen.

»Keine Ahnung«, sagte er.

»Das Blut ist frisch«, sagte Polterer.

»Wie Ihre Bügelfalte«, entgegnete Luginger.

»Sie wollen also keine Erklärung abgeben?«

»Zuerst Sie«, sagte Luginger. »Was haben Sie an meinem Auto zu suchen?«

Polterer stellte die Tüte auf den Boden und streckte sich. »Reine Routine, Herr Luginger. Ich habe das Kennzeichen eines Fahrzeugs überprüft. Zufällig steht es da draußen direkt neben Ihrem Pick-up. Dann habe ich Holz auf Ihrer Ladefläche gesehen und mir gedacht, ich frage mal, ob Sie das alles selber brauchen oder was davon abgeben können. Mein Vater liegt mir in den Ohren, weil ich es noch nicht geschafft habe, Holz für seinen Kaminofen zu besorgen. Und siehe da, die Plastiktüte.«

Während Polterer seine Geschichte erzählte, sah Luginger, wie Sammy auf Polterer zuschlenderte, in die Tüte blickte und ohne zu zögern log: »Die Klamotten gehören mir. Bin beim Fahrradfahren gestürzt. Hab das dann auf dem Pick-up liegen lassen.«

Polterer fühlte sich verarscht. Das spürte Luginger. Doch ehe er sich empören konnte, klingelte sein Handy.

Während Polterer zuhörte, was ihm irgendeine Stimme flüsterte, wechselte sein Gesichtsausdruck. Zuerst funkelten die Augen, dann verzogen sich die Mundwinkel, bis endlich die Nasenflügel zu flattern begannen und Luginger so etwas wie Tatkraft und Einverständnis mit sich selbst aus dem Mienenspiel herauszulesen glaubte.

Polterer drückte das Gespräch weg. »Sie hören von mir«, sagte er in schnittigem Ton, bevor er ohne weitere Ansage samt Tüte das Hammer-Eck so schnell verließ, wie er es betreten hatte.

»Was war das denn?«, fragte Sammy.

»Beschissen gelogen«, sagte Luginger.

* * *

Die Bremer brachten nichts zu Stande, und den Bayern fehlten zündende Ideen im Spiel nach vorn. In den ersten Minuten ging nicht viel im Spitzenspiel der Fußball-Bundesliga. Luginger sah, wie Faulhuber unruhig wurde. Badstuber verlor einen Zweikampf gegen Pizzaro, und Lahm grätschte dazwischen. Sammy fluchte, weil Gomez einen Ball kurz vorm Strafraum vertändelt hatte.

»Marioooo«, schrie er und schlug mit der flachen Hand auf den Tresen.

»Sauber verstolpert«, kommentierte Heider trocken. »Aus dem wird nie was.«

Luginger brauchte eine Pause. Solange das Spiel lief, konnte er abschalten und musste nicht reden. Nach Polterers Abgang hatten nacheinander auch noch Barbara und seine Mutter angerufen. Barbara wollte wissen, was überhaupt passiert sei. Als sie Freitagnacht mit der S-Bahn aus München kommend Reste der Polizeiabsperrung am Parkhaus entdeckt hatte, hatte sie noch keine Ahnung, dass in Leuterding eine Tote für Aufregung sorgte. Barbara arbeitete als Eventmanagerin, und ihr Beruf brachte es mit sich, dass sie häufig bis in die Nacht hinein unterwegs war. Luginger hatte ihr eine Kurzfassung der Ereignisse gegeben. Ihre Neugier hatte sich auf einige Ahas und Ist-ja-ein-Ding beschränkt. Für den späten Abend hatten sie sich verabredet. Danach hatte seine Mutter in energischem Ton darauf bestanden, ihr haarklein zu berichten, was die Kripo gestern von ihm wollte. Es war wie so oft. Anna wusste Bescheid. Es gab nichts, was man ihr verheimlichen konnte, und Luginger hatte es aufgegeben herauszufinden, wer da aus dem engsten Kreis seiner Kundschaft plauderte. Er hatte von Gernot erzählt und dass die Kripo wissen wollte, wo er steckte. Schließlich hatte sie das Gespräch mit dem überraschenden Hinweis beendet, die Tote sei eine Brasilianerin.

Luginger drehte eine Zigarette. Mit geübten Bewegungen füllte er Tabak in ein Papierchen, leckte die Seiten ab und schloss das Ganze mit einem einzigen Fingerstrich. Die Flamme aus seinem Zippo glühte auf. Zufrieden inhalierte er Tabak und Nikotin. Zu viel Beanspruchung war nicht sein Ding. Auch deshalb hatte er vor fast fünfundzwanzig Jahren Vaters Wirtshaus übernommen. Wer nix wird, wird Wirt. Was gemeinhin abschätzig gemeint war, war für ihn Bestimmung. Täglich die gleichen Abläufe, täglich die gleichen Gesichter und Rituale, die ihn nicht überforderten. Veränderung war ihm ein Gräuel. Abwechslung und Aufregung brauchte er nicht. Warum alle Welt nach Optimierung strebte, blieb ihm ein Rätsel. Gab es ein höheres Ziel, als etwas, was funktionierte, in Ruhe zu lassen?

Mike Menzinger schlurfte auf ihn zu. Mike gehörte zu den Jüngeren unter seinen Stammgästen. Er kümmerte sich um seinen

Pick-up, wenn was zu reparieren war, ansonsten schlug er im Hammer-Eck seine Zeit tot. Mike war Ex-Knacki und blöd genug, morgen wieder einzufahren, wenn Luginger nicht auf ihn aufpasste.

»Hab schon gehört«, sagte Mike. »Der Anlasser ist hin.«

Luginger nickte.

»Scheißkiste! Ständig ist da was.«

»Hat aber einen großen Aschenbecher.«

Mike lachte und schlug Luginger auf die Schulter.

»Amerikanische Autos. Du spinnst ja. Dodge Ram, Baujahr 1000 vor Christus, echt bekloppt, Mann. Verkauf die Kiste endlich. Wenn du ab und zu auch mal fahren willst, brauchst du was Neues.«

Lugingers Liebe zu seinem Auto war eine Geschichte für sich. Den Dodge Ram hatte er seit über zwanzig Jahren, ein Direktimport aus den USA, und obwohl er mittlerweile über dreihundertfünfzigtausend Kilometer auf dem Tacho hatte, lief er einwandfrei. Meistens. Nicht immer, aber doch so oft, dass es Luginger nicht wirklich störte, wenn eine Reparatur fällig war.

Ribéry hatte den Ball kurz hinter der Mittellinie angenommen und lief aufs Tor zu. Müller kreuzte geschickt, freie Schussbahn, und schon schlug die Kugel flach unten hinter dem Bremer Ersatzkeeper Mielitz ein.

Luginger klatschte.

»Endlich«, rief Faulhuber erleichtert.

»Super gespielt«, ergänzte Heider.

Sammy riss die Fäuste hoch, und Mike sagte zu Luginger: »Bis übermorgen. Ich kümmer mich.«

Faulhuber, Sammy und Moni steckten die Köpfe zusammen. Luginger hatte ihnen vor Spielbeginn erzählt, was Donnerstagnacht beziehungsweise Freitagmorgen vorgefallen war. Auch dass er Gernot nicht erreichen würde. Wie aus der Welt gefallen, der kleine Mann. Moni hatte reagiert, wie Moni eben reagierte. Klasse Leistung, Franz, lässt den Penner laufen, und jetzt suchen ihn die Bullen. Faulhuber hatte, ohne Interesse zu zeigen, abgewunken, und Sammy hatte leise geflucht, weil er glaubte, Gernot würde richtig Scheiße bauen, bevor die Nummer mit dem Pizzaofen über die Bühne war.

Luginger drückte die Kippe aus. Die Aktion mit Polterer machte ihm zu schaffen. Warum hatte er ihm nicht gleich gesagt, was es mit den nassen Klamotten auf sich hatte? Warum das blöde Geplänkel mit Sammys Lüge zum Schluss? Irgendwas war da schiefgelaufen. Und wieso hatte sich Polterer so aufgepumpt? Was hatte ihn getrieben, mit seiner blöden Siegermiene in einer Plastiktüte zu wühlen, die Gernot vor lauter Restsuff und Bequemlichkeit auf die Ladefläche des Pick-up geschmissen haben musste?

Das Spiel der Bayern interessierte ihn nicht mehr. Ein Blick auf die Leinwand verriet sowieso, dass das Ganze in verbissenem Kleinklein rund um den Anstoßkreis erstickte.

»Hör mal, Franz«, sagte Faulhuber, der jetzt neben ihm stand und Lugingers Zopf gerade rückte, »wir haben das durchgesprochen. Gernot kann eigentlich nur in seiner Hütte im Altmühltal sein.«

Luginger glotzte.

»Jetzt schau nicht so blöd. Moni hat erzählt, er hätte sie mal angegraben. Ist schon eine Weile her, und dabei hat er irgendwas von einer Hütte erzählt, die seinen Eltern gehört hat. In Beilngries, etwas abgelegen, romantisch hoch fünf, kein Strom, kein fließend Wasser, eben die ideale Bleibe, um unsere Moni nach Strich und Faden glücklich zu machen.«

»Warum soll Gernot denn da hingefahren sein?«

»Weil er Angst hat und sich verkriecht, das sieht doch ein Blinder mit Krückstock, Franz. Zuerst haut er sich die Hucke zu, bis ihm klar wird, dass das nichts bringt. Dann verduftet er, schaltet sein Handy aus und will einfach mal nichts hören und sehen. Bei dem brennt der Baum, verstehst du.«

»Was soll da brennen, Bernie? Gründe, bitte schön.«

»Was weiß ich. Ist doch egal. Jedenfalls deutet alles darauf hin, dass er sich verdrückt hat. Er ist nicht zu Hause, geht nicht ans Telefon und hat sich krank gemeldet.«

Luginger schaute sich um. Moni malte etwas auf einen Bierdeckel. Sammy starrte auf sein Handy.

»Sammy will hinfahren«, sagte Faulhuber.

»Wie will er die Butze denn finden, wenn Moni damals nicht mit ist?«

»Sie war mit, Franz. Aber Jahre später. Da warst du auf den Kanaren, Urlaub machen, und Gernot hatte es längst aufgegeben, sich für die Farben von Monis Höschen zu interessieren.«

Luginger verblüffte gar nichts mehr. »Beilngries ist selbst für Sammys stramme Waden zu weit, und mein Auto ist hin.«

»Er nimmt meins«, fiel ihm Faulhuber ins Wort. »Das ist schon geklärt.«

Luginger fühlte sich überrollt. In seinem Kopf stauten sich zu viele Gedanken. Warum Gernot suchen, wenn er gar nicht gefunden werden wollte? Eine Hütte im Altmühltal, alle wussten davon, nur er nicht. Und Gernot wollte Moni pimpern? Gernot auf Moni. Moni auf Gernot. Wie sah das denn aus?

Ehe seine Phantasie mit ihm durchging, stürmte Moni mit dem Telefon in der Hand auf ihn zu.

Eine halbe Stunde später stand Luginger in einem kleinen schäbigen Zimmer im Hotel Zur Sonne am Münchner Ostbahnhof und blickte fassungslos auf ein ungemachtes Bett. Zusammengefaltet wie ein Kleinkind lag Gernot Hager zwischen unzähligen Zeichnungen, die, soweit Luginger erkennen konnte, in vielen Variationen sein Gesicht zeigten. Der kleine Mann gab keinen Ton von sich. Lugingers Blick traf Frau Weibel, die zwei Kollegen von der Spurensicherung durch ein Chaos aus Wäsche, Stiften, Zetteln, Batterien, Brotresten, Flaschen und angebrochenen Marmeladengläsern dirigierte.

»Schön, dass Sie so schnell kommen konnten«, sagte Frau Weibel ohne wirkliche Begeisterung. »Herr Hager scheint verwirrt und möchte nur mit Ihnen reden.«

»Gernot«, sagte Luginger, »jetzt steh mal auf. So geht das nicht.«

Weil sich Gernot nicht rührte, setzte er sich auf die Bettkante.

Die Kommissarin reichte Luginger dünne Plastikhandschuhe. »Muss sein«, fügte sie hinzu.

Luginger schaute auf die Handschuhe und dann auf die Verkleidung der Techniker. Schließlich sagte er: »Wir gehen hier raus.«

Frau Weibel nickte. »Wenn Sie Herrn Hager bewegen können, sich wie ein normaler Mensch zu benehmen, gerne.«

Zuerst hörte Luginger Gernots Atem, dann Joe, der ihn hergefahren hatte. Offensichtlich war es Joe doch noch gelungen, sein Taxi auf irgendeinen Parkplatz zu quetschen.

»Gernot, mach keinen Scheiß. Hier drin kann man ja nur wahnsinnig werden.«

Gernot hustete. Erst leicht, dann heftiger. Luginger hob die Hände und blickte hilflos zu Joe.

Joe griff in Lugingers Jacke, kramte das Tabakpäckchen aus der Innentasche und krümelte Tabak in ein Papierchen. Dann sagte er: »Gernot, rauch mal eine. Wenn du hustest, spinnen die Lungenbläschen, und wenn du rauchst, spinnen sie noch mehr. Das ist gut. Heute heilt man so. Immer drauf, verstehst du. Kein Pardon!«

Frau Weibel schüttelte den Kopf, und Luginger dachte: Sie kommt nicht mit. Zu viel für ihr Weiberhirn.

Joe zündete eine dünne Zigarette an und hielt sie Gernot vor die Nase. Gernots Husten wurde schwächer. Jeder, der wollte, hörte das. Schließlich stützte er sich auf seine Arme und zeigte Luginger ein Gesicht, das mitgenommener nicht aussehen konnte.

»Mann, siehst du beschissen aus«, sagte Joe.

Gernot rauchte.

»Und dann der Gestank. Heilandszeiten, wann hast du denn zum letzten Mal Wasser gesehen?«

Gernot nahm ein paar hektische Züge. Dann knurrte er: »Halt die Schnauze, Joe.«

»Männer«, sagte Frau Weibel. Die Techniker lachten. Danach zeigte sie auf einen dicken Wollpullover, der über dem Waschbecken lag.

»Wem gehört der?«

»Mir«, antwortete Gernot leise.

»Viel zu groß«, sagte Frau Weibel. »Seit wann sind Sie in diesem Zimmer, Herr Hager?«

Erst jetzt dämmerte Luginger, dass Gernot wirklich noch kein Wort mit der Kommissarin gewechselt hatte. Vorhin am Telefon hatte sie zu ihm gesagt: Stumm wie ein Fisch, der Herr Hager. Ohne Sie wird er den Mund nicht aufkriegen.

»Weiß nicht«, antwortete Gernot.

»Ungefähr«, sagte Luginger.

»Gestern.«

»Wie bitte?«, fragte Frau Weibel erstaunt. »Sie wollen behaupten, dass Sie schon so lange in diesem Loch hocken und Marmeladebrote mampfen?«

Gernot nickte, während ein junger Polizist ins Zimmer trat.

»Niemand hat bemerkt, wie Herr Hager hier hereinspaziert ist«, berichtete er Frau Weibel. »Bis Mitternacht war die Rezeption besetzt, danach nicht mehr. Und die Frau Gemsbacher, die Dicke, Sie wissen schon, will nur drei Russen gesehen haben, die gegen elf auf ihre Zimmer sind. Andere Zeugen gibt es nicht.«

»Und der Zimmerschlüssel hing die ganze Zeit am Brett?«, fragte Frau Weibel.

Der Kollege nickte.

Frau Weibel zog den einzigen Stuhl im Zimmer Richtung Bett und setzte sich.

»Wollen Sie mit mir reden, Herr Hager? Ich würde gerne wissen, was passiert ist.«

Gernot nickte. Luginger nahm ihm seinen Zigarettenstummel ab, reichte ihn Joe, der zum Waschbecken lief und die letzte Glut mit ein paar Wassertropfen löschte.

Frau Weibel tippte eine Nummer in ihr Handy. Dann hörte Luginger, wie sie fragte: »Frau Gemsbacher, haben Sie ein Zimmer, in dem wir ungestört wären? Ich müsste mit dem Herrn Hager sprechen.« Während die Kommissarin mit Mantelknöpfen spielte, hörte sie zu, was am anderen Ende der Leitung gesprochen wurde. »Natürlich verstehe ich Sie. Frau Oliveira schuldet Ihnen noch einhundertachtzig Euro. Das werden wir regeln, Frau Gemsbacher. Herr Luginger ist ein Freund der Familie, ich schicke ihn gleich nach unten, der macht das schon.«

»Was mache ich schon?«, fragte Luginger, nachdem Frau Weibel das Gespräch beendet hatte. »Und wer ist Frau Oliveira?«

»Frau Oliveira ist die Tote am Parkhaus, Herr Luginger. Und vieles spricht dafür, dass sie die Schwester von Herrn Hager ist.«

Luginger blickte zu Joe, dann zu Gernot, dann wieder zu Frau Weibel. »Was soll das? Gernot hatte noch nie eine Schwester.«

»Sie herrschen zwar über Ihr Hammer-Eck, guter Mann, nicht aber über das Geschlechtsleben Ihrer Leuterdinger Mitbürger. Fragen Sie Herrn Hager.«

Luginger wurde es zu bunt. »Gernot, raus damit, was mach ich hier? Was soll die Scheiße?«

Gernot hievte seine Beine vom Bett.

»Sitzen ist schon mal ein Anfang«, sagte Frau Weibel.

Als Gernot außer Haareraufen nichts zu Stande brachte, brüllte Luginger: »Was ist?«

»Schrei nicht rum, ja«, flüsterte Gernot. »Ist 'ne lange Geschichte.«

»Ich brauch keine Geschichten. Ich will wissen, wer diese Oliveira ist.«

»Meine Schwester. Oder mein Bruder. Ganz wie du willst, Franz. Und jetzt ist er tot.«

Luginger sah, wie sich Joe die Stirn rieb, um Sekunden später hilflos seine Schultern zu heben.

»Wir können ein Zimmer weiter gehen, die Nummer zweiundzwanzig ist frei«, sagte Frau Weibel. »Unsere Unterhaltung wird ja etwas dauern.« Dann wandte sie sich an Luginger. »Aber zuerst möchte ich Sie bitten, mit Frau Gemsbacher wegen der offenen Hotelrechnung zu sprechen. Alles Weitere wird sich finden.«

Genervt griff Luginger nach seinem Geldbeutel und zog zwei Fünfziger raus. Joe gab ihm den Rest.

Ehe er aus dem Zimmer war, sagte Frau Weibel noch: »Darf ich mal wetten, Herr Luginger? Der Pullover da auf dem Waschbecken gehört Ihnen, und das Blut auf der Kleidung, die wir auf der Ladefläche Ihres Pick-up gefunden haben, gehört zu Frau Oliveira. Tja, und die Kleidung trägt für gewöhnlich Herr Hager.«

Lugingers Faust landete auf der Türzarge. »Was wird das hier? Behaupten Sie, Gernot hat was mit dem Tod dieser Frau zu tun?« Wütend wandte er sich an Joe. »Wenn hier irgendwas gequatscht wird, bevor ich zurück bin, schlägst du Gernot aufs Maul.«

Eine wie die Gemsbacher hatte ihm gerade noch gefehlt. Lugingers Laune war auf dem Nullpunkt. Und jetzt noch riesige Titten, tiefer Ausschnitt, lackierte Fingernägel und mehr Farbe im Gesicht, als jeder ihrer Falten guttat. Wortlos schob die blonde Frau Luginger ein Stück Papier zu, das Ähnlichkeiten mit einer Rechnung hatte.

»Seit wann hat Frau Oliveira denn bei Ihnen gewohnt?«, fragte Luginger.

»Kein Polizist, ich nix sagen.«

»Polin«, sagte Luginger.

Frau Gemsbacher nickte zustimmend.

»Ich zahle die hundertachtzig Piepen, und Sie beantworten ein paar Fragen.« Luginger wedelte mit Scheinen. »Ich brauch auch keinen Beleg.«

Frau Gemsbacher trommelte auf ein Stehpult, hinter dem Teile ihrer kräftigen Figur verborgen blieben.

»Seit letzten Samstag. Direkt von Flughafen hierher«, sagte sie schließlich.

»Hatte Sie Besuch?«

»Nix. Niemand.«

»Sind Sie allein im Hotel?«

»Meistens. Mein Mann ab und zu helfen.«

»Kann Ihr Mann gesehen haben, dass Frau Oliveira Besuch gehabt hat?«

»Polizei hat schon angerufen. Er sagt, nix gesehen.«

»Hat Frau Oliveira vom Hotel aus telefoniert?«

Frau Gemsbacher zeigte auf das Stück Papier, das vor ihm lag.

»Fünfzig Cent, ein Gespräch. Akku in Handy war leer. Oder kein Geld mehr auf Karte. Weiß nicht.«

»Wen hat sie angerufen?«

»Eine Frau. Hab mitgehört. Frau Oliveira war egal.«

»Haben Sie die Nummer?«

Mit spitzen Fingern öffnete Frau Gemsbacher ihr iPad.

Lugingers Blick streifte durch den Eingangsbereich. Raufasertapete, abgelaufene Läufer und typische München-Fotos an den Wänden. Liebfrauenkirche, Viktualienmarkt, Hochzeitspaar in Droschke und der Marienplatz mit Rathaus und Glockenspiel. Über dem Schlüsselbrett dann Tannenzweige, Lichterkette und ein paar Sterne, die kitschiger nicht sein konnten. Stimmte die Reihung der Schlüssel, gab es zwanzig Zimmer.

»Hier.« Frau Gemsbacher deutete auf den Bildschirm. In einem blauen Kasten leuchteten Zahlen, die Luginger sofort erkannte.

* * *

Nachdem er mit schnellen Schritten alle Stufen hinter sich gelassen hatte, sah er Joe vor dem Zimmer mit der Nummer zweiundzwanzig stehen.

»Und?«, fragte Luginger.

»Scheiße«, sagte Joe.

Luginger hörte Gernots Stimme. »Als Prostituierte. Nein, keine Ahnung.«

Dann Frau Weibel: »Sie haben also nicht wissen wollen, wie Frau Oliveira ihren Lebensunterhalt bestritt?«

»Gastronomie hat sie gesagt.«

»Wissen Sie denn, warum sie die brasilianische Staatsbürgerschaft angenommen hat?«

Luginger öffnete die Tür, und Frau Weibel winkte ihn herein.

»Nein.«

»Sie haben noch nichts verpasst, Herr Luginger. Ich ziehe Herrn Hager nur ein paar Würmer aus der Nase. Sehr gesprächig ist er nicht.« Sie wandte sich wieder an Gernot: »Haben Sie mit ihr über ihre Operation gesprochen?«

»Kurz.«

»Kurz. Herr Hager, Frau Oliveira hat offensichtlich alles getan, um ihre Kindheit loszuwerden, und Sie wollen mir weismachen, das wäre bei ihren Treffen kein Thema gewesen.«

Schweigen. Dann Husten.

Luginger sah, wie Gernot seine Finger massierte. Seine Erscheinung war erbärmlich: fettige Haare, unrasiert, Grind auf der Oberlippe, schmutziges T-Shirt, dreckige Hände, fleckige Jeans und Strümpfe, die alles andere als frisch aussahen.

»Was heißt das, Gernot, Kindheit loswerden? Ich versteh nur Bahnhof«, sagte Luginger.

Gernot knetete und knetete. Schließlich brummte er: »Ist 'ne lange Geschichte, Franz.«

»Hab ich schon mal gehört. 'ne lange Geschichte. 'ne Kurzfassung reicht mir.«

»Mein Bruder Tony hat sich operieren lassen. In Brasilien. Muss lange her sein. Also, er wollt eine Frau sein. Reicht das?«

Lugingers Hirn kam nicht in Gang. Dass Gernot einen Bruder hatte, daran konnte er sich vage erinnern. Dass der Bruder Tony hieß, hätte er nicht mehr mit Bestimmtheit sagen können.

Joe mischte sich ein. »Dein Bruder ist vor 'ner halben Ewigkeit aus Leuterding verschwunden, stimmt's?«

Gernot nickte. »Vor vierundvierzig Jahren, um genau zu sein. Mit dem Schiff nach Südamerika.«

»Ich kenn deine Familiengeschichte ein bisschen«, sagte Joe. »Erikas Onkel hat in eurem Hotel Koch gelernt.«

Gernot nickte, und Joe fragte: »Warum ist Tony zurückgekommen?«

»Geld. Er war pleite und brauchte Geld.«

»Ihr habt euch getroffen und darüber geredet, wie deine Schwester zu Geld kommen kann. Richtig?«

»Richtig.«

»Und dann habt ihr eine Lösung gefunden. Du hast ihr Geld gegeben.«

»Nein. Ich hab zu wenig. Und meine letzten Kröten wollt er nicht.«

»Weiter«, sagte Luginger.

»Nix weiter. Kein weiter. Ende.«

»Ende? Die Dicke an der Rezeption hat gesagt, dass diese Oliveira seit Samstag in München war. Was heißt da Ende, Gernot?«

»Tony ist davon ausgegangen, ich hätt noch was übrig. Von der Erbschaft. Als unsere Mutter gestorben war, gab's ein bisschen Geld.«

Gernot gönnte sich eine Pause.

Luginger fragte ungehalten: »Und?«

»Und? Und was, Franz? Ich hab das Geld nicht mehr. War auch nicht viel. Ist irre lang her. Mehr als fünfundzwanzig Jahre.«

»Wie viel?«

»Hunderttausend. DM, Mann, DM.«

Joe fragte: »Wo hat deine Schwester eigentlich gelebt in Brasilien?«

»São Paulo.«

»Und du hast nicht gewusst, wo sie lebt und was sie macht?«

»Keinen Schimmer. Tony hat nichts von sich hören lassen. Mit siebzehn ist er weg, und plötzlich taucht er wieder auf. Sagt, er muss mich sprechen. Dann treff ich ihn. Oder sie. Tony war eine Frau.«

»Gut, eine Frau«, sagte Joe. »Ist ja so schlimm auch nicht, oder? Woher hat deine Schwester denn gewusst, dass du geerbt hast? Ich meine, sie hat ja nichts von sich hören lassen.«

»Er wusst es, hat aber nichts dazu gesagt.«

»Und du hast sie nicht weiter dazu befragt?«

»Du hast ja keine Ahnung, wie Tony drauf war. Total zu. Kein Kommentar zu nichts. Nur Geld. Und dann hat er andauernd Portugiesisch gequatscht. Und ich kann kein Portugiesisch. Das hat ihm gefallen. Mir einen vorzulabern, und ich steh da wie der Ochs vorm Berg.«

Frau Weibel räusperte sich. »Herr Hager, wir haben Frau Oliveira obduziert. Als sie sich hat operieren lassen, war sie nicht älter als fünfundzwanzig. Sie wollte eine Frau sein. Können wir uns darauf einigen, sie auch so anzusprechen? Als sie, nicht als er. Das erleichtert auch Reden und Zuhören.«

»Ich muss was essen«, sagte Gernot.

»Gleich, Herr Hager. Lassen Sie uns zuerst das Gespräch zu Ende bringen.«

»Wo sind deine Schuh?«, fragte Luginger.

Gernot zuckte mit den Schultern.

»Die Schuhe!«, rief Frau Weibel erstaunt. »Die Schuhe stehen drüben, Herr Luginger. Sie können sie gerne holen.«

»Also hast du dich nicht sonderlich gut mit deiner Schwester verstanden?«, fragte Joe weiter.

»Er hatte Sorgen, er hatte kein Geld, brauchte aber dringend welches.« Luginger sah, wie Gernots Knie zitterten. »Deshalb war sie hier, also meine Schwester. Sie hat gesagt, ohne Geld kann ich nicht zurück.«

»Und jetzt ist sie tot«, sagte Frau Weibel. »Glauben Sie, dass ihr Tod mit ihren Geldsorgen in Verbindung steht?«

»Ich hab Hunger«, sagte Gernot.

»Gut. Mein Kollege Meisner wird Ihnen was zu essen besorgen. Können Sie uns solange erzählen, wo und wie Sie Ihre Schwester getroffen haben?«

Während Herr Meisner seinen Mantel anzog, stand Gernot auf und ging zum Waschbecken. Luginger beobachtete, wie er sich mit beiden Händen Wasser ins Gesicht schüttete, in den Spiegel schaute, sich erneut über Becken und Hahn beugte, um die ganze Prozedur zu wiederholen. Schließlich griff er nach einem Handtuch und trocknete sich ab.

»Ich hab Tony ein paarmal getroffen. Auch in München, sonst bei uns in Leuterding. Also, nix Besonderes, außer dass ich keine Ahnung hatte, was ich tun soll.«

»Wie meinen Sie das?«, fragte Frau Weibel.

Gernot bearbeitete seine Haare mit einem Kamm und schwieg.

»Mit wem hat sich Ihre Schwester denn sonst noch getroffen?«

»Keine Ahnung.«

»Wie bitte? Frau Oliveira war sechs Tage hier, und Sie wissen nicht, was sie gemacht hat?«

Gernot nickte. »Am Dienstag oder so hat sie nur gesagt, sie löst das Geldproblem. Sie kommt schon an Geld.«

»Mehr nicht, Herr Hager? Keine Erklärungen, keine Hinweise, wie sie das bewerkstelligen wollte?«

Gernot schüttelte den Kopf.

»Können Sie uns schildern, was am Donnerstag passiert ist? Wo waren Sie? Haben Sie Ihre Schwester getroffen?«

»Ich war besoffen. Ich war so besoffen, dass ich gar nicht mehr weiß, wie ich zum Franz gekommen bin. Morgens bin ich dann im Hammer-Eck aufgewacht, unten im Gastraum, das war's.«

»Da war es aber schon Freitag.«

»Ja, Freitag. Ich hatte andere Klamotten an und sah aus wie 'ne Vogelscheuche. Bin dann nach Hause, hab mir 'ne andere Hose angezogen und bin zur S-Bahn. Ich wollt noch mal zu Tony nach München.«

»Mehr wissen Sie nicht, Herr Hager? Zum Beispiel, was Sie gemacht haben, bevor Sie halbwegs nüchtern bei Herrn Luginger aufgewacht sind?«

»Ich war im Hammer-Eck, bis Franz zugesperrt hat. Ich hatte mein Rad dabei. Ich hab Tony noch mal getroffen. Vorm Bürgerhaus, muss spät gewesen sein.« Gernot rieb sich die Augen. »Keine Ahnung, was weiter passiert ist.«

»Herr Hager, ich möchte Sie nicht im Unklaren darüber lassen, dass wir davon ausgehen, dass Sie die Tote berührt haben. Wir haben Fasern von einem Pullover an der Leiche gefunden, und es würde mich nicht wundern, wenn sie zu dem Pullover gehören, den Herr Polterer auf Herrn Lugingers Pick-up gefunden hat. Und es würde mich auch nicht wundern, wenn das Blut auf dem Pullover Blut Ihrer Schwester ist.«

Gernot verzog keine Miene, saß regungslos auf einem billigen Holzstuhl und starrte die Wand an.

»Hören Sie, Herr Hager«, sagte Frau Weibel. »Alles, an was Sie sich erinnern, wird uns helfen. Waren Sie zwischen elf und halb zwölf Donnerstagnacht am Parkhaus?«

Schweigen.

»Sie stehen unter Tatverdacht. Wir wissen, dass Ihre Schwester von ihrem Handy aus nur Sie angerufen hat. Vier Telefonate in sechs Tagen. Ansonsten hat sie ihr Handy nicht benutzt. Zeugen in Leuterding haben ausgesagt, dass Sie mit Ihrer Schwester gesehen worden sind. Niemand außer Ihnen wurde mit Frau Oliveira gesehen. Alles spricht dafür, dass Sie ihr einziger Kontakt waren.«

Inzwischen war Herr Meisner zurückgekommen und hatte eine Papiertüte auf den Tisch gelegt. Luginger roch gebratenes Hähnchen. Wortlos blickte Gernot in die Tüte. Sekunden später knabberte er Fleisch von einem Schenkel.

Luginger rauchte, Joe schnäuzte, Frau Weibel wedelte. Luginger war klar, dass sie dringend frische Luft brauchte. Meisner schritt zum Fenster.

»Herr Hager«, setzte die Kommissarin neu an, »wir wissen, dass Frau Oliveira die meiste Zeit ihres Lebens in Brasilien verbracht hat. Als Prostituierte kann man in jungen Jahren gut verdienen. Ihr Geschlecht könnte ihr dabei sogar geholfen haben. Aber im Alter funktioniert das nicht mehr. Sie war auf Almosen angewiesen, sie hatte Schulden, ihre Gesundheit war angegriffen. Da braucht man Geld. Sie hatten kein Geld. Es gab Streit. Sie waren betrunken. Die Situation geriet außer Kontrolle, und Sie haben Ihre Schwester gestoßen. Sie stürzte unglücklich und fiel vom Parkhaus. Sie sind nach unten gerannt, haben Ihre Schwester regungslos da liegen sehen und sind weggelaufen.«

Gernot wischte seine Finger an einer Serviette ab. Dann nahm er sich das Bruststück vor. Luginger suchte einen Aschenbecher. Im Kleiderschrank stand einer. Frau Weibel sortierte Papier.

»Lassen Sie uns über die Zeichnungen reden, Herr Hager. In der Manteltasche von Frau Oliveira haben wir drei gefunden, und drüben in ihrem Zimmer liegt bestimmt ein gutes Dutzend. Bis auf wenige Ausnahmen hat die Tote zu Lebzeiten Sie gezeichnet.

Mal vorteilhafter, mal weniger, wenn ich so sagen darf, aber immer so, dass Sie zu erkennen sind. Wie erklären Sie sich das?«

»Keine Ahnung«, sagte Gernot.

»Wussten Sie, dass Ihre Schwester zeichnet?«

Gernot kaute. Dann sagte er: »Sie hat es erwähnt. Also dass sie gut zeichnen kann und ab und zu mal was verkauft.«

»Die Zeichnungen zeigen auch andere Motive. Eine Kreuzigungsszene zum Beispiel. Fällt Ihnen dazu etwas ein?«

»Nein.«

Frau Weibel hielt zwei Blätter hoch. »Das sind Kinder, Jungs, würde ich sagen. Warum hat sie die gezeichnet?«

»Keine Ahnung.«

»Sie haben Stunden im Zimmer Ihrer Schwester verbracht. Sie hatten mehr als genug Zeit, all die Blätter zu studieren, und Sie wollen mir weismachen, dass Ihnen dazu nichts einfällt?«

Gernot kaute Haut. Mit vollem Mund nuschelte er: »Das ist Kunst, oder? Ich erkenn da nix.«

»Wissen Sie, was eine Fratze ist, Herr Hager?« Als Gernot schwieg, gab Frau Weibel selbst die Antwort: »Eine Fratze ist ein hässliches oder entstelltes Gesicht. Sie sind mehr als einmal von Frau Oliveira so gezeichnet worden. Warum?«

Gernot stopfte die Hähnchenreste in die Tüte zurück. Dann leckte er seine Finger ab, stand auf und baute sich vor Frau Weibel auf. Luginger sah, wie Meisner losmarschierte. Frau Weibel hielt ihn zurück. Gernot brüllte: »Sie haben keine Ahnung, was los war, keine Ahnung, nicht die geringste, und jetzt fragen Sie mich, warum Tony so gezeichnet hat. Ich sag's Ihnen: Weil sie immer so gezeichnet hat, weil sie nicht anders konnte, weil sie's so wollte, weil sie alles und jeden niedergemacht hat, weil sie mir keine Chance gegeben hat, nicht die kleinste, kein Fitzelchen, kein Krümel, nichts.«

»Lassen Sie es gut sein, Herr Hager«, erwiderte Frau Weibel ruhig. »Glauben Sie mir, mein Arbeitsleben ist voll von missglückten Familiengeschichten. Ich maße mir auch keine Urteile an, ich stelle nur Fragen.«

Die Kommissarin suchte Lugingers Blick. »Wann war Herr Hager denn bei Ihnen?«

»Spät war's. Nach Mitternacht, so genau weiß ich's nicht mehr. Jedenfalls war er sternhagelvoll. Es hatte geregnet, und er war nass bis auf die Haut. Irgendwo war er vom Rad gefallen. Seine Lippe war aufgeplatzt, und die Hände sahen auch beschissen aus. Schürfwunden, blutig, na ja.«

»Und gesagt hat er nichts, der Herr Hager?«

»Nein. Er hat ja kaum die Augen aufhalten können.«

»Eben sternhagelvoll, wie Sie sich treffend ausgedrückt haben. Verstehe schon. Komatös.«

Frau Weibel bat Gernot, wieder Platz zu nehmen. »Eins hätte ich aber doch gerne noch gewusst. Am Freitagmorgen sind Sie wieder nach München gefahren und direkt ins Hotel gegangen. Richtig?«

Gernot nickte.

»Ihre Schwester war nicht da. Unterstellen wir mal, dass Sie wirklich nichts vom Tod Ihrer Schwester gewusst haben, so muss Sie das überrascht haben. Am frühen Morgen um acht oder neun, wo sollte sie da schon hin sein?«

»Überrascht, überrascht! Nix hat mich überrascht. Gar nix. Tony war halt weg.«

»Und was haben Sie dann den ganzen Tag gemacht?«

»Bin rumgelaufen, hab getrunken. Bin zur Isar runter, dann Richtung Englischer Garten. Mittags war ich wieder hier im Zimmer und hab gepennt.«

»Und Sie haben Ihre Schwester nicht zu erreichen versucht? Auf ihrem Handy zum Beispiel?«

»Nein. Das Ding war immer abgeschaltet.«

»Als wir die Tote gefunden haben, war ihr Handy eingeschaltet.«

Gernot schaute geradeaus.

»Was haben Sie heute gemacht, Herr Hager?«

»Nix, ich war hier, mal kurz draußen, dann wieder hier.«

»Und Sie haben sich nicht gefragt, wo Ihre Schwester steckt? Zwei Tage kein Lebenszeichen, und Sie haben nichts unternommen?«

Gernot schüttelte den Kopf. Frau Weibel faltete ihre Hände.

»Alles sehr mühselig, Herr Hager. Ich denke, wir warten die Ergebnisse der Laboruntersuchungen hinsichtlich Ihrer Kleidung ab. Dann sehen wir weiter. Wie sind Sie eigentlich immer ins Zimmer gekommen, wenn der Schlüssel am Brett über der Rezeption hing?«

»Tony hat gesagt, er schließt nicht ab.«

»Und die Zimmernummer hat Ihnen Ihre Schwester auch anvertraut?«

Gernot nickte.

»Ich hab Gernot am Donnerstagabend zweimal gesehen«, sagte Joe plötzlich.

Frau Weibel zog die Augenbrauen hoch.

»Gegen halb neun vorm Hammer-Eck und gegen zehn in der Nähe vom Bürgerhaus. An dem Abend wurde da gefeiert, die Volkshochschule hatte Geburtstag.«

Frau Weibel fragte: »Und wieso haben ausgerechnet Sie, Herr ...«

»Joe«, sagte Joe.

»Tequila Joe«, ergänzte Gernot.

»Herr Joe, warum haben Sie Herrn Hager gesehen?«

»Ich fahre Taxi. Um halb neun habe ich Franz und Sammy zur Feier gefahren. Gernot stand im Hof, war betrunken und wollte nicht mitfahren. Danach habe ich andauernd Gäste vom Bürgerhaus nach Hause gefahren. So auch gegen zehn. Gernot hatte einen Flachmann in der Hand.«

»Stimmt das, Herr Hager?«

Gernot nickte. »Möglich. Joe weiß so was.«

»Wie lange braucht man vom Bürgerhaus bis zur S-Bahn?«

»Zu Fuß?«, fragte Luginger.

Nun nickte Frau Weibel.

»Dreißig Minuten, betrunken etwas mehr.«

»Könnte also passen«, sagte Frau Weibel. »Bis um elf hätte Herr Hager reichlich Zeit gehabt.«

* * *

Der Weg über die B 304 von München nach Leuterding war Samstagnacht kein Problem. Wo sich wochentags Autos stauten, gab es freie Fahrt.

Luginger war schlecht drauf. Als die Weibel-Meisner-Combo Gernot mit nach Erding genommen hatte, war ihm erst so richtig klar geworden, was los war. Gernot fährt ein! Dringender Tatverdacht, Fluchtgefahr. Joe hatte ihm noch sein Tabakpäckchen zugesteckt und versprochen, einen Anwalt aufzutreiben.

Im Radio kamen die Bundesliga-Ergebnisse. Borussia Mönchengladbach gegen Borussia Dortmund 1:1, SC Freiburg – Hannover 96 1:1, Bayern München – Werder Bremen 4:1.

»Wenigstens Tabellenführer«, brummte Luginger.

Joe hatte Berg am Laim hinter sich gelassen und fuhr Richtung Trudering. Tankstellen, Autohändler und Fressbuden säumten ihren Weg.

»Die Frau Hauptkommissarin mag dich«, bemerkte Luginger nach langem Schweigen.

»Warum?«, fragte Joe.

»Weil sie deine Trinkgewohnheiten schätzt.«

»Na dann«, sagte Joe.

Als sie vorhin gemeinsam das Hotel verlassen hatten, hatte Frau Weibel Joe gefragt, woher der Zusatz ›Tequila‹ käme, und Gernot hatte ohne zu zögern geantwortet: Joe trinkt nur Tequila. Ohne alles. Kein Salz, keine Zitrone. Woraufhin die Polizistin Adjektive wie ›konsequent‹ und ›sympathisch‹ benutzt hatte, um Joes klare Linie in dieser Frage zu würdigen.

»Eins verstehe ich nicht«, sagte Joe, als sie an einer Ampel hielten. »Wieso finden die das Hotel von der Oliveira erst heute? Ich meine, braucht die Polizei zwei Tage, um die Anmeldungen zu checken?«

Luginger sagte nichts.

Joe fragte: »Hat Gernot nicht doch was erzählt, als er bei dir aufgekreuzt ist?«

»Nein. Er kam rein und fiel ins Koma. Totalausfall.«

»Also, wenn er den ganzen Abend konsequent geschluckt hat, und das bei seinem Tempo, war irgendwann Feierabend.«

»Zu Gernots Bruder fällt mir nichts ein«, meinte Luginger. »Also, nichts ist auch falsch, aber wenig, sehr wenig. Wenn Tony mit siebzehn abgehauen ist und vierundvierzig Jahre weg war, dann war das 1967. Da war ich ein kleiner Bub. Ich meine, die Weibel hat ja gesagt, die Tote sei einundsechzig gewesen.«

»Stimmt«, sagte Joe. »1967 bin ich geboren worden.«

»Und Gernot war doch höchstens zwei, drei Jahre alt, als sein Bruder die Kurve gekratzt hat«, fuhr Luginger fort.

Im Radio haute Elton John in die Tasten. Joe steuerte das Taxi am Haarer OBI vorbei, und Luginger sagte: »War aufmerksam von dir, der Weibel nicht gesteckt zu haben, dass du Gernot am Abend zusammen mit seiner Schwester gesehen hast. Das hätte ihn noch tiefer reingeritten.«

Joe wechselte die Spur. »Den kann keiner noch tiefer reinreiten, Franz. Wenn das Blut auf seinem Pulli von seiner Schwester ist, hat er schlechte Karten.«

»Geschlechtsumwandlung, heißt das so?«, fragte Luginger.

»Schon. Obwohl ich nicht weiß, was die Chirurgen da wirklich machen.«

»Vielleicht war das der Grund, weswegen Tony früher nicht draußen war«, sagte Luginger. »Er wollte kein Junge sein. Ich meine, wir hingen auf der Straße rum, haben Fußball gespielt und uns die Nüsse poliert. Tony war nie dabei.«

Joe hupte. Der Fahrer vor ihm fuhr nicht los, obwohl die Ampel Grün zeigte. »Schon der Hammer. Du hörst ein halbes Leben nichts von deinem Bruder, und dann kommt er als Schwester zurück.«

Luginger nickte.

Sie fuhren die Dorfstraße entlang Richtung Maibaum.

»Setz mich bei meiner Mutter ab«, bat Luginger. »Kannst du dich noch erinnern, dass Gernot mal geerbt hat?«

Joe verneinte, und Luginger sagte: »Irgendwo hat er die Kohle verballert. Genau krieg ich's aber nicht mehr zusammen.«

»Weg ist weg«, erwiderte Joe. »Interessanter ist doch, dass die Oliveira von der Erbschaft wusste und geglaubt hat, Gernot hätte einen fetten Sparstrumpf. Nach so vielen Jahren. Das passt nicht. Ich meine, Erben rennen doch gleich los und schreien, her damit. Warum kam sie erst nach einer halben Ewigkeit auf die Idee, mal nachzufragen?«

Stimmt, dachte Luginger. Da passt was nicht.

Die Pfütze vorm Haus seiner Mutter musste er übersehen haben. Luginger spürte, wie seine Füße nass wurden, und fluchte. Wie so oft trug er Quastenslipper. Nur waren Quastenslipper bei Regen und Schnee die falsche Wahl.

Sein Telefonat mit Sammy war kurz und bündig. Sein Koch hatte alles im Griff, im Hammer-Eck wurde er nicht gebraucht.

Als Nächstes rief er Barbara an.

»Wo steckst du?«, fragte sie.

»Steh vorm Haus meiner Mutter.«

»Willst du nicht reingehen?«

»Schon. Bin aber noch nicht in Stimmung.«

»Ich dachte, ich komme gegen elf. Dann sind die meisten Pappnasen ja weg«, sagte Barbara.

»Das wird schwierig, Mädchen. Hier ist viel passiert.«

»Was denn?«

»Gernot ist gerade verhaftet worden. In einem Hotel am Ostbahnhof. Zur Sonne heißt der Laden.«

»Wie bitte?«

»Ist ’ne lange Geschichte. Ich komm gerad von da.«

»Hat er mit dem Tod dieser Frau zu tun, Franz?«

»Keine Ahnung. Er sieht beschissen aus und kann nicht viel sagen, weil er tagelang dicht war.«

»Wo ist er jetzt?«

»In Untersuchungshaft.«

Luginger hörte Barbara stöhnen. Dann sagte er: »Wir brauchen deine Anwältin. Erinnerst du dich?«

»Die Frau Hilgard, die Sammy damals geholfen hat.«

»Genau die.«

»Soll ich sie gleich anrufen?«

»Bitte.«

»Es ist kurz nach zehn.«

»Scheiß drauf.«

Luginger blickte auf seine Schuhe. Scheiß drauf.

* * *

Als er im Flur stand, hörte er Stimmen. Seine Mutter war also nicht allein. Ein Blick zur Garderobe verriet, wer da war. Brettmanns Parka hing über einem Bügel. Am Arm war die Anti-Atomkraft-Sonne aufgenäht. Brettmann war nicht nur Annas Nachbar von gegenüber, sondern auch frühpensionierter Lehrer für Mathe und Physik mit ausgeprägtem Ehrgeiz, ihre geistigen Fähigkeiten nicht verkümmern zu lassen. Der Mann mit attestiertem Burnout-Syndrom und krummen Gichtgriffeln ging Luginger mächtig auf die Nerven. Neue Problemzonen wie Router, WLAN und Online-Shopping hätte es ohne ihn nicht gegeben.

Luginger grüßte mit verhaltener Freude. Anna und Brettmann saßen über einen Laptop gebeugt und erweckten den Eindruck, sich nicht stören lassen zu wollen.

»Kalt hier«, stellte Luginger fest.

»Bei siebzehn Grad arbeitet das Gehirn am besten«, sagte Brettmann.

»Bei siebzehn Grad arbeitet bald niemand mehr, weil alle mit Grippe im Bett liegen«, erwiderte Luginger.

»Bub, komm her und schau dir das an«, rief seine Mutter munter.

»Mama, ich muss mit dir reden.«

»Ich hab gegoogelt. Jetzt kann ich nachsehen, was Visionen sind. Also, was da drüber geschrieben wird.«

»Wir reden. Sofort, Mama.«

Luginger sah, wie ihn Brettmann verwundert anstarrte.

»Frau Luginger, Ihr Sohn hat bestimmt ein ernstes Anliegen. Ich kann morgen noch einmal vorbeischauen.«

Annas Blick verfinsterte sich. Während Brettmann seinen Laptop einpackte, holte Luginger zwei Bier aus dem Kühlschrank.

»Ich trink nix«, sagte Anna entschieden.

»Du trinkst, Mama. Du wirst's brauchen.«

Nach Brettmanns Abgang schlürfte sie zur Anrichte und kramte ein angebrochenes Päckchen Salzstangen hervor. Luginger bemerkte, wie ihr jede Bewegung schwerfiel.

»Die willst doch jetzt nicht essen?«, fragte er.

Anna zögerte. »Ich dacht, du würdest sie mögen.«

»Mama, die hast mir schon x-mal hingestellt. Die sind uralt.«

Unter heftigem Schnaufen fiel seine Mutter in ihren Sessel.

Luginger suchte seinen Tabak. Dann fiel ihm ein, dass Joe sein Päckchen Gernot gegeben hatte.

»Willst rauchen?«, fragte Anna.

Luginger nickte.

»Hast deinen Tabak vergessen?«

Luginger öffnete die Bierflaschen.

»Ich rauch nimmer.«

»Sehr gescheit, Mama. So lebst länger.«

Anna griff nach den Salzstangen.

Luginger schenkte ein. Dann fragte er: »Woher weißt du, dass die tote Frau eine Brasilianerin ist?«

Seine Mutter blickte auf ihr volles Glas. Keine Antwort.

»Mama, raus damit.«

»Geht dich nix an, Bub.«

»Der alte Polterer hat gequatscht, stimmt's? Der Sohnemann quatscht, der Alte quatscht, und schon weiß halb Leuterding Bescheid. Den Alten kennst doch, und die Resi kennt ihn auch.«

Annas dritte Zähne zerkleinerten Salzstangen.

»Soll ich dir erzählen, wo ich herkomm? Willst wissen, dass Gernot im Gefängnis sitzt? Interessierst dich für eine Geschicht, die nicht blöder hätt laufen können?«

Verstörter Blick. Schweigen.

»Donnerstagabend, Mama, hat Gernot betrunken an meinem Pick-up gelehnt. Ihm ging's schlecht, sehr schlecht sogar. Er wollt mit mir reden, ich hab aber gesagt, keine Zeit, komm bittschön morgen, ich muss zur Volkshochschulfeier. Drei Stunden später wird sein Bruder umgebracht. Deine Brasilianerin ist nämlich Tony Hager oder, besser gesagt, Antonia Oliveira. Und in dem Hotel, von dem ich gerad komm, ist eine Telefonnummer gespeichert, und das ist deine. Deine Nummer, Mama.«

Luginger sah, wie seine Mutter starr vor Schreck im Sessel hing.

»Hast das nicht gewusst, dass deine Brasilianerin aus unserm Ort kommt? Hat der alte Polterer dir nur a bisserl was gesteckt? Und die größte Scheiße ist, Mama, Gernot wird verdächtigt, seine Schwester oder seinen Bruder, wie auch immer, vom Parkdeck gestoßen zu haben. Und jetzt kommt's, Mama. Ich hätt das verhindern können, wenn ich mit Gernot gesprochen hätt. Und ich hätt mit ihm gesprochen, wenn du damit rausgerückt wärst, dass dich Tony am Dienstagnachmittag angerufen hat. Um halb drei, Mama.«

Luginger war laut geworden. Er hatte sich in Rage geredet. Ehe er begriff, dass seine Mutter am ganzen Körper zitterte, knallte seine Faust auf den Tisch. Zuerst hüpften Salzstangen, dann liefen Tränen Annas Wangen hinunter.

»Was ist jetzt, Mama? Hat's dir die Sprach verschlagen? Warum hat dich Tony angerufen? Nach vierundvierzig Jahren. Was ist da gelaufen?«

Annas Finger krampften sich zusammen.

Luginger wechselte die Tonlage und fragte mittelsanft: »Der Anruf. Warum?«

»Tony ist doch ein Mann, Franz. Was redest da von einer Schwester.« Anna flüsterte mehr, als sie sprach. »Den Namen, den du gesagt hast, den kenn ich nicht.«

»Das ist alles kompliziert, Mama. Tony hat sich operieren lassen, weil er kein Mann sein wollt. Er wollt eine Frau sein. Und die Tote ist eine Frau. Die Polizei hat festgestellt, dass ihr Geschlecht künstlich verändert worden ist.«

Anna wischte mit einem Taschentuch über ihr Gesicht und trank ihr Bierglas aus. Ihr Zittern war nicht besser geworden.

»Als Tony angerufen hat, dacht ich, mich trifft der Schlag, Bub. Nach so vielen Jahren ruft er mich an und bedankt sich. Ich hab gefragt, wo bist du, und er hat gesagt, in München. Dann hab ich gesagt, er möcht ins Hammer-Eck kommen, du hättst die Wirtschaft vom Papa übernommen. Das hat ihn gefreut, dass du das Hammer-Eck hast. Zum Schluss hat er gesagt, schön, dass Sie noch leben, Frau Luginger.«

Erneut kochte Wut in ihm hoch: »Warum hast von dem Anruf nix erzählt, Kruzifix noch eins. Ich komm jeden Tag hierher, und du sagst nix.«

»Er wollt das nicht. Er wollt nicht, dass jemand weiß, dass er hier ist.«

»Warum das denn? Da kommt einer nach so langer Zeit zurück und will nicht, dass andere davon wissen?«

Anna nickte. Dann Schluchzen.

»Wofür hat sich Tony denn bedankt, Mama?«

Leise und in sich gekehrt begann die alte Frau zu erzählen: »Ich hab ihm Geld zugesteckt, als er weg ist. Lang her, Franz, 1967, im

Mai. Es war kühl, und gerochen hat's gut. Die Blüten, die Luft, alles kam so daher, dass es ein schöner Tag werden würd. Papa hat an dem Abend vorher viel getrunken, und als er spät heimkam, da war seine Brieftasch weg. Am Morgen bin ich früh los und hab geschaut, ob ich im Alten Hof schon jemand treffen würd. Da war aber noch zu. Dann bin ich zum Schmidt Sepp, der war ja immer beim Schafkopfen dabei. Sepp war wach. Er hat die Brieftasch mitgenommen, weil er als Letzter gegangen ist. Auf dem Heimweg hab ich den Buben dann gesehen. Er stand an der Haltestelle, oben an der Dorfstraß, und hat geraucht. Ich hab gewunken, vom Rad aus gewunken, verstehst. Einen Koffer hat er neben sich gehabt, und da hab ich gewusst, er geht weg. Ich bin zu ihm hin und hab ihm das Geld vom Papa zugesteckt. Sechsunddreißig Mark. Das weiß ich heut noch so gut wie damals. Geredt haben wir nix. Fast nix, mein ich. Er hat nur gesagt, irgendwann muss ja mal Schluss sein. Ich hab genickt. Recht hat er gehabt, sonst wär er kaputtgegangen, der Tony. Ich hab's Papa erzählt, wegen dem Geld, sonst niemandem, keiner Seel. So war's. Und deshalb hat er mich angerufen.«

* * *

Der Weg vom Drachenweg zum Hammer-Eck war Luginger noch nie so weit erschienen. Wofür er normalerweise nur Minuten brauchte, zog sich endlos. Er schlich, statt zu gehen. Seine Gedanken kreisten um Erinnerungen, die Anna wieder aufgefrischt hatte. Max Hager, Tonys und Gernots Vater, war vor dreißig Jahren an Krebs gestorben. Wenig später war seine Frau Gertrud bei einem Badeunfall umgekommen. Die Hagers hatten Schulden, ihr Hotel lief nicht gut, und Gertrud hat kurz vor ihrem Tod alles verkauft. Für Gernot war nicht viel übrig geblieben. Am Münchner Leuchtenbergring hat er dann seine kleine Erbschaft mit einem Fitnessstudio in den Sand gesetzt. Nach Annas Ansicht war er Schaumschlägern aufgesessen, die eine schnelle Mark machen wollten. Den Rest ihrer Erzählungen hatte er so noch nie gehört. Dass Tony anders war und dass er gehänselt und schikaniert wurde, wenn er draußen war, wussten alle. Die Hagers waren verzweifelt. Sie waren bei Ärzten, doch niemand konnte helfen. Er war ein Bub, hatte Anna vorhin gesagt. Nicht so richtig, also nicht eindeutig, aber ein Bub. Die Ärzte wollten operieren, Gertrud war aber dagegen gewesen. Mein Kind ist gesund, dem fehlt nix, hatte sie immer gesagt. Er ist eben anders, und anders ist nix fürs Skalpell. Erst als Gernot auf die Welt kam, hat sich Max erholt. Der Junge war sein ein und alles. Für Tony aber ist's noch schwerer geworden.

Luginger stand am Maibaum und blickte auf die Straße. Schneeflocken glänzten im Licht der Straßenbeleuchtung. Vorhin erst war ihm klar geworden, warum ihm zu Tony Hager so gut wie nichts eingefallen war. Die Hagers hatten ihn weggesperrt, das Kind war ein Unfall, einen wie ihn durfte man nicht zeigen. Als er seine Mutter gefragt hatte, was denn mit Tony los war, hatte sie gar nicht gewusst, wo hinschauen. Keine Antwort, langes Schweigen. Leuterding vor vierundvierzig Jahren, dachte Luginger jetzt. Viertausend Katholen, nur Kinder, Küche, Kirche. Alles außer hetero und verheiratet war die Hölle. Und mittendrin ein kleiner Bub, der nicht nur ein Bub war. Dazu ein Hotel, mit dem niemand Geld verdienen konnte, wenn alle Welt sich das Maul über Abartiges zerriss.

Vorm Hammer-Eck war es dunkel. Sammy hatte zugesperrt. Streit, hatte er zu seiner Mutter gesagt, als sie wissen wollte, warum Gernot verhaftet worden sei, die Kripo glaubt an einen Streit unter den Geschwistern. Tony wollte Geld, Gernot hatte keins, Tony beschimpfte ihn, es kam zu Handgreiflichkeiten, Gernot hatte sich nicht unter Kontrolle, er war betrunken, und schon war's passiert. Ein Stoß, ein Sturz, Mama, so konnt's gewesen sein. Warum am Parkhaus?, hatte seine Mutter gefragt. Ohne Auto? Ohne Auto braucht doch niemand ein Parkhaus.

* * *

Barbara suchte ihren Slip. Luginger lag im Bett und bewunderte ihre Figur. Alles wie es sein soll, dachte er. Top in Schuss, das Mädchen. Viel Sitzen, wenig Sport. Geht doch!

»Im Bett rauchen ist echt Scheiße, Franz.«

»Gibt Schlimmeres.«

»Gibt Besseres.«

Als Luginger Wölkchen in die Luft blies, nahm ihm Barbara die Kippe weg.

»Frieden«, sagte Luginger.

»Nix Frieden. Das nervt. Immer der gleiche Ärger.«

Barbara zog Hose und Pullover an.

»Musst weg?«, fragte Luginger.

»Hab ich gestern doch erzählt. Ich pass auf die Kinder von Martin auf.«

»Warum noch mal?«

»Herrje, warst du eigentlich anwesend? Mein Bruder geht Skifahrn.«

Stimmt, dachte Luginger und drehte sich zur Seite. Der Depp braust zum Spitzing, um Kunstschnee zu testen. Wie bescheuert muss man sein, um sich so was anzutun?

Barbara stieg in ihre Stiefel.

»Frühstücken könnten wir noch«, schlug Luginger vor.

»Von wegen. Schau mal in deinen Kühlschrank. Gähnende Leere.«

Luginger stöhnte. »Jetzt mach doch nicht so 'nen Druck, Mädchen.«

Barbara zog Mantel und Handschuhe an. »Was soll ich hier? Du rauchst die Bude voll, zu essen gibt's nichts, und in deiner Dusche ist der Abfluss verstopft. Ich geh jetzt.«

Luginger schwang seine Beine aus dem Bett, während Barbara von der Tür aus rief: »Falls sich Frau Hilgard oder die Kommissarin melden, frag sie, was die Obduktion ergeben hat. Würd mich interessieren, ob Tony eine Transe oder ein Intersexueller war.«

Luginger fingerte eine weitere Zigarette aus seinem Eiserne-Reserve-Päckchen und lief zum Kühlschrank. Barbara hatte Recht. Bis auf Margarine und alte Käsescheiben – nichts. Und im Duschbecken stand Wasser, weil im Abfluss ein Haarband hing.

Während seine Kippe im Ascher vor sich hin glimmte, entdeckte er einen Zettel mit einem Link, mit dessen Hilfe sich eine Internetseite mit Informationen über Transvestiten und Intersexuelle öffnen ließ. Barbara kannte sich da aus. Wer Transvestitenshows veranstaltet, lernt so was, hatte sie gestern Nacht gesagt und einen Vortrag über Genitalverstümmelung, Kastration und seelische Dauerschäden vom Stapel gelassen, dass ihm immer noch der Kopf schwirrte.

Also Transen haben ein eindeutiges Geschlecht, so viel hatte er behalten. Zum Beispiel Männer, die Männer sind, aber lieber Frauen sein wollen. Intersexuelle hingegen haben von allem etwas, also männliche und weibliche Merkmale. Eben kein eindeutiges Geschlecht, deshalb zwischengeschlechtlich. Früher sei auf Teufel komm raus operiert worden, hatte Barbara gesagt, weil die Mediziner glaubten, klares Geschlecht, klare Identität, keine Störungen.

Falsch. Komplett falsch.

Luginger öffnete das Küchenfenster. Draußen schien die Sonne. Keine Seele war unterwegs. Er brauchte Kaffee und ein Frühstück. Auf seinem Handy suchte er Joes Nummer. Nichts, nur die Mailbox. Schlecht, dachte er. Ganz schlecht.

2

Erstens: Gernot hatte auch nach drei Tagen Haft nichts Bedeutendes zur Wahrheitsfindung beigetragen.

Zweitens: Seine vagen Angaben zu einer möglichen Geldbeschaffung seiner Schwester hielt Frau Weibel für einen leicht durchschaubaren Versuch, von eigener Schuld abzulenken.

Drittens: Frau Hilgard sah schick aus: Kostümchen, Hochhackiges, schlank, jung, frisch vom Frisör.

Viertens: Die Sicherstellung der wenigen Reiseutensilien im Hotel Zur Sonne hatte genauso wenig Erhellendes ergeben wie eine Durchsuchung von Gernots bescheidener Behausung. Der genaue Todeszeitpunkt wurde mit dreiundzwanzig Uhr neunzehn zu den Akten genommen. Die Uhr von Frau Oliveira war durch den Sturz kaputtgegangen und stehen geblieben. Kampfspuren an ihrem Körper wurden keine gefunden.

Fünftens: Gernots Tochter Gabi verstand die Welt nicht mehr. Die letzten beiden Abende war sie jeweils kurz im Hammer-Eck gewesen. Moni hatte sie getröstet. Dass ihr Vater einen Bruder hatte, wusste sie. Allerdings war Tony während ihres ganzen Lebens nur ein Name gewesen. Mit keinem Wort hatte Gernot ihr gegenüber erwähnt, dass er plötzlich aufgetaucht war. Sie hatte ihren Vater während der fraglichen Zeit, also von Samstag bis Donnerstag, aber auch nur einmal am Telefon.

Sechstens: Das Blut an Gernots Kleidung stammte nach der kriminaltechnischen Untersuchung eindeutig von der toten Antonia

Oliveira. Außerdem hatte ein Vergleich der Fasern von Gernots Pullover ergeben, dass sie mit den Fasern übereinstimmten, die auf ihrem Mantel gefunden worden waren.

Siebtens: Frau Weibel hatte den Anruf Frau Oliveiras bei Lugingers Mutter nicht weiter kommentiert. Die Polizei hatte sich gleich am Sonntag bei ihr gemeldet, nachdem alle Informationen aus dem Hotel am Ostbahnhof ausgewertet waren. Da Anna dem Inhalt des Gesprächs nichts Neues hinzugefügt hatte, schien der Punkt abgehakt.

Achtens: Das Obduktionsergebnis besagte, dass Frau Oliveira eine Intersexuelle war. Ihr Geschlecht war weder männlich noch weiblich. Tony war als Zwitter geboren worden, und die späteren operativen Korrekturen hatten nicht darüber hinwegtäuschen können, dass er Merkmale beider Geschlechter in sich trug.

Luginger saß jetzt schon eine geschlagene Stunde auf einem Plastikstühlchen der Erdinger Kripo. Frau Weibel hatte ihn gebeten zu kommen. Doch die Kommissarin war verschwunden. Ihr Büro war verwaist, und die auf dem Gang vorbeitrottenden Beamten konnten auch nicht weiterhelfen. Als er rauchen wollte, wurde er nach draußen verwiesen. Draußen war es kalt, zudem bestand die Gefahr, dass er die Weibel außerhalb des Gebäudes verpasste. Also blieb er, wo er war, und dachte nach. Nachdenken fiel ihm schwer. Nachdenken erschien ihm wie so oft als mickriger Versuch, der Unübersichtlichkeit des Lebens mit Verstandesleistung beizukommen. Nachdenken war was für Optimisten und die, die ohne Antworten nicht leben konnten. Er konnte das. Einfach da sein und schauen, was kam.

Seit Samstag bezweifelte er allerdings, dass das reichte. Zu viel war geschehen, und zu erdrückend waren die Indizien, die Gernot belasteten. Frau Hilgard hatte sich gestern auch nicht hoffnungsvoll angehört. Im Laufe der Ermittlungen, hatte sie gesagt, sind mehrere Zeugen aufgetaucht, die Frau Oliveira in Leuterding gesehen haben. Wenn sie allerdings mit jemandem zusammen gesehen wurde, dann mit Gernot. Tut mir leid, Herr Luginger, es deutet alles darauf hin, dass sie sonst niemanden getroffen hat. Im Hotel Zur Sonne und seiner Umgebung ein ähnliches Bild. Nur ein Cafébesitzer am Orleansplatz konnte sich an die Frau erinnern. Sonntags hatte sie bei ihm ein Stück Prinzregententorte gegessen. C'est tout! Ansonsten rien. Absolument nul, Monsieur Luginger. Französisch, hatte Luginger gedacht, hab ich was verpasst, war Bayern mal Kolonie? Was mir auch nicht gefällt, war die Anwältin fortgefahren, ist der Umstand, dass es keine Zeugen gibt, die Herrn Hager für den Tatzeitpunkt entlasten könnten. Bis auf Herrn Joe und Sie hat ihn ab zehn Uhr niemand mehr gesehen. Das ist nicht gut, aber noch kein Beinbruch. Schwieriger ist zu erklären, wie Frau Oliveira ihre prekäre finanzielle Situation verbessern wollte, wenn es nichts gibt, das auf Kontakte mit Dritten schließen lässt. Ein geheimes Konto wird sie ja nicht entdeckt haben.

Luginger hörte Schritte. Mit wehendem Mantel brauste Frau Weibel den Gang entlang, und er beobachtete, wie es ihrem Adlatus Meisner schwerfiel, Schritt zu halten. Noch im Laufen wedelte sie mit der Hand, was Luginger nicht beeindruckte. Erst im Büro schien sie zu bemerken, dass er ihre Handzeichen missverstanden haben musste.

»Kommen Sie bitte, Herr Luginger. Ich bin in Eile.«

Luginger blieb sitzen.

»Was ist? Sind Sie gehbehindert? Können Sie nicht aufstehen?«

Luginger zeigte auf seine Armbanduhr.

»Verstehe. Sie sind beleidigt, weil Sie haben warten müssen.

Herr Meisner, bitte einen Kaffee für Herrn Luginger und einen Aschenbecher. Geht das?«

Herr Meisner blickte zu Frau Weibel, dann zu Luginger. Schließlich strich er über seine Nasenflügel und trottete davon.

»Ihr Diener, wie?« Luginger erhob sich und schlich in Frau Weibels Büro.

Die Kommissarin schloss die Tür. »Nehmen Sie Platz. Sie müssen entschuldigen, aber ich war viel zu lange beim Staatsanwalt.«

»Und?«, fragte Luginger.

»Was und?«

»Na ja, was sagt der Vertreter der Anklage?«

»Nichts sagt er. Er prüft und hat Sorgen, wie jeder Sorgen hat.«

Luginger nickte. Dann drehte er eine Zigarette.

»Also hören Sie, Herr Luginger, Ihr Stammgast, der Herr Hager, tut sich schwer, Worte zu finden, und ich habe keine Lust, stundenlang mit einem Schweiger am Tisch zu sitzen. Ich möchte Sie bitten, Herrn Hager ins Gebet zu nehmen. Vielleicht erinnert er sich ja in Ihrer Gegenwart an mehr. Würden Sie das tun?«

Luginger betrachtete das Arbeitszimmer. Ein Schreibtisch, ein PC, ein Drucker, ein Telefon, ein Hängeschrank, zwei Stühle, ein Tisch. Dazu zwei Grünpflanzen auf dem Fensterbrett, Marke mickrig und unbekannt, an der Wand ein Kunstdruck mit Seerosenteich im Impressionistentouch und mehrere Wasserflaschen unter einem Kleiderhaken, der leer war.

»Gemütlich haben Sie's hier«, sagte er.

»Wollen Sie tauschen?«, fragte Frau Weibel.

»So weit käm's noch«, antwortete Luginger.

Mit einem Fußtritt öffnete sich die Bürotür. Herr Meisner und ein uniformierter Kollege stellten einen riesigen Aschenbecher mit hohem Steinfuß neben Lugingers Stuhl.

»Zehn Minuten«, sagte der Mann in Uniform. »Der muss wieder runter vor den Haupteingang.«

»Danke«, sagte Frau Weibel.

»Danke«, sagte Luginger.

Herr Meisner fragte, ob er den Kaffee mit Milch und Zucker bringen dürfe.

Luginger sagte: »Schwarz.«

»Das Service mit dem Goldrand, Frau Hauptkommissarin?« Herr Meisner blickte dienstbeflissen.

»Schon gut, Herr Meisner. Ich weiß ja, was Sie von meinen Methoden halten.«

»Goldrand ist okay«, sagte Luginger. »Dazu bitte ein Kännchen. Auch mit Goldrand.«

Herr Meisner verzog keine Miene, als er nach draußen schritt und die Tür leise hinter sich zuzog.

»Reden Sie mit Herrn Hager, ja oder nein, Herr Luginger?«

Luginger steckte sich seine Zigarette an. Dann sagte er: »Ein Steinaschenbecher voller Kippen, Donnerwetter. Ihr Kollege hat Humor. Das Ding wiegt bestimmt fünfzig Kilo. Wer leert den eigentlich aus?«

Frau Weibel stöhnte. »Die, die an der Pforte Dienst schieben, kümmern sich drum. Können wir jetzt?«

»Frau Hilgard hat mir schon erzählt, dass Sie mich um so was bitten würden«, sagte Luginger. »Sie hat mir nicht unbedingt abgeraten.«

»Ein kluge Frau, die Anwältin.«

»Sie glaubt auch, dass Sie Ihre Ermittlungen gegen die Wand fahren.«

Frau Weibel schob die Pflanzen zur Seite und öffnete das Fenster.

»Ja oder nein? So schwer kann Ihnen die Antwort doch nicht fallen.«

»Doch«, antwortete Luginger. »Sie fällt mir schwer, weil ich mich frage, wem ich damit helfe. Ihnen oder Gernot?«

»Kennen Sie die Zuckerbrot-und-Peitsche-Methode, Herr Luginger?«

»Spielt im modernen Fußball keine Rolle mehr. Wir können das aber gerne diskutieren.«

»Ich diskutiere nicht. Ich baue Brücken. Über eine davon sollten Sie gehen. Oder haben Sie vergessen, dass Herr Polterer Herrn Hagers Kleidung von Donnerstagnacht auf Ihrem Pick-up gefunden hat?«

»Max Merkel in Reinkultur«, sagte Luginger.

»Also haben Sie verstanden, was ich andeuten möchte?«

Luginger nickte. »Medizinbälle, ganz klar.«

»Gut, dann fahren wir fort.« Frau Weibel legte Luginger ein schwarzes Handy vor die Nase. »Das gehörte Frau Oliveira. Sie hat genau vier Anrufe damit getätigt. Und alle vier galten Herrn Hager. Vom Hotel aus hat sie ein weiteres Mal telefoniert. Mit Ihrer Mutter. Sonst nichts, rein gar nichts. Da kommt jemand nach vierundvierzig Jahren aus São Paulo angeflogen, bleibt sechs Tage, wird getötet und hat während der ganzen Zeit nur mit seinem Bruder und Ihrer Mutter gesprochen. Das ist schon merkwürdig genug. Dass er aber eine Absahnstrategie eingefädelt haben will, wie Herr Hager angedeutet hat, ist unter diesen Umständen schlicht unmöglich. Mit irgendjemand muss Frau Oliveira in diesem Fall doch geredet haben, oder?«

»Absahnstrategie?«, fragte Luginger.

»Was soll es denn sonst sein, was Herr Hager mir sagen will? Erpressung, so einfach ist das.«

»Sie meinen, Frau Oliveira hat jemanden erpressen wollen?«, fragte Luginger nach.

»Das meint Herr Hager, nicht ich. Ich glaube, er erfindet da was. Für meine Vermutung spricht auch, dass wir weder bei der Leiche noch im Hotel Telefonnummern gefunden haben. Von niemandem. Ist das normal, frage ich Sie?«

Luginger rauchte. »Gutes Gedächtnis«, sagte er schließlich. »Frau Oliveira hat sich die Nummern gemerkt.«

»Möglich«, entgegnete Frau Weibel. »Möglich, aber unwahrscheinlich. Wahrscheinlich ist, dass sie eben nur ihren Bruder kontaktiert hat. Wahrscheinlich ist, dass sie ihre ganze Energie brauchte, Herrn Hager unter Druck zu setzen, um ihm Geld aus den Rippen zu leiern.«

»Wenn Sie das so sehen, ist der Fall doch klar.« Luginger drückte seine Zigarette aus. »Dann kann ich mir das Gequatsche mit Gernot auch sparen.«

Frau Weibel hatte hinter ihrem Schreibtisch Platz genommen und blätterte in Papieren. Sie schwieg. Luginger stand auf, machte das Fenster wieder zu und rückte die kümmerliche Pflanzenwelt an ihren Platz.

»Die Erfahrung spricht gegen Herrn Hager«, sagte Frau Weibel, nachdem sie das Blättern eingestellt hatte. »Trunkenheit, Streit unter Geschwistern, die Gelegenheit spätabends. Herr Hager wird angeklagt werden, da besteht kein Zweifel.«

»Aber?«, fragte Luginger.

»Aber ich habe kein Geständnis, Herr Luginger. Und ich bin neugierig. Was war wirklich los zwischen Herrn Hager und Frau Oliveira? Warum brennen Ihrem Stammgast die Sicherungen durch? Oder war es doch nur ein Unfall? Ein unbedachter Schubser zur falschen Zeit an falscher Stelle?«

Frau Weibel verließ ihren Platz, marschierte zur Tür, und Luginger hörte, wie sie mehr schrie als rief: »Herr Meisner! Herr Luginger hat zu Ende geraucht. Bringen Sie sofort das Ding hier raus.« Danach klemmte sie einen Stuhl zwischen Tür und Zarge, klatschte in die Hände und sagte: »Zehn Sekunden.«

In Windeseile war der Steinaschenbecher verschwunden. Zufrieden hob Frau Weibel die Hände. »Herr Meisner riecht das, wissen Sie. Den verglühten Tabak, den stinkenden Rest ausgedrückter Kippen. Ihn macht das krank. Er ist nicht nur Nichtraucher, er ist aktiver militanter Nichtraucher.«

»Ein Fundi«, sagte Luginger.

Frau Weibel nickte beifällig.

Luginger dachte: Die packt mich. Die lässt ihren Meisner so lange tanzen, bis ich einverstanden bin.

»Ich mach das«, sagte er schließlich. »Dafür müssen Sie mir aber erklären, wie Gernot seine Schwester da runtergestoßen haben soll.«

Zufrieden fiel die Kommissarin in ihren Stuhl zurück. »Es hat einen heftigen Streit gegeben. Wie heftig, lässt sich nicht genau feststellen. Frau Oliveira ist an einer Stelle abgestürzt, die nur provisorisch gesichert war. Eine Schlosserei hat einen Tag vorher, also am Mittwoch, ein großes Stück Gestänge oder Gitter oder wie auch immer mitgenommen, um es auf schwache Schweißnähte zu überprüfen. Und genau dort kam es zur Auseinandersetzung zwischen den Geschwistern. Wir haben da oben ein Taschentuch von Herrn Hager gefunden. Außerdem gibt es unter seinen Fingernägeln Spuren, die vom Stoff des Mantels seiner Schwester stammen.«

»Ein Taschentuch«, brummte Luginger. »Das kann er seiner Schwester wo und wann auch immer zugesteckt haben.«

»Vielleicht, vielleicht auch nicht. Wenn ich Herrn Hager dazu befrage, habe ich den Eindruck, er weiß nicht mal, was Taschentücher sind.«

»Und mehr haben Sie nicht gefunden?«

»Das ist ein Parkhaus, guter Mann. Da liegt kurz vor Mitternacht alles Mögliche rum. Kaugummis, leere Flaschen, Kippen etc. etc.«

»Aber kein Blut und keine Zeugen?«

»Wir haben das überprüft, glauben Sie mir. Kein Blut auf dem Parkdeck. Um diese Uhrzeit sind dort nur Leute, wenn die S-Bahnen nach München rein- oder rausfahren. Und Frau Oliveira wurde getötet, als es keinen Zugverkehr gab. Zudem fuhr die S-Bahn an diesem Abend in beiden Richtungen wegen eines Stellwerkschadens am Ostbahnhof unregelmäßig. Kurz und gut: Donnerstagnacht zwischen fünf nach elf und Viertel vor zwölf gab es keinen einzigen Zug in dem Bahnhof.«

Luginger überlegte. »Frau Hilgard meint, dass man in ein Parkhaus eher nicht zu Fuß reingeht. Soll heißen, man benutzt ein Auto. Gernot hat aber kein Auto. Warum soll er, betrunken, wie er war, bis zum obersten Parkdeck gelaufen sein, um seine neue Schwester umzubringen?«

Frau Weibel befühlte ihr Ohrläppchen. »Sehen Sie, Herr Luginger, genau deshalb sollen Sie mit Herrn Hager reden. Ich würde das auch gerne wissen, aber er kann es mir nicht erzählen. Wir wissen nur, dass er von der VHS-Feier nach Hause gehen wollte. Am Bürgerhaus hat er seine Schwester noch einmal getroffen. Seiner Erinnerung nach war sie guter Dinge. Er hingegen war wütend, weil sie ihn lange hat warten lassen. Danach soll sie alleine zur S-Bahn gelaufen sein. Er hatte nämlich furchtbaren Durst und musste einen Flachmann mit hartem Stoff niedermachen. Alles

Weitere liegt im Dunkeln, bis auf die Tatsache, dass er Freitagmorgen nach München gefahren ist und sich dann zwei Tage lang keine Mühe gegeben hat, seine Schwester zu suchen. Und wissen Sie, warum? Weil er wusste, dass er sie getötet hat.«

Luginger blickte auf die Seerosen an der Wand. »Das ist doch Blödsinn. Warum sollte Gernot im Hotelzimmer seiner Schwester rumhängen und darauf warten, dass Sie ihn einkassieren?«

»Es passt aber zu einem höchst verwirrten Menschen, Herr Luginger. Und vergessen Sie eins nicht: Motiv und Gelegenheit. Dazu das Blut an seiner Kleidung, das Taschentuch am Tatort, Alkohol in Mengen, die Geschwister, die sich nicht grün sind. Wissen Sie eigentlich, wie viele Tötungsdelikte familiäre Hintergründe haben? Kränkungen, alte Wunden, Gefühle, die aus dem Ruder laufen. Dazu Geld. Herrje, die Kombination ist nahezu klassisch.«

* * *

Als sich Luginger am frühen Abend sein erstes Bier genehmigte, war er erschöpft wie lange nicht. Nichts, was seine angeschlagene Stimmung hätte aufhellen können, hatte sich getan, seit er aus Erding zurückgekommen war. Ganz im Gegenteil. Mike war mit verbundener Hand aufgekreuzt und hatte die Reparatur des Pickup auf den Sankt-Nimmerleins-Tag verschoben. Unfall mit Messer, tiefe Fleischwunde, Heilung unbestimmt. Dann hatte Moni angerufen. Husten, Schnupfen, Heiserkeit. Sie komme, aber erst gegen acht. Später hatte er Getränkekisten geschleppt, ein neues Fass bereitgestellt, nass gewischt, Gläser sortiert und mit Sammy die Speisekarte besprochen. Wiener mit Kartoffelsalat, Schnitzelsemmel und Tiefkühlpizza. Tiefkühlpizza fand Luginger daneben. Sammy hatte aber darauf bestanden. Produkttest, hatte er das genannt und zwanzig Pizzen vom Supermarkt angeschleppt. Dazu hatte er eine Tafel mit Angeboten in seiner schönsten Handschrift bemalt. Pizza Salami, Pizza Hawaii, Pizza Funghi 5 €. Special des Tages: Pizza und ein Helles 7 €.

Morgen um zehn würde er Gernot sprechen. Nicht allein, darauf hatte die Weibel eindringlich hingewiesen. Sie würde sich aber raushalten, sie sei nur eine Art Wachhund, ein notwendiger Beisitzer, damit alles seine Ordnung habe. Was es allerdings zu besprechen geben sollte, war ihm unklar. Frau Hilgard hatte doch alles aus ihm rausgequetscht. Warum sollte er sich plötzlich besser erinnern, nur weil er neben ihm saß? Blieb die Beerdigung. Die Leiche sei noch nicht freigegeben, hatte die Kommissarin gesagt, und dass es noch einige Tage dauern könne, bis man hier Klarheit habe.

»Dortmund gewinnt«, rief Sammy aus der Küche. »Die Franzosen werden kein Land sehen, Franz. Wirst sehen.«

Heute Abend war Champions League. Borussia Dortmund hatte nur noch eine kleine Chance, die Vorrunde zu überstehen. Dazu musste allerdings ein Sieg gegen Olympique Marseille her.

Luginger blieb stumm. Dabei wollte ihn Sammy nur aufmuntern, um ihn aus seinem Formtief zu holen. Luginger wusste das.

Nach der vierten Halbe wurde er lockerer. Die Kneipe war jetzt gut besucht, der Fernseher lief. Servus hier und Servus da, zwei Weißbier, drei Helle und die Wiener bitte. Moni ließ es etwas langsamer angehen. Ein dicker Wollschal zierte ihren Hals, und wenn sie redete, röchelte sie wie nach einem Luftröhrenschnitt.

»Brauchst Öl«, sagte Heider.

»Nimmst du wenigstens Salbeibonbons?«, fragte Erika.

»Rauchverbot«, forderte Faulhuber.

Und geraucht wurde dann wirklich nicht. Moni konnte es kaum glauben. So viel Wertschätzung hatte sie noch nie erfahren.

In der Folge bemühten sich die Dortmunder, Marseille schwindelig zu spielen. Mit kurzen, präzisen Pässen kamen Götze und Co. immer wieder gefährlich vors französische Tor. In der dreiundzwanzigsten Minute war es dann so weit. Flanke auf Kehl, der auf Lewandowski, weiter zu Blaszcykowski, und drin war das Ding.

»Alles owski«, grölte Heider lachend. »Wie früher, die Polen beleben den Pott.«

Als wenig später gar das 2:0 fiel, setzten sich Luginger und Faulhuber an einen der hinteren Tische und besprachen den Kripobesuch am nächsten Morgen. Lugingers Zusage, der Polizei durch ein Gespräch mit Gernot auf die Sprünge zu helfen, machte Faulhuber Sorgen.

»Warum, Franz? Lass die doch ihren eigenen Kram machen. So, wie die Dinge liegen, hat Gernot gute Chancen davonzukommen. Das Taschentuch beweist gar nichts. Das hätte Gernot seiner Schwester auch zu einem früheren Zeitpunkt geben können. Auf dem Parkdeck ist es dann aus ihrer Manteltasche gefallen. Und Indizienketten müssen schon plausibel sein. Die Frau Kommissarin stützt sich auf Küchenlatein. Motiv und Gelegenheit. Der ganze Tathergang ist doch unklar. Glaub mir, Franz, nix machen ist besser als rumrühren.«

Luginger hörte Stöhnen und sah in frustrierte Gesichter. Marseille hatte auf 2:1 verkürzt.

»Arschgeigen«, schimpfte Sammy.

»Sensationell beschissen«, kommentierte Heider.

»So kurz vor dem Halbzeitpfiff. Die Deppen, die depperten«, blökte ein anderer vom Tresen her.

Luginger zupfte an den kurzen Armen seines T-Shirts. »Warum ist Frau Oliveira mit keinem anderen außer Gernot gesehen worden? Das ist die Frage aller Fragen, Bernie. Er hatte bis Donnerstagabend nachweislich keinen anderen Kontakt. Weder persönlich noch telefonisch. Das macht mich nervös, und damit haben sie ihn.«

»Deine Mutter«, warf Faulhuber ein.

»Meine Mutter, meine Mutter! Gut, er hat sie angerufen. Dafür gibt's sogar einen Grund. Das Dankeschön für die Hilfe von früher.«

»Wir brauchen das Motiv für seine Rückkehr«, sagte Faulhuber schließlich. »Frag Gernot danach. Warum jetzt? Offene Rechnungen, Abschied nehmen. So was.«

Luginger bestellte bei Moni zwei Bier.

»Ich bin ja nicht blöd«, erwiderte er. »Die Gerichtsmedizin hat aber keine schlimme Erkrankung bei der Toten festgestellt. Und eine Greisin war die Oliveira noch längst nicht. Also, warum Abschied nehmen?«

»Dann eben offene Rechnungen«, brummte Faulhuber.

»Eben, Bernie, offene Rechnungen mit ihrem Bruder, dem Sackgesicht, der die letzte Knete aus der Erbschaft in seinem dämlichen Fitnessstudio versenkt hat.« Luginger war wütend. Er verschränkte die Arme hinter dem Kopf und wippte angefressen vor und zurück.

Moni stellte zwei Halbe auf den Tisch. »Weißt du, wie viel Pizzen Sammy schon vertickert hat?«, fragte sie Luginger.

»Null.«

»Sechzehn«, erwiderte Moni, und Luginger spürte, mit wie viel Genugtuung sie diese Zahl hinausposaunt hatte.

»Tiefkühlscheiß aus dem Backofen«, knurrte er.

»Sind alles deine Gäste«, bemerkte Moni schnippisch. Dann hustete sie. Erst wenig, dann mehr, bis sich ihr Husten zu einem Anfall steigerte, der ihr Gesicht rot färbte und ihren Körper schüttelte.

»Sollen wir wieder rauchen?«, fragte Faulhuber.

»Das kommt davon«, sagte Luginger.

Heider reichte ihr ein Taschentuch. »Spucken, nicht schlucken.«

Als Moni wieder normal atmen konnte, sagte sie scharf: »Ich geh jetzt. Siehst ja, Franz, ich pack's nimmer.«

Während Luginger genervt zu Faulhuber blickte, hörte er noch einmal Monis Stimme: »Das kommt davon.«

* * *

In der Früh radelte Luginger zum Supermarkt. Kalte, trockene Luft blies ihm ins Gesicht. Der Himmel war klar, von Wolken, die zu Weihnachten Schnee bringen konnten, keine Spur. Er nahm den Weg über die Tegernseer Landstraße. Weil rechts Autos parkten und links Gegenverkehr drängelte, wechselte er von der Straße auf den Bürgersteig, passierte den Frisörladen Lang, die Filiale der Raiffeisenbank und wäre beinahe mit Brettmann kollidiert, der im Gehen den Beipackzettel irgendeiner Arznei studierte.

Mit einem Einkaufskorb in der Hand lief Luginger durch zugestellte Gänge. Überall standen Tische mit Zimtsternen, Dominosteinen und Spekulatiustüten im Weg. Ein junger Mann sortierte Nikoläuse, und Luginger fragte sich, ob Nikoläuse noch Nikoläuse genannt werden durften, wenn der Nikolaustag längst vorüber war.

»Guten Morgen«, hörte er plötzlich eine Stimme hinter sich. »Sie sind doch Herr Luginger.«

Luginger blickte sich um. »Guten Morgen.« Er brauchte einen Moment, bis er wusste, wer ihn begrüßt hatte. »Ikebana«, sagte er schließlich.

Die Frau grinste. »Stimmt. Aber nicht nur. Darf ich mich vorstellen? Murray, Anita Murray.«

»Schön«, erwiderte Luginger.

»Suchen Sie was Süßes?«, fragte Frau Murray.

»Nein, eher nicht.«

»Ist auch besser so. Ich muss nach Weihnachten jedes Mal mächtig auf die Bremse treten. Marzipan macht mir besonders zu schaffen. Wenn ich da nicht aufpasse, entwickle ich regelrechte Suchtsymptome.«

»Na ja, bei mir sind's mehr die Zigaretten.«

Frau Murray lachte. »Rauchen macht schlank, ich weiß. Wissen Sie, dass mein Mann schon mal bei Ihnen im Hammer-Eck war? Also, eher davor.«

»Wollte er nicht reinkommen?«, fragte Luginger.

»Er ist Fußballfan und hat gehört, dass man bei Ihnen die Spiele sehen kann.«

»Stimmt.«

»Und dass auch geraucht wird, was ja außergewöhnlich ist.«

Luginger nickte.

»Dann ist er aber unsicher geworden.«

Luginger hob die Augenbrauen.

»Na ja, also, er kam nach Hause und hat gesagt, geschlossene Gesellschaft, Anita. Die haben da nicht nur ein Schild draußen hängen, die sehen auch so aus. Er hat nämlich durchs Fenster gelinst und war sich sicher, dass sich Ihre Gäste schon ein halbes Leben lang kennen und dass ein Fremder da nicht reinpassen würde.«

Luginger stellte seinen Korb ab.

»Bei uns ist jeder willkommen, Frau Murray, da braucht sich Ihr Mann keine Sorgen zu machen. Und das Schild hat nichts zu bedeuten. Das hängt einfach so da, wie vieles im Hammer-Eck einfach so da ist.«

»Tja, das dachte ich mir schon. Ihre Gaststätte hat ja Kultstatus hier.«

»Wer sagt das?«

»Die Polizei. Zum Beispiel.«

»Die Polizei?«

»Ja, eine Frau Weibel von der Kriminalpolizei in Erding sagt so was.«

Luginger stutzte.

»Ich bin Zeugin in der Angelegenheit Oliveira«, fuhr Frau Murray fort, während sie zur Seite trat, um einer jungen Frau mit Hubwagen und Europalette Platz zu machen. »Mir ist Frau Oliveira in unserer Straße aufgefallen. Am vergangenen Mittwoch, so gegen fünfzehn Uhr. Die Polizei hat doch darum gebeten, dass sich Zeugen melden, die die Frau lebend gesehen haben.«

»Wo wohnen Sie denn?«, fragte Luginger.

»In der Zugspitzstraße, also ganz am Ende.«

»Hhm«, brummte Luginger.

»Na ja, und da kam ich mit der Frau ins Gespräch. Daher weiß ich, dass Herr Hager bei Ihnen Gast ist und dass selbst Frau Weibel das Hammer-Eck kennt.«

»Ist ja ein Ding«, bemerkte Luginger.

»Ja, und mein Mann kennt Dr. Brettmann. Und von ihm wissen wir, dass der Landrat Pflügler, der ja gar nicht weit von uns in einem wunderschönen Haus mit einem noch schöneren Garten wohnt, früher einer der Jungen war, der Tony Hager, also dem Buben, der als Antonia Oliveira hat sterben müssen, besonders zugesetzt hat.«

»Sie kennen Dr. Brettmann?«

»Mein Mann kennt ihn besser als ich.«

Ein älterer Herr bat Luginger, den Weg freizugeben, um nach Sahne und Joghurt greifen zu können.

»Wir haben viele Jahre in Japan gelebt«, fuhr Frau Murray fort, »und nach der furchtbaren Katastrophe in Fukushima hat Robert, also mein Mann, Menschen gesucht, die Erfahrung im Kampf gegen Atomkraft haben. So hat er Dr. Brettmann kennengelernt. Der Mann ist ja Widerständler der ersten Stunde, wenn ich so sagen darf.«

»Da kommt ja einiges zusammen«, sagte Luginger.

»Stimmt«, erwiderte Frau Murray. »Und jetzt treffe ich Sie hier und freue mich richtig.«

»Haben Sie denn Frau Weibel gesagt, dass es eine Verbindung zwischen Frau Oliveira und dem Pflügler gibt?«

»Nein, das wusste ich noch gar nicht, als ich meine Aussage gemacht habe. Mein Mann hat mir das gestern Abend erzählt. Er war mit Dr. Brettmann zusammen bei Ihrer Mutter …«

»Bei meiner Mutter!« Luginger wunderte gar nichts mehr.

»Verrückt, nicht«, sagte Frau Murray. »Und Ihre Mutter hat Dr. Brettmann gebeten, wegen des Todes von Frau Oliveira endlich was zu unternehmen. Die Polizei würde nur Gernot Hager verdächtigen, das sei aber völliger Unsinn.«

»Oha«, stöhnte Luginger. »Ich hoffe, Ihr Mann hat kein Interesse an den Detektivspielen meiner Mutter.«

»Warum? Ihre Mutter kann doch recht haben. Wenn der Herr Pflügler ein schlimmer Finger war, warum sollte Frau Oliveira ihm nicht auf die Füße getreten haben?«

Ja, dachte Luginger, da ist was dran. Nur, wie viele Kinder hat es damals gegeben, die Tony in die Mangel genommen haben? Das dürften Dutzende gewesen sein. So einer war doch Freiwild.

Frau Murray schaute auf ihre Uhr. »Also, ich muss jetzt. Ich habe Sie nur angesprochen, weil mir die vielen Zufälle eingefallen sind, als ich Sie zufällig hier gesehen habe.« Frau Murray lachte.

»Ihre Verbindung zu Herrn Hager, zu Frau Weibel, der Ruf Ihrer Gaststätte, mein Mann und dann auch noch Ihre Mutter über die Bekanntschaft zu Dr. Brettmann.«

»Gut zusammengefasst«, sagte Luginger.

Frau Murray reichte ihm die Hand. »Hat mich sehr gefreut.«

»Murray«, sagte Luginger. »Wie der amerikanische Schauspieler?«

»Genau. Mein Mann ist Amerikaner, obwohl er in seinem ganzen Leben nicht mal ein Jahr in den Staaten gelebt hat.«

Frau Murray schob ihren Einkaufswagen zur Kasse.

Luginger folgte. »Kann ich Sie telefonisch erreichen?«

»4711, wie das Kölnisch Wasser«, kam es nochmals lachend zurück.

Auf dem Heimweg ahnte Luginger, was auf ihn zukam. Seine Mutter machte Brettmann flott, damit die Bullerei mit ihren Ermittlungen nicht so alleine war. Typisch. Immer und überall musste sie ihre Nase in Dinge stecken, die sie nichts angingen.

Als Luginger seine Einkäufe nach oben trug, trällerte Sammy vor sich hin. Sein Koch stand in Boxershorts in seiner Wohnung und legte Wäsche zusammen.

»Alles klar?«, hörte Luginger ihn rufen.

»Ruf die Weibel an. Sag ihr, ich komme nicht. Dringende Familienangelegenheit.«

»Jawohl, Massa, in Ordnung, Massa, Sammy tut wie geheißen, Massa.«

* * *

Die Heizung im Flur war an. Unter der Garderobe stand eine Tasche. Daneben ein großer, flacher Pappkarton mit schwarzen Lederhandschuhen obendrauf. Und dann der Geruch. Eau de Cologne Joop! Jump. Schon immer Joop! Jump.

»Nein, Mama, an dem Router musst gar nichts mehr machen. Der erkennt dein Notebook automatisch.«

Die Stimme kannte Luginger nur zu gut.

»Aber ich brauch doch ein Kabel, Helmut. Wie kommen denn sonst die Bilder da auf den Bildschirm?«

»Nix da, Kabel. Du hast eine WLAN-Verbindung. Funksignale, verstehst das?«

»Funk?«

»Ja, wie beim Telefon. Da kannst ja auch den Hörer überall mitnehmen, ohne dass das Gespräch aufhört.«

»Funkloch«, hörte Luginger seine Mutter sagen.

»Quatsch, Mama. Da gibt's kein Funkloch. Das funktioniert einwandfrei, wirst sehen.

»Früher gab's immer Kabel.«

»Früher war früher, Mama, heut ist heut.«

»Kabel ist aber sicherer. Und gesünder. Die Strahlen, verstehst.«

»Wo hast das denn her?«

»Dr. Brettmann, der kennt sich aus.«

»Meister Brettmann mal wieder. Der liebe Gott persönlich. Wie alt bist denn, Mama? Zwanzig, dreißig? Willst ewig leben?«

So ist er, dachte Luginger, und klopfte an die Küchentür. Mein Brüderchen, immer praktisch, immer präzise, immer das Naheliegende auf den Lippen. Keine Umwege, kein Schmus, direkt auf die Zwölf. Willst ewig leben!

»Ja, da schau her, der Franz! Grüß dich.«

Luginger sah in strahlend blaue Augen. »Was hat dich denn hierher verschlagen?«

»Ich hab Mama doch ein Notebook versprochen. Na ja, und da ich eh in der Näh was zu tun hab, hab ich mir gedacht, jetzt oder nie. Außerdem steht ja Weihnachten vor der Tür.«

»Gut schaust aus«, sagte Luginger. »A bisserl zu viel Gel im Haar, aber sonst einwandfrei.«

Helmut lachte.

»Hab gar kein Auto gesehen.«

»Ein Mitarbeiter hat mich abgesetzt, ehe der weiter nach Ebersberg ist.«

Luginger blickte auf den Bildschirm. Anna strich übers Mauspad.

Er fragte: »Wie geht's im Geschäft?«

Helmut Luginger war nicht nur jünger als sein Bruder, sondern auch der erfolgreichere Unternehmer. Wenigstens war das Mamas Sicht auf die Dinge. Helmut, der schlanke, groß gewachsene Anzugträger mit einem Hang zu handgefertigten Schuhen, war Landschaftsarchitekt und beschäftigte einige Angestellte. Vor zwanzig Jahren schon war er von Leuterding nach Regensburg gezogen. Der Liebe wegen. Und des Geldes wegen, wie Lugingers Schwestern nicht müde wurden zu betonen. Seither war unklar, aus welchen Quellen sich seine ansehnlichen Barmittel speisten. Füllte Verena aus ihrer Privatschatulle die Konten? Oder war ihr Mann wirklich so erfolgreich, dass er sich neben vier Kindern auch den weltläufigen Touch leisten konnte, mit dem er sich so gerne umgab?

»A bisserl was geht immer«, erwiderte Helmut. »Weißt ja, ich rühr die Trommel dreihundertfünfundsechzig Tag im Jahr.«

»Ja, bist ein Rührer. Warst schon immer. Und dann dein Joop-Duft.«

»Bist neidisch?«, fragte Anna spitz.

»Jedem das Seine«, sagte Luginger. »Aber dass du ihm erlaubst, die Heizung im Flur aufzudrehen, obwohl es draußen noch nicht mal friert, nervt.«

Helmut schlug Luginger auf die Schulter. »Komm, ich mach mal Kaffee. Und du lädst derweil Mama Firefox runter.«

Während Lugingers Bruder Zucker in seine Tasse löffelte, erzählte er von seiner prachtvollen Frau und seinen prachtvollen Kindern. Schule bestens, Benehmen bestens, Sport und Musik eins a. Kommendes Jahr würde der Älteste im Rahmen eines Austauschprogramms nach China reisen, und die Jüngste könne die Bayerischen Schwimmmeisterschaften über einhundert Meter Kraul nur dann verlieren, wenn ihr beide Arme abfielen. Verena, glückliche Mutter und Hausfrau, ansonsten geschickte Verwalterin des Familienerbes, habe im Sommer gar begonnen, Gitarre zu spielen, und erste Konzerttermine seien nur eine Frage der Zeit.

Anna strahlte. Luginger sah, wie sie den Reigen positiver Familiennachrichten aufsaugte, um ihn später daran erinnern zu können, dass er es noch nicht mal in eine Ehe geschafft hatte. Von Kindern und Enkeln ganz zu schweigen.

»Und, Franz, wie geht's dir?«, fragte Helmut, nachdem er sich eine Pause gegönnt hatte.

Luginger schwieg.

Sein Bruder räusperte sich. »Ist was?«

»Sag mal«, hob Luginger schließlich an, »du hast dich in grauer Vorzeit doch mal mit den Fotoalben beschäftigt, die Papa zusammengestellt hat. Erinnerst dich an die Hagers, die, die das Hotel hatten? Gibt's davon Bilder?«

»Hager?«, fragte Helmut. »Wie kommst jetzt auf die?«

Luginger fasste zusammen, was sich seit vergangenem Donnerstag in Leuterding ereignet hatte.

»Ist ja ein Ding!«, rief Helmut und goss Kaffee nach. »Ein Intersexueller in unserem Kaff. Mama, wo habt's den hingesperrt?«

Anna Luginger hielt ihre Tasse umschlungen. »Red nicht so daher, Bub. Hast ja keine Ahnung, wie das war. Schwer war das, sehr schwer.«

»Für wen? Für Tony oder für euch? Ihr habt doch damals alles unter den Teppich gekehrt, was nicht normal und katholisch war. Da braucht sich niemand zu wundern, wenn jetzt die alten Geschichten wieder hochkommen.«

Luginger sah, wie Anna zurückschlagen wollte. »Gibt's Fotos?«, fragte er nach.

Anna schwieg. Helmut stand auf und ging nach draußen. Seine Lederabsätze klackerten auf der Kellertreppe.

»So, Mama, und jetzt mal raus damit«, sagte Luginger, der wusste, dass ihm nicht viel Zeit blieb, bis Helmut wieder da war. »Was soll Brettmann in der Sach mit der toten Oliveira unternehmen? Bist eigentlich von allen guten Geistern verlassen. Ich geh einkaufen und muss mir erzählen lassen, dass du a bisserl Miss Marple spielen willst.« Luginger sah seine Mutter scharf an und wartete. Keine Antwort. »Um es klar und deutlich zu sagen, Mama: Die Polizei kümmert sich, und basta.«

»Gernot war's nicht. Und keiner unternimmt was.« Anna blickte auf ihren Küchentisch. »Und mich hat Tony angerufen. Nach so langer Zeit ruft er an und bedankt sich für das Geld, das ich ihm zugesteckt hab. Viel mehr hätt ich dabeihaben müssen, viel mehr, damit er's leichter hätt haben können. Sechsunddreißig Mark.«

Luginger spürte, dass seine Mutter nur mit Mühe ihre Tränen zurückhalten konnte.

»Gernot hat eine gute Anwältin. Die macht das. Brettmann und du, ihr könnt doch nicht mehr herausbringen als die Kripo.«

»Dem Tony hat niemand geholfen. Damals. Und jetzt hilft

dem Gernot auch niemand. Der bringt doch nicht seinen Bruder um.«

»Seine Schwester, Mama, seine Schwester.«

»Antonia«, murmelte Anna. »War der Bub am Schluss wirklich eine Frau? Nur wegen so einer Operation?«

»Du bist, was du fühlst«, sagte Luginger. »Und es wird Menschen geben, die fühlen sich weder so noch so. Die fühlen was Eigenes.«

Anna kratzte ihren Handrücken, als Helmut mit zwei Alben unterm Arm zurückkam.

»Gibt nicht viel aus der Zeit. Papa hat ja erst später fotografiert.«

Anna blätterte das erste Album durch. Schützen- und Feuerwehrfest, Weihnachten, die Orgel-Einweihung in der Pfarrkirche, die Kinder und immer wieder sie selbst in züchtigen Kleidern mit halblangen, dunkelblonden Haaren.

Hier«, sagte Helmut, »da geht's los. Das Hotel Hager, 1961, Vorderansicht. Danach die Fotos von den Hagers und dann Mama und Papa mit Gertrud Hager.«

»Mama, du hältst Gertrud ja bei der Hand«, sagte Luginger. »Wart ihr so befreundet?«

Behutsam strichen Annas Finger über die Fotos. Es folgten Aufnahmen von einer Geburtstagsfeier, Maurerarbeiten am Hoteleingang, eine gemeinsame Wanderung am Tegernsee.

»Ihr wart ja richtig dicke«, bemerkte Helmut.

»Davon wusste ich ja gar nix«, sagte Luginger.

Anna klappte das Album zu. Dann saß sie einfach nur da und rührte sich nicht.

»Scheiße«, flüsterte Helmut. »Du hast alles gewusst, ich mein, das mit Tonys Sexualität, mit den Sorgen, mit der Scham.«

»Max hat sein eigenes Kind gehasst«, flüsterte Anna. »Und er hat Gertrud Vorwürfe gemacht. Jahrelang kein Kind, und dann so eins.«

Stille. Dann Tränen und tiefes Schluchzen.

Es dauerte, bis sie weitererzählte: »Die Mutter vom Max, also Tonys Oma, war besonders schlimm. Pinkelt er einen kräftigen Strahl, hat sie gefragt. Für sie war ein Bub nur ein Bub, wenn sie sehen konnt, wie weit er geradeaus gepinkelt hat. Und Tony konnt das nicht. Die Hager Maria, eine Boshafte war das.« Luginger legte Taschentücher auf den Tisch. »Gertrud hat sich gekümmert. Ohne sie wär der Bub nirgends hingegangen. Nicht in die Schul, nicht in die Kirch, nirgends. Ministrant ist er geworden, das hat ihm gefallen. Die Gewänder, der Weihrauch, das Heilige. Irgendwann war das auch vorbei. Max hat's ihm verboten, weil sich die Leut bei ihm beschwert haben. War ja bekannt im Ort. Ein Bub, der nicht geradeaus pinkeln kann. Gertrud hat furchtbar gelitten. Sie hat sich sogar umbringen wollen und den Tony mitnehmen.«

Luginger hatte Zigaretten gedreht. Eine reichte er seiner Mutter, die andere schob er sich selbst zwischen die Lippen.

»Du hast nie was gesagt, Mama«, sagte er schließlich. »Keinen Ton.«

Anna schnäuzte sich. Die Fotoalben lagen wie gebundene Mahnmale auf dem Tisch. Der restliche Kaffee war kalt geworden.

»Brettmann unternimmt genauso wenig wie du«, sagte Luginger weiter. »Ich mach das. Ich red mit der Kommissarin. Einverstanden?«

Seine Mutter nickte.

»Gernot, also der jüngere Bruder von Tony, könnt ich den kennen?«, fragte Helmut.

»Möglich«, erwiderte Luginger. »Hat früher mal Fußball gespielt.«

Helmut schüttelte den Kopf

»Trinkt sein Bier im Hammer-Eck«, murmelte Anna.

»Und mäht ab und zu den Rasen hier«, ergänzte Luginger.

* * *

Dani Pflügler war noch im Morgenmantel, als sie Luginger die Tür öffnete. Ungeschminkt, zerzauste Haare, barfuß. Noch ehe sie etwas sagen konnte, roch Luginger ihre Fahne. Er tippte auf Cognac.

»Du hier«, sagte sie knapp, machte kehrt und ging zurück Richtung Wohnzimmer.

Daniela Pflügler, geborene Goldberger, war mit Luginger in die Schule gegangen. Wie er war sie ein waschechtes Leuterdinger Kind. Ihre Mutter hatte als Frisöse gearbeitet, war alleinerziehend und hatte in ihren besten Jahren einige Männer vernascht. Danielas Vater hatte sich gleich nach ihrer Geburt aus dem Staub gemacht. Sie blieb das einzige Kind Rosa Goldbergers, bestand die Mittlere Reife, absolvierte eine Lehre als Einzelhandelskauffrau und heiratete Hansi Pflügler, den letzten Spross einer Dynastie von Landwirten, denen so viel Grund und Boden gehörte, dass in Leuterding so gut wie keine Baumaßnahme den Gemeinderat passierte, ohne dass sie davon profitierten.

Luginger und Dani hatten sich nie ganz aus den Augen verloren. Man traf sich auf Volksfesten, winkte, wenn man sich im Ort begegnete, oder wechselte ein paar Worte bei Fahrten in der S-Bahn. Warum Dani Goldberger vor vierunddreißig Jahren Dani Pflügler wurde, war vielen in Leuterding ein Rätsel gewesen. Hansi hätte auch andere haben können. Schönere, Bedeutendere, Erfolgreichere. Geld machte schon damals sexy. Und als seine Karriere in der Landespolitik begann, kamen noch Macht und Einfluss dazu.

Ohne Worte ließ sich Dani auf ein riesiges Sofa fallen. Im Fernsehen lief Kochen. Luginger sah überall Holz. Schrankwand, Essecke, Sessel, Couchtisch, alles aus Buche. Dazu der Fußboden und zwei kleine Tischchen, auf denen Blumen standen.

»Setz dich doch«, sagte Dani. »Du siehst ja, ich bin schlecht in Form.«

Luginger nickte. Stand aber lieber. »Bist allein?«, fragte er.

»Jep. Ganz allein, kein Kind, kein Rind.«

»Soll ich ein andermal wiederkommen?«

»Passt schon, Franz. Magst was trinken? Cognac wär gut. Da muss ich nicht extra aufstehen.«

Luginger schaute aufs Fernsehen. Zwei Weißkittel rührten in Töpfen.

»Große Glotze, Dani.«

»Jep. Und das Einzige, was hier wirklich funktioniert.«

»Willst gar nicht wissen, warum ich gekommen bin?«

»Ich sollt mich anziehen, wie? Gehört sich nicht, so lotterhaft.«

Dani stand auf und trudelte zu einer Schiebetür, hinter der sich eine Küche verbarg.

»Komm mit. Ich zeig dir mein Reich.«

Luginger folgte in gebührendem Abstand.

»Alles vom Feinsten, mein Lieber. Schick, neu, digital, scheißegal.«

Dani drückte auf einen Knopf an einer Kaffeemaschine, die Luginger sich nie hätte leisten können.

»Saeco, Alessi, Lavazza«, rief Dani und drehte eine Pirouette. »Hier steht nichts unter zweitausend Mäusen. Der ganze Stolz einer Hausfrau.«

»Ich hab heut schon genug Kaffee gehabt, Dani, danke.«

»Quatsch. Von meinem Kaffee hast noch gar nichts gehabt. Kaffee, Cognac, Anziehen, so machen wir das. Was meinst?«

»Wo ist dein Sohn?«, fragte Luginger.

»Hat sich verdrückt, der Gute. Hockt in München und verkauft Tiefgaragenplätze.«

Ohne dass Luginger etwas gehört hätte, war ein Espresso durchgelaufen.

»Warst eigentlich schon mal hier?«, fragte Dani.

Luginger schüttelte den Kopf.

»Bist lieber in deiner Kneipe, wie?«

Mit wehenden Rockschößen rauschte sie an Luginger vorbei. Sekunden später hörte er, wie sie Treppenstufen nahm.

Jetzt waren sie zu dritt in der Fernsehküche. Die Weißkittel hatten Kochmützen auf und zerlegten eine Gans. Ein Herr in lässiger Freizeitkleidung stellte Fragen. Luginger suchte den Aus-Knopf.

Als Dani wieder ins Wohnzimmer schlenderte, trug sie Jeans und Pullover. Die Haare hatte sie hochgesteckt.

»Siehst immer noch prima aus«, sagte Luginger.

»Das macht der Alkohol, Franz. Der konserviert.«

»Ich könnt deine Hilfe gebrauchen, Dani.«

»Du! Meine Hilfe. Ah geh.«

»Du weißt ja, dass ich mit Gernot befreundet bin. Und seit dem Tod von der Frau …«

»Daher weht der Wind«, fiel ihm Dani ins Wort.

»Welcher Wind denn?«, fragte Luginger.

»Welcher Wind denn, welcher Wind denn! Franz, was glaubst, wie viele hierherkommen, damit der Hansi für sie was tut.«

Luginger wurde sauer. »Dein Hansi muss gar nichts für mich tun. Wenn du das glaubst, geh ich gleich wieder.«

Dani holte eine Flasche Wasser und Gläser aus einem Schrank. Dann schob sie eine Tablette in den Mund, trank reichlich nach und stellte das zweite Glas halb gefüllt vor Luginger auf den Tisch.

»Entschuldige. Ich dacht schon, du wolltest, dass ich Hansi bitt, bei den Bullen ein gutes Wort für Gernot einzulegen.«

»Blödsinn«, sagte Luginger. »Ich möcht nur wissen, ob Frau Oliveira vor ihrem Tod bei euch war. Wollt sie deinen Mann sprechen?«

»Wie kommst denn darauf?«

»Ich weiß, dass sie in der Zugspitzstraße gesehen worden ist. Und ich weiß, dass dein Mann früher zu denen gehört hat, die Tony besonders zugesetzt haben. Verstehst?«

»Was soll ich da verstehen?«

»Also könnt es doch sein, dass Frau Oliveira hierhergekommen ist, um Hansi die Leviten zu lesen. Ihn zu beschimpfen, ihm eins reinzuwürgen. So was in der Art.«

»Spinnst du! Nach so vielen Jahren. Was soll das denn?«

Ja, was soll das denn, dachte Luginger. Da hat sie recht. So ein Schmarrn. Nach vierundvierzig Jahren den Herrn Landrat anschreien, um ihn an seine wenig vorzeigbare christliche Vergangenheit zu erinnern? Aber Kohle einsacken hätt sie können. Nicht rumkrakeeln, sondern Hand aufhalten.

»Also war die Frau nicht bei euch«, sagte Luginger und trank sein Wasser aus.

»Nein, Franz. Wenigstens nicht, als ich zu Hause war.«

»Ist dein Mann denn mal allein hier?«

»Tagsüber nie«, sagte sie leise. »Und abends ist er mehr unterwegs als an der Seite seiner Frau.«

Von der Zugspitzstraße ins Hammer-Eck waren es zu Fuß gut und gerne dreißig Minuten. Luginger überlegte, ob er Joes Taxidienst in Anspruch nehmen sollte. Vorhin hatte ihn noch sein Bruder zu Dani gefahren, doch jetzt war er ohne fahrbaren Untersatz. Laufen als Alternative gefiel ihm nicht. Laufen erinnerte ihn an seinen kaputten Pick-up und an Mikes Blödheit, sich die Hand aufzuschlitzen. Er rief Joe an.

Joe meldete sich aus Haar.

»Tierklinik, Franz. Hab gerade eine schwangere Katze mit aufgeregter Oma gefahren.«

»Na, dann kannst ja zurückkommen.«

»Geht nicht. Die Katze hat mindestens hundert Junge geworfen. In meinem Auto. Sieht schlimm aus.«

Luginger fluchte. Dann lief er los. Hundegebell und Laubsauger. Rüstige Rentner leerten eine Garage. Christbäume standen an Hauswänden und warteten darauf, aufgestellt zu werden. Eine Rothaarige trug Stiefel bis weit über die Knie. Die DHL brachte Pakete, Kinder kratzten braunen Matsch von Mülleimern, und im Ort strahlte Licht von Tannenzweigen, obwohl es taghell war.

Als er im Hammer-Eck ankam, saß Frau Weibel im Mantel auf einem Hocker und plauderte mit Sammy. Der Boden roch frisch geputzt, und die Stühle standen so akkurat um die Tische, dass Luginger fürchtete, seine Gäste würden gleich wieder gehen.

»Sie hier«, sagte Luginger zur Begrüßung.

Frau Weibel reagierte mit einer lockeren Handbewegung. Ihre Handtasche lag auf dem Tresen.

»Ist Ihnen kalt?«, fragte Luginger. »Soll ich ein Feuerchen machen?«

»Keine schlechte Idee«, kam es zurück.

Sammy lachte.

»Also, was wollen Sie?«

»Wissen Sie, was es bedeutet, einen in Haft sitzenden Mann zu versetzen?«

Luginger zog seine Jeansjacke aus.

»Ich dachte, wenn Sie Ja sagen, meinen Sie Ja?«

»Pampig, was?«, fragte Luginger.

Frau Weibel streckte ihren Rücken. Dann wandte sie sich ihrer Cola zu. »Ich kann Sie nicht zwingen zu kooperieren«, sagte sie schließlich. »Es wäre aber hilfreich, um die Angelegenheit abzuschließen.«

»Hilfreich für wen?«, brummte Luginger, während Sammy auf Zetteln Zahlenkolonnen addierte.

Frau Weibel rutschte vom Hocker, umkurvte Luginger, öffnete ihre Handtasche und legte eine Pistole auf den Tresen.

»Eine 9mm Beretta, handlich, überall zu kaufen. Kennen Sie die Waffe?«

Sammy bekam große Augen. Luginger schüttelte den Kopf. Gleichzeitig dachte er, Ende schlecht, alles schlecht.

»Die Pistole haben Bauarbeiter gefunden. Sie lag auf einem Grundstück unweit der S-Bahn. Dort entstehen gerade ein paar nette Wohnungen. Wissen Sie, wo das ist?«

»Beierlein-Grundstück«, sagte Luginger.

»Von mir aus«, erwiderte Frau Weibel. »Und wissen Sie auch, wie man vom Parkhaus an der S-Bahn zu Ihnen laufen kann?«

»Blödes Verhör«, sagte Sammy. »Glauben Sie, wir haben Matschbirnen?«

»Matschbirnen«, wiederholte Frau Weibel. »Das ist gut. Nein, Matschbirnen haben Sie nicht, nur möchte ich Sie darauf hinweisen, dass diese Pistole Herrn Gernot Hager gehört. Er hat sogar einen Waffenschein.«

Luginger streckte zwei Finger in die Höh. Sammy wusste Bescheid. Zwei Gläser, zwei Whiskey.

»Trinken Sie einen mit?«, fragte Luginger. »Sammy ist abstinent.«

»Ich bin im Dienst.«

»Scheiß der Hund drauf.«

Während Frau Weibel nippte, trank Luginger auf ex.

»Um die Sache abzukürzen«, sagte Luginger. »Sie meinen, Gernot hat auf dem Weg vom Parkhaus zu mir die Waffe verschwinden lassen.«

Frau Weibel nickte.

»Wurde sie denn benutzt?«

»Nein.«

»Fingerabdrücke?«

»Ganz der Profi, wie? Ja.«

»Von wem?«

»Von wem wohl?«

»Hhm. Und Gernot hat Ihnen bestätigt, dass das Ding ihm gehört?«

»Da sein Erinnerungsvermögen gleich null ist, war es schon erstaunlich, dass er das noch wusste. Ja, er hat die Pistole identifiziert.«

»Und wo hat er sie her?«

Frau Weibel nippte ein zweites Mal. »Herr Hager hat ausgesagt, dass er einen Waffenschein besitzt, seit er Betreiber eines Fitnessstudios am Leuchtenbergring war. Und er hat zu Protokoll gegeben, dass er die Beretta an sich genommen hat, als er seine Schwester hinterm Parkhaus am Krügerweg hat liegen sehen.«

»Wie bitte? Gernot hat Tony tot vorm Parkhaus gesehen?« Luginger hatte Durst. Sammy schenkte voll.

Frau Weibel nickte. »So steht's in den Akten. Er hat seine Schwester tot vorm Parkhaus liegen sehen. Mehr noch. Er hat sie angefasst. In den Armen gehalten, wenn Sie so wollen.«

»Muss ich das verstehen?«, fragte Luginger.

»Nein«, erwiderte Frau Weibel.

* * *

Luginger war gerade noch mal eingeschlafen, als es klingelte. Er schaute zur Uhr und wollte nicht glauben, dass um diese Zeit jemand vor der Haustür stand. Verschlafen und grantig öffnete er ein Fenster und blickte nach unten. Obwohl es noch stockdunkel war, erkannte er die Gestalt in der Hofeinfahrt.

»Bernie, bist narrisch? Weißt, wie viel Uhr es ist?«

»Mach auf. Ich hab Semmeln dabei. Wir frühstücken zusammen, okay.«

Hut, Mantel, Anzug, polierte Schuhe. Zähne geputzt, frisch rasiert, Aftershave nicht vergessen.

Luginger stöhnte. »Wie machst du das?«

»Was?«

»So aussehen. So riechen.«

»Ich hab ja Zeit. Die Weiber sind aus dem Haus.«

»Deine Töchter?«

»Küssen wohlgeformte Körper junger Männer.«

Luginger nickte. »Muss ich erst duschen?«

Faulhuber schüttelte den Kopf. »Stinkst wie immer. Lass gut sein. Aber zieh dir eine Hose an, ja.«

Während Luginger im Schlafzimmer verschwand, deckte Faulhuber den Tisch.

»Dein Kühlschrank ist ja voll, Franz. Ich hab schon überlegt, ob ich was von meinen Vorräten mitbringen soll. Und Eier. Magst ein Ei?«

»Du auch?«, rief Luginger.

»Unbedingt! Also zwei Eier, vier Minuten zweiunddreißig Sekunden in leicht köchelndem Wasser. Wo ist die Eieruhr?«

»Leg die Dinger doch einfach ins Wasser«, erwiderte Luginger, nachdem er eine Jeans gefunden hatte. »Hast mein Haarband gesehen?«

»Nein. Trag's halt offen. Mich stört's nicht.«

Sie frühstückten. Faulhuber war gut gelaunt. Luginger schmierte Marmelade auf eine Semmelhälfte.

»Bist im Bilde?«, fragte Luginger.

»Voll und ganz.«

»Und hast was dazu zu sagen?«

»Läuft beschissen.«

»Stimmt. Salz? Du hast Salz vergessen, Bernie. Könntest wenigstens den Tisch ordentlich decken.«

»Weißt du eigentlich, dass Moni einen neuen Freund hat?«

»Nein. Kenn ich den?«

Monis Verschleiß an Männern interessierte Luginger schon lange nicht mehr. Zu oft hatte er miterlebt, wie sie zwischen Glück und Unglück in Liebesdingen hin- und hergerissen war. Von Nur-was-für-eine-Nacht bis Den-heirate-ich zuzüglich einiger Herren in unklarer emotional-erotischer Gemengelage hatten so viele in den vergangenen Jahren ihr Herz erwärmt, dass Luginger froh war, wenn sie sich zwischendurch eine Pause gönnte.

»Hanno Seifert, in Scheidung lebend, Steuerberater, vermögend.«

»Dank für die Auskunft.«

»Gern geschehen. Dein Salzstreuer steht übrigens im Kühlschrank.«

»Warum erzählst mir das mit dem Seifert?«

»Karies an eins-sechs. Kriegt ein tolles Inlay.«

»Und weiter?«

»Herr Seifert ist Steuerberater, wie gesagt. Und er hat mir erklärt, wie die Buchhalter der Konzerne à la Ergo-Versicherungen oder VW die Lustreisen ihrer Mitarbeiter verbuchen.«

»Toll«, sagte Luginger.

»Und dabei ist mir ein Gedanke gekommen, den ich gerne mit dir teilen möchte.«

Luginger löffelte sein Ei.

»Teile«, sagte er zwischendrin.

»Sextourismus, Franz. Das ist der Schlüssel. Frau Oliveira war eine Prostituierte in São Paulo, wenigstens in ihren jungen Jahren. Was eine Frau, die eigentlich gar keine Frau ist, im Alter in einem Bordell macht, weiß ich zwar nicht, ich glaube aber, sie hat dort jemanden getroffen, den sie aus ihrer Zeit als Tony gekannt hat. Das war der Auslöser für ihre Rückkehr. Irgendein Stück Erinnerung.«

»Und so was fällt dir ein, wenn du Backenzähne bearbeitest?« Luginger spürte, dass sich Faulhuber mehr Begeisterung erwartet hatte. »Damit wirst die Weibel nicht sonderlich überzeugen. Tut mir leid. Aber ein netter Gedanke.«

»Nett, Franz, denk doch mal logisch. Welchen Grund könnte es für Tony Hagers Rückkehr geben? Sie muss in Brasilien irgendein Erlebnis gehabt haben. Was liegt da näher als ein Wiedersehen? Und dann beginnt es in ihr zu rumoren. Sie kann die Gedanken an ihr früheres Leben nicht mehr wegschieben, und sie kommt her. Das passt doch.«

»Ein Leuterdinger fährt zum Ficken nach São Paulo, trifft mit offener Hose ausgerechnet Frau Oliveira, die kurz Hallo sagt und etwas später hier auftaucht. Kling bescheuert, Bernie.«

»Ich glaube, so war's. Schieb mal die Butter rüber.«

»Selbst wenn«, bemerkte Luginger, »wie willst einen Mann finden, der zugibt, Brasilianerinnen flachzulegen? Per Anzeige? Oder mit ’ner Rundmail?«

»Wir brauchen doch nur die Männer, die ungefähr Frau Oliveiras Alter haben und sie gekannt haben könnten.«

»Wenn die hier noch wohnen, Bernie. Die können doch weggezogen sein.«

Faulhuber verteilte Schinkenscheiben auf seinem Teller. Dann trank er Kaffee. »Du bist ein richtiger Mutmacher, Franz.«

Als Faulhuber wieder mit Mantel und Hut an der Tür stand, fragte Luginger: »Wo steckt eigentlich dein Hund?«

»Dexter«, sagte Faulhuber. »Der ist auf Urlaub bei Sabine. Die Töle gehört ihr ja auch.«

Luginger glaubte sich verhört zu haben. »Sabine war hier? Du hast mit deiner Frau gesprochen?«

»Wundert dich das?«

Luginger nickte.

»Mich auch. Na ja, jetzt ist sie wieder weg.«

»Habt ihr euch ausgesprochen?«

»Du redest ja wie so eine Konflikt- und Eheberatertante. Ausgesprochen! Was sollen wir schon aussprechen? Dass wir’s vermasselt haben?« Faulhuber knufte Luginger in den Bauch. »Wir haben’s vermasselt, Franz. Also das haben wir ausgesprochen. Da wird nix mehr gehen.«

»Bereust du’s?«

»Unzulässige Frage. Wird nicht beantwortet, tut nämlich nichts zur Sache.«

Als Luginger die Tür ins Schloss fallen ließ, hörte er, wie Sammy über den Flur lief. Wenig später klopfte es.

»He«, sagte Sammy. »Was hat Faulhuber denn schon so früh hier gemacht?«

»Er macht sich Sorgen«, erwiderte Luginger auf dem Weg ins Bad. »Und du? Machst dir auch Sorgen?«

Sammy tänzelte verlegen von einem Fuß auf den anderen. »Ich hab schlecht geträumt, Mann. Du sitzt mit Gernot im Knast, eine Zelle, ziemlich eng. Moni und ich managen die Kneipe. Und keiner will Pizza, war echt deprimierend.«

* * *

Die S-Bahn kam pünktlich. Luginger deutete das als gutes Zeichen. Er war mit Frau Hilgard verabredet und musste in die Widenmayerstraße ins Münchner Lehel. In dem kleinen Café neben dem Parkhaus hatte er sich eine *Süddeutsche* gekauft. In der Bahn saßen ihm Jugendliche gegenüber, die ihre Smartphones bedienten. Dazu Musik im Ohr und zappelnde Oberschenkel.

Luginger klemmte sich die Zeitungsbeilagen in den Rücken, nachdem er sich informiert hatte, was Männer ihren Frauen unter den Christbaum legen sollten: Parfüm, Schmuck, Uhren, möglichst teuer, möglichst klassisch, dazu Beauty-Sets oder lange Schals aus Cashmere. Seide war auch nicht schlecht, insbesondere für Höschen, die die Angebetete aber nur tragen konnte, wenn sie sich zwischen den Beinen gründlich rasiert hatte.

Im Sportteil wurde Podolskis kometenhafter Aufstieg beim 1. FC Köln gewürdigt und spekuliert, dass der Lukas in der kommenden Saison schon bei Schalke spielen könnte. Podolski war Luginger ein Rätsel. Grottenschlecht hatte er gekickt, als er bei den Bayern war, im Nationalteam dagegen war er mit seiner linken Klebe eine Bank. Drei Jahre hatte er in München Millionen kassiert, ohne vernünftig geradeaus zu laufen. Und jetzt schoss er die Kölner ganz alleine ins sichere Mittelfeld der Bundesligatabelle. Philipp Rösler sah schlecht aus. Noch schlechter als die FDP, die er als Häuptling aus dem Schlamassel ziehen sollte. Arme Sau, dachte Luginger, so ein Bub, kaum ein Haar am Sack und schon Chef auf der Titanic. Bevor er umstieg, überflog er den Regionalteil. Überall Homestories und Tipps, wie man die Adventszeit für sich und die Seinen neben dem Einkaufsstress und den vielen Weihnachtsfeiern auch besinnlich gestalten konnte.

Auf dem Bahnsteig am Ostbahnhof drängelten sich Menschen. Alte und junge, Männer und Frauen, gut gekleidete und abgerissene, dazwischen Mamis, die ihre Kinderwagen zielgenau in offene Wagentüren steuerten.

Frau Hilgard bot grünen Tee an. Luginger lehnte ab. Grüner Tee stand auf seiner Liste der zu meidenden Getränke ganz oben.

»Ein Wasser vielleicht?«, fragte die Anwältin.

Luginger nickte.

Während Frau Hilgard verschwand, bewunderte Luginger Tisch, Stühle und Wandschmuck eines Zimmers, in dem auch Besprechungen in voller Mannschaftsstärke hätten stattfinden können. Viel Glas, viel Metall. Dazu edle Schwarz-Weiß-Fotos berühmter Rockmusiker. Luginger erkannte Rod Steward, John Lennon und Freddy Mercury.

»Wo haben Sie denn all die Fotos her?«, fragte er, als Frau Hilgard wieder bei ihm war.

»Geschenke.«

»Sieht so aus, als wären sie alle von einem Fotografen.«

»Stimmt.«

»Donnerwetter.«

»Stimmt.«

Luginger lächelte. Frau Hilgard lächelte zurück.

»Fangen wir an«, sagte sie, nachdem sie ihre langen Beine übereinandergeschlagen hatte. »Sie machen sich wegen des Waffenfunds und Herrn Hagers wiedererwachtem Erinnerungsvermögen Sorgen. Wenigstens sagten Sie das am Telefon.«

»Sie nicht?«, erwiderte er erstaunt.

»Nein, Herr Luginger. Für mich hat sich nichts Entscheidendes getan. Die Beretta beweist nichts, sie ist nur ein weiteres Indiz in einer Kette von Ungereimtheiten, mit denen sich Frau Weibel rumschlagen muss.«

»Sehr nüchterner Ansatz«, sagte Luginger.

»Ja, und es ist der richtige. Glauben Sie mir, Polizisten sind auch dazu da, uns zu beeindrucken und kühne Schlussfolgerungen zu ziehen.«

Luginger zog seine Stirn in Falten. »Wie aus dem Nichts taucht eine Pistole auf und mit der Pistole Gernots Aussage, jetzt doch am Tatort gewesen zu sein. Irritierend, oder?«

»Wieso? Herr Hager war schwer betrunken, und nach und nach kommt etwas zurück. Das ist nicht ungewöhnlich, Herr Luginger.«

Luginger nippte an seinem Wasser. »Was kommt als Nächstes? Zuerst null, dann die Waffe, dann das Parkhaus.«

»Fakten. Mich interessieren nur Fakten. Und Fakt ist, dass Frau Oliveira nicht erschossen wurde und es keinen Beweis für eine Tatbeteiligung Herrn Hagers gibt.«

»Also alles in Butter«, murmelte Luginger.

»Wäre alles in Butter, wie Sie sich ausdrücken, bräuchte Herr Hager keinen Anwalt. Wenn Sie noch Zeit haben, möchte ich Ihnen etwas über die Künstlerin Frau Oliveira erzählen.«

»Künstlerin? Die Kripo sagt, sie war eine Prostituierte.«

»War sie auch. Sie hat aber auch mit viel Talent und Ausdauer gezeichnet. Ihre Arbeiten wurden sogar in einigen Galerien São Paulos ausgestellt. Ich hatte das Vergnügen, mit einem Herrn

Coelho telefonieren zu dürfen. Er war so reizend, mir eine Auswahl an Zeichnungen per Mail zu schicken.«

»Donnerwetter«, sagte Luginger.

»Sehr wohl, ja, Donnerwetter. Das Wichtigste ist aber, dass es ihr Stil war, Menschen und Gesichter zu verfremden. Wenn sie gezeichnet hat, verwandelte sich jede Gestalt mit wenigen Strichen in etwas Hässliches und Abstoßendes. Herr Coelho hat mir erzählt, dass er Frau Oliveira schon über dreißig Jahre kennt. Sie habe schon immer gezeichnet. Schnell, sogar hektisch, sie habe immer Stift und Papier dabeigehabt. In ihrer Wohnung würden Tausende Zeichnungen rumliegen, kein Mensch könne die sortieren oder irgendwie sinnvoll ordnen.«

»Können Sie Portugiesisch?«, fragte Luginger.

Frau Hilgard lächelte sanft. »Englisch reicht. Herr Coelho spricht ein ganz passables Englisch.«

»Und wer ist dieser Mann, bitte?«

Frau Hilgard zögerte mit der Antwort. »Er selbst bezeichnet sich als Mentor und Förderer von Frau Oliveira. Wahrscheinlicher ist allerdings, dass er lange Zeit ihr Zuhälter war.«

»Und den haben Sie einfach mal so angerufen?«

Erneutes Lächeln. Luginger erkannte so etwas wie Nachsicht in ihrem Blick. »Ich kann sehr beharrlich sein, wissen Sie.«

»Wusste dieser Coelho, dass Frau Oliveira tot ist?«

»Ja. Frau Weibel hat ihre brasilianischen Kollegen gebeten, sich umzuhören. Die internationale Zusammenarbeit funktioniert heutzutage sehr gut.«

»Und mit den neuen Zeichnungen wollen Sie Frau Weibel beeindrucken?«

»Beeindrucken ist der falsche Begriff, Herr Luginger. Die Kripo verlässt sich darauf, dass die Zeichnungen, die bei Frau Oliveira gefunden wurden, ein Indiz dafür sind, wie sehr sich die Geschwister gestritten haben beziehungsweise wie sehr Frau Oliveira ihren Bruder Gernot verachtet hat. Und ich kann deutlich machen, dass es so einfach nicht ist.«

Luginger nickte, ohne besonders überzeugt zu sein.

»Außerdem gibt es Zeichnungen, auf denen Herr Hager keine Rolle spielt. Eine zeigt die Kreuzigung Christi. Davor stehen und knien Kinder. Alles sehr verhuscht, aber doch zu erkennen. Warum hat sie das in München gezeichnet, nachdem sie sich an dem Thema in São Paulo ihr Leben lang abgearbeitet hat? Herr Coelho hat mir erzählt, ihre Wohnung sei voll von Kreuzigungsszenen.«

»Und wie erklärt ihr freundlicher Zuhälter den Irrsinn?«

»Er sagt, sie habe nie darüber gesprochen.«

»Sehr hilfreich«, brummte Luginger.

»Also Jesus am Kreuz ist die Leidensgeschichte schlechthin. Dass Frau Oliveira sich so intensiv damit beschäftigt hat, ist doch interessant. Und warum verfolgt sie das bis in ihre Heimat?«

»Was sagt die Kripo dazu?«

»Nichts. Was sollte sie auch sagen? Die Deutung künstlerischer Arbeiten gehört nicht zu ihrem Geschäft.«

»Schreiben Sie den Kunstkram auch auf die Rechnung?«

Frau Hilgard lächelte. »Ich pauschaliere.«

Luginger lächelte zurück. »Anwalt müsste man sein.« Dann fragte er ernst: »Wie geht es weiter?«

»Das Wichtigste ist vorerst, Herrn Hager zu ermutigen. Er macht körperlich und seelisch keinen guten Eindruck. Dass Sie Ihren Besuch kurzfristig abgesagt haben, war etwas unglücklich. Fahren Sie zu ihm. Frau Weibel wird das weiterhin gefallen. Und melden Sie sich bei seiner Tochter. Sie ist bei ihrem Freund. Ich habe vor einer halben Stunde mit ihr gesprochen. Sie interessiert sich sehr für das künstlerische Werk ihrer Tante. Sie ist arg durcheinander. Auf Sie wird sie hören. Schließlich hat Herr Hager mehr Zeit mit Ihnen als mit ihr verbracht.«

Frau Hilgard war aufgestanden. Eine gelbe Haftnotiz klebte an einem ihrer Finger.

»Und sprechen Sie mit Ihrer Mutter, Herr Luginger. Oder mit anderen Leuterdingern, die in die Jahre gekommen sind. Frau Oliveira war Schüler und Ministrant. Wir müssen etwas über ihre Jugend erfahren. Ihre Eltern sind tot, der Bruder war damals viel zu jung, um uns heute weiterhelfen zu können. Die Kripo interessiert sich nicht sonderlich für die sechziger Jahre. Ich denke, wir sollten da gründlicher sein.«

Luginger rückte seinen Stuhl unter den Tisch. »Gibt's sonst noch was, was ich wissen sollte?«

»Frau Oliveira war pleite. Richtig pleite. Mit hohen Schulden bei Menschen, bei denen Sie und ich nur ungern Schulden hätten. Das Geld für den Flug nach München hat ihr übrigens Herr Coelho geliehen.«

Als Luginger einen letzten Schluck Wasser trank, sagte Frau Hilgard noch: »Versuchen Sie etwas über einen Priester namens Domscheidt in Erfahrung zu bringen. Der Mann war in Leuterding Pfarrer, als Frau Oliveira ministriert hat.«

* * *

Luginger saß vor Brettmanns Vorkriegs-Parka und mampfte Erdnüsse. Seine Mutter war nicht zu sprechen. Sie starrte auf ihren Laptop, schimpfte, murmelte und kämpfte mit der Maus. Sammy hatte ihn von der S-Bahn abgeholt und hergefahren. Wo sein Koch den klapprigen Golf aufgetrieben hatte, wollte er nicht verraten. Fährt wenigstens, Franz, hatte er gesagt. Und: Ohne Auto brauchen wir das Hammer-Eck nicht mehr aufmachen. Auch wenn's dich nervt, ab und zu müssen wir mal einkaufen.

»Alles klar?«, fragte Luginger.

»Mit unserem Pfarrer haben wir uns schon beschäftigt«, grummelte Anna.

»Und?«

»Geduld«, sagte Brettmann und stellte einen Drucker auf den Küchentisch. »Ihre Mutter macht das schon.«

»Was macht sie?«

»Suchen und finden«, erwiderte Brettmann.

Luginger schmiss Nüsse ein. Schnell sind sie ja, die beiden, dachte er. Nicht nur die Anwältin hatte Domscheidt im Sucher. Als er vorhin seinen Namen erwähnt hatte, waren weder Brettmann noch Anna überrascht gewesen.

»Wie willst den Tattergreis denn finden, Mama?«

»Die Lehrer von Tony sind alle tot«, sagte Anna zu Brettmann.

»Und Domscheidt?«, wollte Luginger wissen.

»Der lebt noch, wir wissen aber nicht, wo er steckt.«

»Facebook«, sagte Luginger.

»Nix«, sagte Anna.

»Wir hatten doch auch einen Kaplan.«

»Kaplan Rieber, ja, der wohnt jetzt bei seiner Schwester in Markt Schwaben. Ist aber in Urlaub. Kommt Freitag zurück.«

»Also morgen, Mama.«

»Wenn morgen Freitag ist, dann morgen.«

»Woher weißt das denn alles?«

»Woher, woher!«, brummte Anna.

»Wenn Sie mal eine Pause machen, Frau Luginger, lade ich den Druckertreiber runter.«

Anna schob den Laptop zu Brettmann.

Luginger bewunderte den Bildschirmschoner. Weiße Weihnacht in Neuschwanstein. *Ihr Kinderlein, kommet, o kommet doch all,* dachte er. Und: zu viel ist zu viel.

»Magst einen Kaffee?«, fragte Anna.

»Vergiss es«, sagte er.

»Bist sauer?«

Luginger winkte ab.

Anna runzelte die Stirn. »Im Kühlschrank findest Bier.«

Seine Mutter las Namen vor. »Heimann, Schenkel und Decker. Die waren Ministranten wie Tony, sind aber weggezogen. Und gefunden hab ich nix zu denen. Im Computer, verstehst?«

»Ihre Mutter macht das ausgezeichnet«, mischte sich Brettmann ein, während Luginger zusah, wie seine Finger über die Tasten huschten. »Allerdings ist das Netz ein Datenfriedhof. Da kommt man nur mit richtigen Fragen weiter.«

»Telefonauskunft«, schlug Luginger vor.

»Richtig. Wir können das auch anders klären, konservativ, meine ich. Sie haben völlig recht, Herr Luginger.«

»Ist ja nicht jeder auf Facebook«, sagte Anna.

Luginger fielen Nüsse auf den Boden. »Also Domscheidt, Mama. Was war das für einer?«

»Beliebt war er. Ich kenn niemand, der Schlechtes über ihn sagen würd.«

»Wie alt ist er denn jetzt?«

»Wir schätzen Mitte achtzig«, sagte Brettmann. »Vielleicht noch älter.«

»Beliebt ist vielleicht a bisserl wenig«, bemerkte Luginger.

»Was wollen Sie denn wissen?«, fragte Brettmann.

»War er nur katholisch oder brutal katholisch?«

Brettmann lachte. »Ich weiß es nicht, Herr Luginger. Aus heutiger Sicht war damals wahrscheinlich jeder Pfarrer brutal katholisch, wie Sie das nennen.«

»Gekümmert hat er sich«, ergänzte Anna. »Auch um Tony.«

»Was soll das denn heißen?«, fragte Luginger.

»Geredt hat er mit ihm. Mehr als andere und eingeladen ins Pfarrhaus wurd der Bub.«

»Eingeladen?«, fragte Brettmann.

»Ja, Tony war öfter beim Pfarrer. Hat ja sonst niemand gehabt.«

* * *

In der dreiunddreißigsten Minute gab es den ersten Aufreger. Lugingers Gäste waren entsetzt. Ribéry flog vom Platz, nachdem er einem Kölner Abwehrspieler an die Gurgel gegangen war. Sammy fluchte, Heider wechselte ins Französische und blubberte malheur, quel malheur in die rauchgeschwängerte Luft, nur Faulhuber blieb gelassen. »Wird schon. Die Kölner stehen ja nur hinten drin. Und einen fummelt Mario über die Linie.«

Freitagabend, Bayern gegen Köln. Propenvolles Hammer-Eck. Fußball plus Gerüchteküche um Gernot brachte Umsatz. Dass Gernot eine Knarre hatte verschwinden lassen, hatte sich rumgesprochen. Dass es seine eigene war, machte alles noch aufregender. Alles Waffenexperten, dachte Luginger, als Namen wie Luger, Walther PPK oder Smith & Wesson rumgereicht wurden, als wären das Bundesligaclubs, deren Schicksal einen sein Leben lang begleitete. Erika gab zu Protokoll, Gernot mit Colt sei eine lächerliche Vorstellung, und Heider nutzte die Halbzeitpause, um klarzumachen, dass wir morgen schon amerikanische Verhältnisse haben könnten. »Jeder Depp kann sich doch ’ne Pistole besorgen. Übers Internet. Bestellen, blechen, Schluss.« Sammy erinnerte an Axel Strauss, einen jungen Möchte-gern-Mafioso aus

Leuterding, der vor einem Jahr von seiner Ex-Freundin erstochen worden war und zu Lebzeiten einfach alles besorgt hatte, was bei ihm bestellt wurde.

Nur Moni hielt die Klappe. Genau genommen sei die ganze Geschichte nur eins, nämlich furchtbar traurig, hatte sie vorhin zu Luginger gesagt. Ein Leuterdinger Bub, der gar kein Bub war, lässt sich zu einer Frau machen, die er wahrscheinlich auch nie gewesen ist. Arbeitet ein Leben lang in Brasilien auf dem Strich, kommt alt und ruiniert zurück und landet zu guter Letzt im Matsch hinterm Parkhaus. Und Gernot, hatte sie hinzugefügt, geht jetzt auch vor die Hunde. Selbst wenn er's nicht war, wie soll er wieder auf die Beine kommen, Franz?

Kurz nach Wiederanpfiff bewahrheitete sich Faulhubers Prophezeiung. Mario Gomez schoss das 1:0. Müller hatte ihm im Strafraum den Ball zugespielt, und der Stürmer der Bayern verwandelte sicher.

Als die ersten Gäste Pizza verlangten, war Sammy aus dem Häuschen. Heute gab es nämlich keine Pizza. Das war sein Test. Mittwochs Pizza, freitags keine Pizza. Was würde geschehen? Würde niemand nach Pizza fragen, nur weil Pizza nicht mehr angeboten wurde? Oder würde Pizza aktiv gewünscht. So hatte Sammy Luginger das Experiment erklärt. Gäbe es aktive Besteller, hätte Pizza gewonnen. Aktive Besteller seien treue Besteller, und treue Besteller sorgten für Basisumsatz.

Sammy klatschte Faulhuber ab.

»Tor und Pizza«, hörte Luginger ihn rufen.

Faulhuber schüttelte den Kopf. Sammy küsste seine Zahnarztstirn. Faulhubers Gesichtszüge verrieten Unverständnis.

Luginger erklärte es ihm: »Sammy liebt Propheten, Bernie. Und dass ein paar Pappnasen jetzt Pizza wollen, lässt ihn glauben, auch er sei einer. Er hat mit mir vorhin gewettet, Pizza ginge auch dann, wenn es gar keine gäbe.«

»Aha«, brummte Faulhuber.

Jubel. Klatschen. Hoch die Tassen. 2:0 durch Alaba nach einer Kroos-Ecke.

»Mit zehn Mann«, bemerkte Heider.

»Was macht eigentlich Podolski?«, fragte Erika.

»Ist noch in der Kabine«, feixte Heider.

»Wie geht's den Sextouristen?«, fragte Luginger.

»Wird schon«, sagte Faulhuber. »Wart's ab, die Idee ist richtig.«

»An der Ausführung hapert's aber«, erwiderte Luginger. »Frag mal Moni, was sie davon hält.«

»Frauen sind da unterbelichtet, Franz.«

Moni hatte Faulhubers Bemerkung mitgehört. Mit einem Tablett voller Gläser in Händen fragte sie: »Wo sind wir unterbelichtet?«

»Sextourismus«, sagte Luginger.

»Willst du verreisen?«

Faulhuber lachte. »Nein, Franz will nicht verreisen. Wir denken nur darüber nach, welcher Scheißkerl aus Tony Hagers Jugend als Sextourist in Brasilien gewesen sein könnte.«

Moni stutzte. Durstige Männer riefen nach ihren Bieren. »Schmarrn. Könnt ihr euch einen von denen hier in São Paulo vorstellen?«

Luginger drehte eine Zigarette. Faulhuber bestaunte Badstubers Zweikampfstärke. Sammy reichte Moni das Telefon.

»Johannes Domscheidt, erinnerst dich an den?«, fragte Luginger Faulhuber.

»Wer soll das denn sein?«

»Er war Pfarrer in Leuterding. Zwischen 1959 und 1970.«

»Mit der Kirche hatte ich's nicht so.«

»Religionsunterricht, die heiligen Sakramente«, sagte Luginger.

»Natürlich weiß ich, wen du meinst, ein strenger Typ, ernst, hat auch gern mal Watschen verteilt.«

»Hockt jetzt in Heidelberg im Altenheim.«

»Woher weißt du das?«

»Weil meine Mutter es rausgekriegt hat. Er ist dement und scheintot. Bernd Rieber. Sagt dir der noch was?«

»Herrje, Franz, machen wir jetzt einen auf Kirchengeschichte?«

»Unser damaliger Kaplan. Wohnt in Markt Schwaben.«

»Auch gut.«

»Zu dem fahren wir morgen.«

»Wie bitte?«

»Wenn ich das nicht mach, macht's meine Mutter.«

»Verstehe.«

»Außerdem müssen wir in den Knast. Ich besuch Gernot.«

»Warum das denn jetzt?«

»Die Hilgard hat mich drum gebeten. Er braucht Pflege.«

Luginger erzählte die Geschichte der Hagers, so wie er sie von Anna gehört hatte. Faulhuber schwieg. Luginger sah, dass er beeindruckt war. Selbst das 3:0 durch Kroos ließ ihn kalt.

Nach elf war das Hammer-Eck leer. Nur Moni, Faulhuber und Joe, der mit dem Schlusspfiff des Bayern-Spiels gekommen war, saßen noch am Tresen.

Mit Schwung öffnete sich die Eingangstür. Mit Schwung flog eine Handtasche auf einen freien Hocker.

»Guten Abend«, sagte Frau Weibel. »Schön, dass Sie noch wach sind.«

Alle blickten verwundert.

»Ich bin nur hier, weil ich mit Herrn Luginger über seinen Besuch bei Herrn Hager sprechen möchte.«

»Was zu trinken?«, fragte Moni.

»Ein Wasser, bitte.«

»Deprimierend«, flüsterte Joe.

»Legen Sie los«, sagte Luginger.

»In großer Runde?«, fragte Frau Weibel.

Luginger nickte.

»Tun Sie mir den Gefallen, und lassen Sie den Termin morgen nicht wieder platzen, ja«, sagte die Kommissarin.

Luginger nickte erneut. Faulhuber goss Rotwein in sein Glas.

»Sie wissen, dass ich von Herrn Hagers Schuld überzeugt bin. Es gibt keine Hinweise auf einen anderen Täter. Herr Hager kann sich bis heute nur partiell an die Ereignisse am Donnerstag, den achten Dezember, erinnern. Oder er will sich nicht an alles erinnern. Oder er erinnert sich, sagt aber nichts. Wie dem auch sei, hier sollten Sie ansetzen, Herr Luginger. Schließlich war er ja an dem Tag bei Ihnen. Und zwar vor und nach der VHS-Feier.«

»Gibt es Anhaltspunkte, dass Frau Oliveira jemanden erpressen wollte, nachdem ihr klar war, dass ihr Bruder keine Reserven hat?« Faulhubers Frage ließ Moni schmunzeln. Während Frau Weibel antwortete, kramte Moni in der Schublade unter dem Kaffeeautomaten.

»Wir haben ehemalige Mitschüler von Tony Hager befragt. Es haben sich keine Hinweise auf Frauen oder Männer ergeben, die Frau Oliveira wegen besonders auffälligem boshaftem Verhalten in ihrer Kindheit als mögliche Opfer ins Visier genommen haben könnte. Allerdings wollte sich auch niemand besonders intensiv erinnern, wenn ich das mal so ausdrücken darf.«

Moni legte einen Deckel neben Frau Weibels Wasserglas. Luginger erkannte sofort, dass er zu Gernot gehörte. 120 €! Die Zahl samt Ausrufezeichen störte ihn nicht. Nach kurzem Blickkontakt glaubte er ein einverständiges Nicken der Frauen gesehen zu haben. Zu viel, dachten sie, dachte er. Und: So geht das nicht. Und: Von wegen Reserven.

»Ich habe auch mit Herrn Domscheidt sprechen wollen«, fuhr Frau Weibel fort, »der Mann ist Priester und war vor fünfzig Jahren Pfarrer in Ihrer Gemeinde. Leider ist er schwer erkrankt, und sein Arzt hat glaubhaft versichert, dass er für Auskünfte nicht mehr zur Verfügung steht. Er ist achtundachtzig und nicht mehr auf der Höhe.«

»Wissen wir«, sagte Luginger.

»Aha. Eigene Recherchen.«

»Bleibt noch der Kaplan«, sagte Faulhuber.

»Richtig. War bis heute im Urlaub. Und die damalige Haushälterin. Eine Frau Pawlak. Sie kuriert ihre Grippe aus und wimmelt jeden ab, der mit ihr sprechen will. Alles nicht sehr verheißungsvoll, kann ich Ihnen sagen.«

»Wollen Sie vielleicht nicht doch ein Glas?«, fragte Faulhuber und deutete auf die Rotweinflasche.

»Ich muss noch fahren. Ach ja, wir haben sogar einen Arzt aufgetrieben, der Tony Hager behandelt hat. Auch eine Sackgasse.«

»Sie können ja auch hier schlafen«, sagte Joe. »Zwei, drei Stühle zusammengerückt, dann passt das schon.«

Frau Weibel las das Etikett. »Los Vascos, Cabernet Sauvignon. Sieht gut aus.«

»Schmeckt auch«, sagte Faulhuber. »Kommt aus Südamerika. Allerdings Chile, nicht Brasilien. Dafür Rothschild.«

Moni verdrehte die Augen und stellte ein Weinglas neben die Kommissarin.

»Sie werden verstehen, dass ich mich unter den aktuellen Umständen nicht für völlig spekulative Ereignisse, die Jahrzehnte zurückliegen, interessiere. Wann und wie hätte Frau Oliveira denn einen Erpressungsversuch einfädeln sollen? Samstag, am dritten Dezember, ist sie angekommen. Sonntags hat sie ihren Bruder angerufen und sich abends mit ihm in seiner Wohnung getroffen. Am Montag haben sich die Geschwister in München gesehen. Es gab eine heftige Szene. Das bestreitet Herr Hager auch nicht. Am Dienstag das Gleiche. Treffen vor dem REWE-Einkaufsmarkt an der S-Bahn. Streit. Herr Hager hat angegeben, dass er zu diesem Zeitpunkt schon viel getrunken hatte. Morgens um elf übrigens. Am darauffolgenden Tag war Frau Oliveira erneut in Leuterding. Sie wurde in der Rosskopfstraße und in der Zugspitzstraße gesehen. Am Abend hat sie ihr Bruder zum Essen in den Alten Hof eingeladen. Zuvor waren die beiden noch mal in Herrn Hagers Wohnung. Herr Hager gibt an, dass er lange telefoniert hat. Frau Oliveira muss die Zeit genutzt haben, um seine Pistole zu finden und an sich zu nehmen. Donnerstagnacht hat Gernot Hager seine Schwester dann zum letzten Mal lebend gesehen, tagsüber hatten die Geschwister wohl keinen Kontakt. Wo und wie, frage ich sie, soll denn da der Plan für eine Erpressung entstanden, geschweige denn ausgeführt worden sein?«

Faulhuber schenkte Frau Weibel eine Pfütze Wein ein.

»Keine Ahnung«, sagte Joe. »Nur hat sich Gernot die Geschichte mit der Geldbeschaffung nicht aus den Fingern gesogen.«

»Dazu fehlt ihm die Phantasie«, bemerkte Moni.

»So was kriegt der nicht zusammen«, pflichtete Faulhuber bei.

»Haben Sie sich mal gefragt, warum die Oliveira gerade jetzt zurückgekommen ist?«, fragte Luginger.

»Natürlich. Sie hatte Schulden, und eine Bande von Geldeintreibern saß ihr im Nacken. Die brasilianischen Kollegen haben das recherchiert. Sie brauchte dringend Geld, daran besteht überhaupt kein Zweifel. Sie hatte sich sogar für das Flugticket verschuldet.«

»Schulden wird sie auch schon vorher gehabt haben«, brummte Luginger.

Frau Weibel leerte ihr Glas, schnalzte mit der Zunge und bat Faulhuber, noch etwas nachzuschenken. »Sehr gut. Wie kommt so ein Fläschchen in Ihr Hammer-Eck, Herr Luginger?«

Faulhuber prostete ihr zu. »Ein Geschenk des Hauses, gute Frau. Den hat mir der Wirt aus alter Verbundenheit zukommen lassen.«

»Um auf die Schulden zurückzukommen«, sagte die Kommissarin, »keine Frage, die dürfte Frau Oliveira lange vorher gehabt haben. Aber die Situation hatte sich zugespitzt. Sie wurde bedroht. Und brutale Gewalt ist nicht nur in Südamerika ein probates Mittel, um Schuldner zum Letzten zu treiben.«

Joe ließ seine Fingerknochen krachen. Frau Weibel griff nach seiner Hand. Joe sagte: »Also alles klar und in trockenen Tüchern.«

Frau Weibel nickte.

»Ich glaube, Frau Oliveira hat einen alten Bekannten in São Paulo getroffen.« Faulhuber schwenkte sein Glas. »Im Puff, wenn Sie so wollen. Deshalb ist sie zurück, und deshalb hat sie Gernot schnell von der Leine gelassen. Sie hat auf eine andere Geldquelle gesetzt.«

»Haben Sie aber auch nur den kleinsten Beweis, dass es so gewesen sein könnte?«

Faulhuber schüttelte den Kopf und lächelte freundlich. »Ich arbeite daran.«

»Überlassen Sie das uns. Genießen Sie Ihren Wein, und vertrauen Sie darauf, dass wir unseren Job machen.«

»Also red ich mit Gernot über Donnerstag. So stellen Sie sich das vor?«, fragte Luginger. »Und Sie hoffen, wenn er mich lange genug anstarrt, tröpfeln Ereignisfetzen aus seinem Hirn.«

»Das wäre am besten. Wenn da nichts kommt, helfen Sie wenigstens mit, dafür zu sorgen, dass er wieder auf die Beine kommt.«

Moni stöhnte.

»Wie meinen Sie das?«, fragte Joe.

»Ein klapperdürrer Mann, der weder isst noch trinkt. Und dann die psychische Belastung. Er frisst die Geschichte regelrecht in sich rein.«

Luginger steckte sich eine Zigarette in den Mund und griff nach seinem Zippo.

»Warten Sie noch«, bat Frau Weibel. »Ich bin gleich weg.«

»Warum sind Sie hergekommen?«, fragte Faulhuber. »Mitten in der Nacht. Für Sie ist der Fall doch klar.«

Frau Weibel trank einen letzten Schluck. »An Weihnachten werde ich dreiundsechzig. Ich habe so viel Elend gesehen, Herr Weinkenner, mir reicht's. Herr Hager hat Mist gebaut und im Affekt seine Schwester hart angepackt. Dass das Parkhaus gerade an der Stelle, an der sich die Geschwister zum letzten Mal angegiftet haben, nur provisorisch gesichert war, reiht sich ein in eine Folge unglücklicher Umstände, die manche von uns fast magisch anziehen. In ein paar Jahren ist Herr Hager wieder ein freier Mann. Ein Geständnis würde seine Zeit im Gefängnis sogar drastisch verkürzen. Und wenn jemand Herrn Hager helfen kann, dann Herr Luginger.«

* * *

Seine Mutter schlief im Sessel. Der Fernseher lief. Götz George grinste. Luginger bückte sich und legte eine Illustrierte auf den Beistelltisch, auf dem schon ein Heft mit Kreuzworträtseln lag. Luginger blätterte es durch. Kein Rätsel war gelöst. Er schaltete die Glotze aus und machte ihr Bett zurecht. Seit seine Mutter nicht mehr gut laufen konnte, schlief sie unten. Wohnen auf einer Ebene. Unter ihrem Kissen lagen Ohrstöpsel.

Anna schnarchte. Luginger setzte sich auf einen Stuhl und blickte in ein zerfurchtes Gesicht. Der Mund stand halb offen, auf der Oberlippe wucherte dunkler Flaum. Die Backen waren von Altersflecken übersät. Ihre Frisur hatte sich gelöst. Kräftige, graue Haare fielen in Strähnen über Hals und Ohren. Würde er sie jetzt nicht wecken und ins Bett bringen, würde sie bis in die frühen Morgenstunden weiterschlafen. Danach hätte sie aber so starke Rückenschmerzen, dass der kommende Tag eine Qual war.

»Mama«, flüsterte Luginger.

Keine Reaktion.

»Mama«, wiederholte er.

Nichts.

Dann nahm er ihre Hand und drückte sie.

Anna schlug die Augen auf. »Was ist?«

»Ich bin's. Du musst ins Bett.«

Sie schaute auf ihren Fernseher. »Hast ausgemacht?«

Luginger nickte. »Komm, ich helf dir.«

»Lass mich noch a bisserl sitzen. Wie spät ist's denn?«

»Halb eins.«

»Hast zugesperrt?«

»Was denkst denn. Magst noch was trinken?«

Anna schüttelte den Kopf.

»Was gab's in der Glotze?«

»Tatort mit Batic und Leitmeyer.«

»Am Freitagabend?«

»Eine Wiederholung halt.«

»War's gut?«

Seine Mutter nickte.

»Willst mir's erzählen?«

»Hab's schon fast wieder vergessen, Franz. Ein Toter im Gefängnis, alles Ausländer, und so eine junge Polizistin, die einem hat helfen wollen, wieder auf die Füß zu kommen. Am Schluss lag der erschossen in ihrer Wohnung.«

Luginger nickte. »Etwas wirr, oder?«

Anna knöpfte ihre Wolljacke auf.

»Wie geht's deinem Computer?«

»War schon kaputt. Stell dir vor.«

Luginger hörte Empörung. Die Stimme seiner Mutter war lauter geworden.

»Und jetzt geht er wieder?«

Seine Mutter nickte. »Dr. Brettmann war da.«

»Und?«

»Was und?«

»Was war?«

»Der schwarze Kasten mit den Kabeln hat nix mehr gemacht.«

»Der Router«, sagte Luginger.

Seine Mutter nickte erneut. »Dr. Brettmann hat den Stecker rausgezogen, gewartet, wieder eingesteckt, und dann ging's wieder.«

Luginger ging in den Flur. Die Lichter des Routers leuchteten.

»Kannst beim nächsten Mal selber machen, Mama. Musst nur schaun, dass die beiden Lichter bei Power DSL und WLAN an sind. Wenn nicht, Stecker raus, zwei Minuten warten, Stecker rein, noch mal warten, bis die Lichter wieder ruhig leuchten, und fertig. Flackern darf nix, darauf musst achten.«

Luginger wusste, dass seine Mutter nicht zugehört hatte. Für technische Dinge fühlte sie sich nicht zuständig. Technik war Männersache. Da war sie entschieden, und solange Brettmann sich kümmerte, war's ihm egal.

Luginger zog die Vorhänge zu. Dann setzte er sich wieder.

»Die Beerdigung vom Tony, weißt schon, wann die ist?«, fragte Anna.

Luginger schüttelte den Kopf. »Die Polizei gibt Bescheid, wenn die Leiche freigegeben ist. Vorher geht nix.«

Beide schwiegen. Dann fragte Luginger: »Sag mal, was war der Tony eigentlich für ein Kind? Ich mein, war der ruhig oder hektisch, lieb oder frech? Du hast ihn doch gut gekannt.«

»Lieb war er. Respekt hat er gehabt. Geredt hat er wenig. Manchmal war er richtig lustig.«

Luginger sah, wie seine Mutter in ihrem Sessel hin- und herrutschte, und stopfte ihr ein Kissen in den Rücken. »Mehr kannst nicht erzählen?«

»Als er fünf oder sechs war, war er ganz schön pummelig. Das hat sich dann verwachsen. Schlimm war halt, dass er keine Freunde gehabt hat, verstehst. Immer allein, da musst irgendwann doch narrisch werden.«

»Und war Tony narrisch?«

Anna schüttelte den Kopf. »Er war immer höflich. Und schweigen konnt er. Stundenlang. Hat dann nix rausgelassen.«

»Gernot sagt ja auch nix«, sagte Luginger. »Sitzt im Gefängnis und frisst alles in sich rein.«

»Wie die ganze Familie«, pflichtete Anna bei. »Max konnt dasitzen und nix sagen. Keinen Ton. Jeder hat aber gewusst, dass es in ihm brodelt. Und Gertrud hast jeden Wurm einzeln aus ihrer Nas'n ziehen müssen.«

Luginger hob einen Zettel auf, der neben ihrem Sessel lag. »Was hast denn da aufgeschrieben?«

»Was ich rausgefunden hab. Sonst vergess ich's wieder.«

»Was suchst denn?«

»Na ja, Leut, die Tony gekannt haben und Gernot helfen können.«

»Erinnerst dich noch an den Arzt, der Tony als Kind behandelt hat? Die Kripo hat mit dem geredet.«

»Freilich. Dr. Grahammer. Er war auch unser Doktor, bis er die Praxis zugemacht hat.«

Luginger suchte den Namen auf Mamas Zettel. »Zu dem hast aber nix aufgeschrieben?«

»Da gibt's auch nix aufzuschreiben. Ein netter Mann war das. Und er hat getan, was er konnt. Er hat gesagt, lasst das Kind in Ruh, das ist gesund, dem fehlt nix. Max und Gertrud waren ja auch bei anderen Ärzten. Die wollten operieren. Schmarrn, hat er immer wieder gesagt, das bringt nix, dadurch wird's nicht besser.«

»Zum ehemaligen Kaplan hast aber viel aufgeschrieben.«

»Was steht denn da?«

»Weißt das nimmer?«

»Wenn ich's wüsst, müsst ich's ja nicht aufschreiben.«

Luginger nickte. Dann las er vor. »Mühlbeetstraße 5, Markt Schwaben, Tel. 08121 2224. Wohnt bei seiner Schwester. Alter 77. Wurde überraschend abberufen. Wann? 1966. Warum? Kam 1963 in die Gemeinde. Guter Sänger. Schöner Mann. Wie Freddy Quinn. Schwarm junger Mädchen. Hat die Katholische Jugend aufgebaut. Fuhr freihändig auf seinem Rad die Dorfstraße runter.«

Luginger faltete das Blatt Papier zusammen. »Nicht schlecht, Mama.«

»Dr. Brettmann hat das rausgefunden. Er hat viel telefoniert. Niemand weiß aber, warum der Rieber so schnell wieder weg war. Also offiziell hat's geheißen, dass ihm eine Pfarrei im Bayerischen Wald angeboten worden ist.«

»Und inoffiziell?«

»Dr. Brettmann macht das. Er will den Rieber anrufen.«

»Sag ihm, er kann sich's sparen. Ich fahr morgen mit Faulhuber hin und red mit ihm.«

Annas Augen glänzten. »Das willst machen, Franz? Sehr gut!« Sie rückte ihr Kissen zurecht. »Und frag, was mit Pfarrer Domscheidt war. Es heißt, die hätten sich am Schluss nicht mehr gut verstanden.«

»Weißt, warum?«

Seine Mutter zögerte mit einer Antwort: »Nein. Wissen tut niemand was. Das ist's ja gerade.«

* * *

Luginger hatte es die Sprache verschlagen. Frau Weibel stöhnte. Beide standen im Eingang der Erdinger Kripo. Gernot war vor knapp einer Stunde zusammengebrochen und auf die Krankenstation gebracht worden. Der behandelnde Arzt hatte jeden Besuch untersagt. Kreislaufkollaps war alles, was nach außen gedrungen war. Eine genaue Diagnose würde folgen.

»Tut mir leid, Herr Luginger. Ich habe das auch erst vor zehn Minuten erfahren.«

Luginger nickte.

»Machen Sie sich jetzt ja keine Vorwürfe. Ihr Freund ist ein zäher Hund. Das musste nicht passieren.«

»Ist aber passiert.«

Die Kommissarin knöpfte ihren Mantel zu. »Gehen wir ein paar Schritte. Sie rauchen, und ich schaue in die Landschaft.«

»Wann haben Sie Gernot zuletzt gesehen?«, fragte Luginger.

»Donnerstag.«

»Und da sah er schon beschissen aus?«

»Herr Luginger, viele Untersuchungsgefangene kommen mit ihrer Situation schlecht zurecht. Herr Hager ist da kein Einzelfall.«

»Das beruhigt mich.«

»Gehen wir?«

Luginger fror. Frau Weibel trat Steinchen über einen gepflasterten Weg.

»Frau Oliveira kann beerdigt werden«, sagte sie. »Soviel ich weiß, findet die Trauerfeier am Dienstag statt. Ich hatte Herrn Hager zugesichert, mich dafür einzusetzen, dass er dabei sein kann.«

»Ist ja wohl hinfällig«, brummte Luginger.

»Warum? Herr Hager muss doch nicht ernsthaft erkrankt sein. Wenn er nur aus den Latschen gekippt ist, wird das wieder.«

Luginger blies Qualmwolken in die Luft. »Meine Mutter hat mich heut früh schon angerufen. Sie meint, dass die Frau Pawlak, also die ehemalige Haushälterin, Domscheidt alle vier Wochen in Heidelberg besucht.«

»In Heidelberg-Kirchheim, um genau zu sein«, sagte Frau Weibel. »Wir wissen das. Herr Meisner hat Frau Pawlak aufgesucht. Sie unterhält ein besonderes Verhältnis zu ihrem ehemaligen Arbeitgeber, so viel steht fest. Nur, verboten ist das ja nicht.«

Ein laues Lüftchen bewegte mickrige Zweige dürrer Bäume. »Gibt's sonst was Neues?«

»Wir stecken mitten in den Ermittlungen, Herr Luginger. Und ich kann Ihnen über unsere Ergebnisse nichts erzählen.«

»Gute oder schlechte Ergebnisse?«

»Warten Sie es ab. Nur so viel, der Fall ist nicht abgeschlossen, auch wenn Sie das Gegenteil glauben.«

* * *

Von Erding nach Markt Schwaben zu Kaplan Rieber war es ein Katzensprung. Faulhuber hatte Luginger wieder eingesammelt, nachdem der ihn angerufen und mitgeteilt hatte, was vorgefallen war.

Faulhuber ließ den Mediziner raushängen. »Das wird schon, Franz. Die pusten Gernot ordentlich was in die Venen. So eine Infusion wirkt Wunder. Außerdem kann ihm ein Schuss vor den Bug nicht schaden. Vielleicht hilft's, und er drosselt die Giftzufuhr.«

Luginger hätte Faulhuber gerne zusammengefaltet. Von wegen Drogenberatung aus berufenem Munde. Nur fehlte ihm die Kraft zum Streiten. Stattdessen sagte er: »Dienstag machst deine Praxis dicht. Dass das klar ist. Und bring jeden mit, den du kriegen kannst. Ich will nicht, dass wir auf dem Friedhof allein rumstehen, wenn Tony beerdigt wird.«

Rieber, ein kleiner, gedrungener Mann, schien sie erwartet zu haben. Im Hausflur roch es nach frisch gebackenen Plätzchen. Der Mann bat sie ins Wohnzimmer und erklärte, dass er Tee aufgebrüht habe. Einen exzellenten Darjeeling. Faulhuber nickte zustimmend, Luginger lehnte ab.

Bernd Rieber servierte Christstollen, selbst gemacht, wie er betonte, und holte für Luginger ein Glas Wasser. Gesunder Typ, nicht fett, viele Muskeln, dachte Luginger. Sieht blendend aus für seine siebenundsiebzig Jahre. Trinkt nicht, raucht nicht, geht früh schlafen und hat keinen Ärger mit Frauen.

»Tja«, eröffnete Rieber das Gespräch. »Herr Luginger hat mir am Telefon schon erzählt, was passiert ist. Schreckliche Geschichte, wirklich schrecklich, dass jemand so sein Leben beenden muss.«

»Wir würden gerne was über den jungen Tony Hager erfahren«, sagte Faulhuber. »Sie haben ihn ja gekannt.«

Rieber nickte. »Herr Luginger sagte schon, dass viele andere Ansprechpartner verstorben sind und Herr Domscheidt schwer erkrankt in einem Pflegeheim lebt.«

»Und die, die noch etwas erzählen könnten, drucksen rum«, sagte Luginger. »Die haben keine Lust, sich an eine Zeit zu erinnern, in der sich die wenigsten mit Ruhm bekleckert haben.«

»Sie meinen wegen der Übergriffe auf den jungen Tony Hager«, ergänzte Rieber.

Faulhuber schob sich ein Stück Stollen in den Mund. »Wirklich gut«, sagte er anerkennend, ohne mit Kauen aufzuhören. »Man schmeckt, dass da ein Könner Hand angelegt hat.«

»Meine Schwester. Sie backt für ihr Leben gern, und während der Weihnachtszeit blüht sie richtig auf.«

»Ist Ihre Schwester nicht da?«, fragte Faulhuber.

»Nein. Sie ist zu ihrem Sohn gefahren. Tut mir leid.«

Ehe sich die beiden auch noch über den Wohlgeschmack des Tees ausließen, griff Luginger ein. »Wann genau waren Sie denn in Leuterding Kaplan?«

»Zwischen 1963 und 1966. Ich habe das noch einmal überprüft, als ich wusste, dass Sie kommen. Vier Jahre. Eine aufregende Zeit, ich war jung, und Pfarrer Domscheidt hat mir in vielen Dingen freie Hand gelassen.«

»Herr Brettmann, ein Nachbar meiner Mutter, erinnert sich gut. Er sagt, Sie hätten die Katholische Jugend auf Trab gebracht.«

Herr Rieber lächelte. »Auf Trab gebracht ist nun wirklich übertrieben. Ich habe einiges angeregt, und die Gemeinde hat das gerne aufgenommen.«

»Jesus Christ Superstar in Leuterding?«, fragte Faulhuber skeptisch.

»Das war viel später«, erwiderte Rieber sichtlich amüsiert. »Sie täuschen sich in der Zeit. 1963, herrje, da waren Haare über den Ohren ein unerträglicher Angriff auf die Wertegemeinschaft.«

»Aber Elvis Presley gab's schon«, sagte Faulhuber.

»Elvis Presley!«, Rieber lachte laut. »Der Mann war genauso verpönt wie die Kommunisten. Seine Musik, sein Tanzstil, die Tolle, wenn Sie wüssten.«

»Tony Hager, was war das für ein Junge?«, fragte Luginger, um aufs Thema zurückzukommen.

Rieber beugte sich vor. Seine Unterarme lagen auf kräftigen Oberschenkeln. Luginger beobachtete, wie die kurzen Finger seiner Hände ineinandergriffen. »Ein ruhiges Kind, zurückhaltend. Verängstigt, ja, zwar nicht auf den ersten Blick zu erkennen, aber schon verängstigt. Kein Junge wie die anderen. Keine Raufereien, keine Kraftproben, verstehen Sie?«

»Haben Sie gewusst, dass er sexuell anders war?«, fragte Faulhuber.

»Als ich den Jungen regelmäßig gesehen habe, war Tony vierzehn Jahre alt. Ich habe Religion unterrichtet. Er war neugierig, aufmerksam. Erst mit der Zeit wurde deutlich, dass er die Pubertät anders verlassen würde als die übrigen Jungs.«

»Wie anders?«, unterbrach Luginger.

»Sein Äußeres veränderte sich untypisch. Becken und Hüften gehörten nicht mehr zu einem Jungen, dazu ein kleiner Ansatz von Busen. Auf der anderen Seite wuchsen ihm früh männliche Körperhaare, besonders im Gesicht. Der Junge war ein Frühentwickler. Seine Figur hat er mit weiter Kleidung verdeckt, ja sogar vertuscht, wenn Sie so wollen. Er war sehr geschickt und hat geschneidert.«

»Fiel jemals das Wort ›Zwitter‹ oder ›Hermaphrodit‹?«

Rieber schüttelte den Kopf. »Nein. Aber Pfarrer Domscheidt und ich, wir haben gewusst, um welche eigenwillige geschlechtliche Ausprägung es sich gehandelt hat. Pfarrer Domscheidt hat auch einige Male mit der Mutter von Tony gesprochen. Sie war wohl sehr verzweifelt. Verständlich, nicht?«

»Haben Sie Tony gemocht?«, fragte Luginger.

»Sehr sogar. Es liegt ja in der Natur der Sache, dass die, die Gottes Wort verkünden, auf der Seite der Schwachen stehen. Und Tony war schwach. Sehr angreifbar.«

»Und Pfarrer Domscheidt? Hat er Tony unterstützt?«

»In jedem Fall. Soweit ich das erinnere, selbstverständlich. Er hatte ja eine kleine Passion, neben seinen kirchlichen Aufgaben, versteht sich. Er hat zu religiösen Mythen und Legenden geforscht. Also Überlieferungen von Geschichten, die im Bewusstsein der Gläubigen entweder in der Vergangenheit eine Rolle spielten oder bis heute eine gewisse Brisanz nicht verloren haben.«

Luginger fragte, ob er rauchen dürfe. Rieber brachte einen Aschenbecher. »Solange meine Schwester nicht da ist, dürfen Sie.« Er lächelte verständnisvoll.

»Danke«, sagte Luginger. »Aber die Marotte unseres Pfarrers wird uns nicht weiterbringen.«

»Na ja«, erwiderte Rieber. »Sie haben nach dem Verhältnis von Pfarrer Domscheidt und Tony Hager gefragt. Und in dem Zusammenhang spielt das durchaus eine Rolle. Kennen Sie die Legende von der heiligen Kümmernis?«

Luginger verneinte. Faulhuber schüttelte den Kopf.

»Ich erzähle Ihnen die Kurzfassung, ja? Also, soweit ich sie erinnere. Ein heidnischer Herr möchte seine Tochter zwangsverheiraten. Sie wehrt sich. Sie betet zu Gott, zu Jesus Christus. Sie ist heimlich Christin geworden. Sie bittet Jesus, sie so zu entstellen, dass kein Mann sie mehr haben will. Und Gott erhört sie. Über Nacht wächst ihr ein Bart. Ihr Vater lässt sie daraufhin vor Wut und Enttäuschung, weil seine Heiratspläne gescheitert sind, ans Kreuz schlagen. Und dieses Bild, das Bild einer gekreuzigten

Frau mit Bart, können Sie heute noch anschauen. Es existieren verschiedene Darstellungen in einigen Kirchen gerade im Alpenraum. Pfarrer Domscheidt hat kleine Bildchen der heiligen Kümmernis aus Österreich mitgebracht. Und Tony hat dieser jungen Frau am Kreuz durchaus ähnlich gesehen. Als er sechzehn war, meine ich.«

»Heiliger Strohsack«, flüsterte Luginger.

»Auf so was muss man kommen«, ergänzte Faulhuber.

Rieber nickte. »Da haben Sie recht. Aber als Sie mich gestern angerufen haben, fiel mir der Zusammenhang sofort wieder ein. Tony, der Junge mit den weiblichen Rundungen und dem Bart. Und Herrn Domscheidts Verwunderung, dass es so viel Ähnlichkeit zwischen der abgebildeten Figur und dem Jungen gegeben hat. Tja, und dann waren da auch noch die Ausflüge nach Neufahrn. In der dortigen Wallfahrtskirche wird der Volksheiligen bis heute besonders gedacht.«

»Sie meinen, Tony hat in seiner Jugend die Kirche dort besucht?«, fragte Luginger.

»Mehr als einmal, glauben Sie mir. Neufahrn ist doch nicht weit weg, und Pfarrer Domscheidt hat das kleine Gotteshaus sehr gemocht. Über dem Altar hängt die Figur eines romanischen Herrscherchristus. Sie stammt aus dem 12. Jahrhundert und wurde später in den barocken Hochaltar integriert. Sehr interessant. Schauen Sie sich das mal an.«

»Was man alles so erfährt«, bemerkte Faulhuber. »Aber sagen Sie, warum haben Sie Leuterding denn so Hals über Kopf verlassen? Wir haben gehört, dass die Gemeinde völlig überrascht war, als Sie gegangen sind. 1966 war das.«

Rieber schenkte Tee nach. Dann fuhr er sich übers Kinn und blickte gedankenverloren ins Wohnzimmer.

»Das war der unschöne Teil meiner Zeit in Leuterding«, sagte er schließlich. »Ich wurde versetzt, zwangsversetzt, wenn Sie so wollen.«

»Es hieß, man habe Ihnen eine Pfarrei im Bayerischen Wald angeboten«, sagte Faulhuber.

»Ganz falsch ist das nicht. Aber dennoch ein ganzes Stück von der Wahrheit entfernt.«

Während Luginger rauchte, wartete er, dass Rieber fortfuhr. Doch der ehemalige Kaplan gönnte sich eine Kunstpause. Prediger, dachte Luginger, immer schön für Spannung sorgen, damit die Schäflein nicht wegschlummern.

»Die Mutter eines Kindes aus der Gemeinde hatte sich vertrauensvoll an mich gewandt«, hob Rieber an. »Ihr Sohn sei von Pfarrer Domscheidt unkeusch berührt worden. Der Junge hatte seiner Mutter erzählt, dass auch andere Jungen belästigt und bedrängt worden seien.«

Luginger blickte zu Faulhuber. Faulhuber hing an Riebers Lippen.

»Ich habe das mit Pfarrer Domscheidt besprochen. Was hätte ich sonst tun sollen? Er war außer sich. Tagelang hat er mit niemandem ein Wort geredet. Weder mit mir noch mit Frau Pawlak. Frau Pawlak war damals Haushälterin in der Pfarrei und stand Herrn Domscheidt sehr nahe. Selbstverständlich habe ich auch mit dem Jungen gesprochen. Was er gesagt hat, klang glaubhaft. Ich musste ja einen dummen Jungenscherz ausschalten. Ich musste mich vergewissern, dass die Anschuldigungen nicht aus der Luft gegriffen waren. Verstehen Sie das?«

Luginger und Faulhuber nickten.

»Mit meinem Verdacht habe ich mich später dann an die zuständige kirchliche Stelle gewandt. Zwei Monate später erhielt ich die Nachricht, dass ich in einer anderen Gemeinde dringender als in Leuterding benötigt würde.«

»Klare Ansage«, sagte Luginger.

Rieber nahm einen Schluck Tee. »Im Nachhinein habe ich mir furchtbare Vorwürfe gemacht. So eine Geschichte verfolgt einen, glauben Sie mir. Erst als die vielen Missbrauchsfälle in unserer Kirche publik gemacht wurden, habe ich wieder daran geglaubt, richtig gehandelt zu haben.«

»Was jetzt?«, fragte Luginger. »Hat Domscheidt, oder hat er nicht?«

»Es wurde ja nie aufgeklärt, Herr Luginger. Und genauso glaubhaft, wie der Junge die Übergriffe geschildert hat, hat Pfarrer Domscheidt die Vorwürfe zurückgewiesen.«

»Unglaublich«, brummte Faulhuber.

»Das heißt doch auch, dass der Pfarrer Tony missbraucht haben könnte«, sagte Luginger.

»Also langsam, meine Herren. Dergleichen habe ich weder gehört noch beobachtet.«

»Aber den Vorwürfen des Jungen ist die Kirche auch nicht weiter nachgegangen, oder?«, fragte Faulhuber.

»Wahrscheinlich nicht. Da dürften Sie recht haben. Die Kirche hatte damals noch weniger als heute ein Interesse, Vorgänge dieser Art aufzuklären.«

»Können Sie uns den Namen des Jungen nennen?«, fragte Faulhuber.

»Nein, das kann ich nicht. Das wäre gegen jedes Ehrgefühl, meine Herren. Ich möchte auch nicht, dass der Junge durch meine Aussage hier an Vorgänge erinnert wird, die, wenn sie denn wirklich verwerflich waren, sein ganzes Leben durcheinandergebracht haben könnten.«

Faulhuber wollte etwas einwenden, doch Rieber hob die Hand. »Verdrängung ist eine prima Sache, Herr Faulhuber. Und in vielen Fällen für die Betroffenen praktischer und vorteilhafter als der Kampf um Gerechtigkeit.«

Luginger sah, dass Faulhuber nicht überzeugt war. »Wenn die Polizei Sie fragen würde, würden Sie dann Namen nennen?«

Rieber langte zum Teller und brach ein Stück Christstollen ab. »Nur wenn es einen überzeugenden Zusammenhang zwischen dem Verbrechen an Tony Hager und den damaligen Vorgängen gibt. Ich werde nichts öffentlich machen, was die Hetze befeuert. Bitte respektieren Sie das, meine Herren. Einen solchen Makel, Kindsmissbrauch, sexuelle Belästigung, kriegen Sie nie wieder aus der Welt, selbst wenn sich später herausstellt, das die Anschuldigungen unberechtigt waren.«

Stimmt, dachte Luginger. Einmal Grabscher, immer Grabscher. Aber wer so argumentierte wie Rieber, bestimmte letztendlich, ob aufgeklärt wurde oder nicht. Rieber war Kirchenmann, da biss keine Maus einen Faden ab.

»Erinnern Sie sich an den jungen Hans Pflügler?«, fragte Luginger und sah, wie Riebers Augen blitzten.

»Helfen Sie mir auf die Sprünge?«, fragte Rieber schließlich.

»Ein ehemaliger Lehrer, etwa im gleichen Alter wie Tony Hager beziehungsweise Frau Oliveira, hat erzählt, dass der Junge Tony besonders auf dem Kieker hatte. Er muss ihn immer wieder drangsaliert und bloßgestellt haben.«

»Hans Pflügler«, wiederholte Rieber vorsichtig. »Wenn es der ist, den ich vor Augen habe, wundert mich gar nichts. Das war ein Früchtchen. Ein großer, kräftiger Bub, typischer Anführer. Er war Ministrant, nicht lange, vielleicht zwei Jahre, höchstens.«

»Haben Sie gesehen, wie er Tony gequält hat?«, fragte Faulhuber. »Und wenn ja, wie? Ich meine, geschubst, geschlagen, getreten, Hose runtergezogen, beschimpft. Alte Schwuchtel, schwule Sau, was blöde Jungs halt so sagen.«

»Mit Hans Pflügler meinen Sie doch den Hans Pflügler, der dem Landkreis Ebersberg vorsteht?«, fragte Rieber nach.

Luginger und Faulhuber nickten.

»Was ich vorhin gesagt habe, gilt auch für Herrn Pflügler, meine Herren. Ein Unschuldslamm sieht anders aus, so viel will ich sagen. Mehr nicht.«

»Für einen Politiker der Christlich Sozialen Union müsste es ja ein Leichtes sein zu bekennen«, sagte Luginger. »Das ist doch Kern unserer Religion. Sich schlecht benehmen, beichten, Absolution, Reue, Sühne und so weiter.«

Rieber lächelte sanft. »Eine etwas gedrängte Zusammenfassung, Herr Luginger, aber akzeptabel, ja, akzeptabel. Und deshalb schlage ich vor, Sie fragen unseren Herrn Landrat persönlich. Vielleicht gelingt es Ihnen, sein Gewissen zu wecken.«

3

Luginger las Barbaras SMS. Fahre heute Nachmittag nach Frankfurt. Der Job ruft. Sehen wir uns noch?

Luginger antwortete: Ja.

Im Netz suchte er die aktuelle Bundesligatabelle. Schalke und Dortmund blieben den Bayern auf den Fersen. Die Cluberer hatten durch ihren Sieg in Leverkusen etwas Luft nach unten. Achtzehn Punkte, sechzehnter Platz. Nicht gut, hätte aber auch schlimmer kommen können. Immerhin drei Tore, das ließ hoffen.

Gernot ging's besser. Zu wenig gegessen, zu wenig getrunken, zu viel geraucht, zu viel Stress, ordentlich kollabiert. Frau Weibel hatte ihm das alles ausführlicher erklärt, nur hatte er sich für weitere medizinische Einzelheiten nicht interessiert. Die Ärzte würden ihn noch ein, zwei Tage beobachten, dann durfte er zurück in sein Einzelzimmer.

Luginger schob eine AC/DC-Scheibe in den Player und setzte sich mit einer großen Tasse Kaffee und Kopfhörern in seinen alten Bastsessel unter das Fenster zur Straße. Mit der ersten Zigarette zwischen den Lippen hörte er *Thunderstruck*. Obwohl es die Jungs aus Down Under krachen ließen, konnte er nicht abschalten. Schlagzeug, Gitarre, Gesang – es knirschte im Gebälk, doch je mehr es knirschte, desto wütender wurde er.

Faulhubers Gefasel über die Popen, ihre selbst auferlegte Enthaltsamkeit und die damit verbundenen Gefahren war ihm wieder eingefallen. Das Zölibat ist schon richtig, hatte Bernie gestern in seinem Daimler auf dem Weg von Markt Schwaben nach Leuterding zum Besten gegeben. Wer sein Leben Gott weiht, darf sich nicht ablenken lassen. Und was lenkt mehr ab als Sex? Was beansprucht einen mehr als Frauen und Kinder? Sex führt zu Kindern, Kinder zur Familie und Familie zu dauerhafter Verantwortung. Wo soll da noch Platz für Gott sein? Priester sind berufen, hatte Bernie doziert. Sie haben sich entschieden, für und mit Gott zu leben. Vierundzwanzig Stunden am Tag, sieben Tage die Woche. Wer Gott nahe sein will, muss sich versenken. Versenkung ist Konzentration und Ausblendung. Wie soll so was gehen, wenn du jeden Tag an deinen Schwanz denkst? Um Gott zu finden, musst du aus der Welt, Franz. Und was ist mehr Welt als Sex? Nichts ist menschlicher, und nichts bringt mehr Ärger.

Luginger öffnete das Fenster und blies Rauch in die milde Dezemberluft. Und weil nicht alle mit ihrem Enthaltsamkeitsversprechen klarkommen, gibt's die Übergriffe. Missbrauch, Gewalt, Vergewaltigung, die Verbrechen eben, von denen wir in den vergangenen Jahren gehört haben. Deshalb aber das Zölibat abschaffen, geht nicht. Wer Christus folgt, sollte auch versuchen zu leben wie er. Und wer sich dabei übernommen hat, steigt aus. Als sie kurz vor Leuterding von der Autobahn abgefahren waren, glaubte Luginger, Bernie würde am nächsten Gotteshaus anhalten und Kerzen anzünden, damit den Opfern ein Lichtlein scheine. Verstehst du, hatte Bernie gesagt, das Problem ist nicht das Scheitern an einer heroischen Aufgabe, das Problem ist, dass die Kirche ein Scheitern nicht akzeptiert. In ihrer Vorstellung ist eine so weite Entfernung von Gott für die, die sich für ihn entschieden haben, nicht vorstellbar. Und sie haben sich auch für ihn entschieden, weil die Kirche sie gelehrt und betreut hat. Wenn dann ein Priester einem Jungen die Eier krault, hat auch sie versagt.

Vorm Hammer-Eck war Faulhuber endlich die Luft ausgegangen. Luginger hatte gestöhnt und gesagt, prima, Bernie, schreib alles auf und schick's den Opfern. Die verstehen bestimmt, dass ihre Peiniger unschuldig sind, weil ihr Boss die Lage falsch einschätzt. Faulhuber hatte einen weiteren Versuch hinterhergeschoben, sich in die Köpfe redlicher Kirchenmänner hineinzuversetzen, dann durfte Luginger endlich aussteigen. Gegen Sex haben die katholischen Häuptlinge gar nichts einzuwenden, Franz, wenn er nur nicht so schmutzig wäre. Also, die Flüssigkeiten und die Öffnungen …

Lugingers Kippe lag jetzt im Aschenbecher. Mister Young drosch auf Gitarrensaiten ein, und Luginger spürte, dass er Hunger bekam.

Um neun rief Frau Hilgard an. Gestern Nachmittag hatte er sie vergeblich zu erreichen versucht.

»Guten Morgen, Herr Luginger. Entschuldigen Sie, aber ich war wandern. Und beim Wandern gilt, kein Telefon.«

»Hätte gar nicht gedacht, dass Sie wandern«, sagte Luginger.

»Jeder wandert. Wandern entspannt, heißt es.«

»Wo waren Sie denn?«

»Im Englischen Garten.«

»Im Englischen Garten. Na, da sind die Berge wenigstens schön flach.«

»Netter Spruch, Herr Luginger. Was haben Sie auf dem Herzen?«

»Gernot ist gestern zusammengebrochen. Er liegt auf der Krankenstation.«

»Weiß ich. Gabi Hager hat mich angerufen.«

»Dann war ich bei Rieber, dem Ex-Kaplan.«

»Aha. Und hat Herr Rieber was beizusteuern?«

Luginger berichtete in Kurzform. Als er geendet hatte, sagte Frau Hilgard nur: »Wilgefortis, die Legende kenne ich.«

Luginger runzelte die Stirn.

»Wilgefortis kommt von virgo fortis. Zu Deutsch starke Jungfrau, auch tapfere Jungfrau, wenn Sie so wollen. Die Wallfahrtskirche in Neufahrn sollten Sie sich wirklich anschauen. Sie hat ihr Wilgefortis-Patrozinium nach Unterbrechungen wieder in den Vordergrund gestellt.«

»Wunderbar«, bemerkte Luginger.

»An der ganzen Legende«, fuhr Frau Hilgard fort, »ist die Geschichte ihrer Ikonographie besonders interessant. Wissen Sie, es gibt romanische Kreuzigungsdarstellungen, in denen wird Jesus Christus mehr aufrecht als hängend gezeigt. Dazu mit Bart und Krone. Das trifft auch auf die heilige Kümmernis zu, obwohl ihre Geschichte eher ins Spätmittelalter gehört. Also …«

Luginger hustete ins Telefon.

»Entschuldigen Sie. Ich bin vom Thema abgekommen.«

»Domscheidt, Missbrauch, Tony, Kümmernis«, sagte Luginger. »Das ist der rote Faden, einverstanden?«

»Uneingeschränkte Zustimmung, Herr Luginger. So ist das. Nur, was soll ich mit dem Ball anfangen, den uns Herr Rieber da zuwirft? All Ihre Vermutungen ergeben doch nur Sinn, wenn folgendes Szenario nicht völliger Unsinn ist: Frau Oliveira erpresst eine Person, wahrscheinlich männlich, weil sie über diese Person etwas weiß, was sie erpressbar macht. Sie findet diese Person nicht zufällig, sie hat einen Plan im Gepäck, als sie auf dem Franz-Josef-Strauß-Flugplatz landet. Außerdem muss die Person oder eine andere ihm früher mal begegnet sein, am besten im Puff in São Paulo. So könnte er etwas über sein Zuhause erfahren haben. Den Tod der Eltern, den Verkauf des Hotels, die Erbschaft des Bruders. Die Erpressung geht schief. Der Erpresste tötet Frau Oliveira, wahrscheinlich nicht mit Vorsatz, sondern nach einem Handgemenge im Parkhaus. So weit, so gut. Bei einem solchen Szenario würde es auch Sinn ergeben, tiefer in der Vergangenheit zu graben. Dann treten die alten Leuterdinger auf den Plan. Pfarrer Domscheidt, Kaplan Rieber, Ihr Herr Pflügler mit seinen Spießgesellen und so fort.«

»Nicht Ihre erste Option«, unterbrach Luginger.

»Nein«, sagte Frau Hilgard

»Zu dünn«, sagte Luginger.

»Ja«, erwiderte Frau Hilgard.

»Schönen Sonntag«, sagte Luginger.

* * *

Barbara war am Packen. Auf ihrem Bett lag ein Rollkoffer mit Unterwäsche, Blusen, Hosen, Schuhen und Toilettenbeutel.

»Wann musst du los?«, fragte Luginger.

»Um sieben. Joe bringt mich zur S-Bahn.«

Barbara verstaute Taschentücher und Süßigkeiten. Im Hintergrund lief ihr Fernseher. Cowboys schossen, Indianer stürzten vom Pferd.

»Seit wann schaust du fern, wenn's hell ist?«

Barbara lächelte gequält. »Gleich kommt John Wayne, pass auf. Blutjung, mit Halstuch und Beinschützern.«

»Wann hat er sich zuletzt die Füße gewaschen?«, fragte Luginger.

Barbara winkte ab und und brummte nur: »Er hat versprochen, die Stiefel nicht auszuziehen.«

»Gut«, erwiderte Luginger. »Das ist eine Lösung.«

Alte Westernfilme gehörten seit Monaten zu Barbaras bevorzugter Unterhaltung. *Rio Bravo, Zwölf Uhr mittags, Die glorreichen Sieben* oder *Vier Fäuste für ein Halleluja* hatten es ihr angetan. Verpasst, hatte sie im Sommer zu Luginger gesagt, einfach verpasst. Ich hab nie mitbekommen, wie toll diese Streifen sind. Männer, Uniform, Waffen, Schnaps. Und Zweikampf, hatte Luginger gesagt. Genau, Mann gegen Mann, Gut gegen Böse, Aug in Aug. Luginger hatte genickt und dann jede Menge DVDs angeschleppt. Nächtelang hatten sie vor der Glotze gelegen und zugesehen, wenn Terence Hill seinen Colt kreisen ließ oder Henry Fonda in wehendem Mantel irische Dickschädel auslöschte und hinterher ordentlich ausspuckte. Weißt du, warum Frauen nie auf die Straße spucken, hatte Barbara eines Nachts gefragt? Weil sie nicht ejakulieren. So ist das, mein Lieber. Ihr spuckt, weil ihr absondert, was das Zeug hält. Luginger hatte nicht widersprechen wollen und Barbaras Aufmerksamkeit auf die laxen Hygieneregeln der reitenden Helden gelenkt, die für Frauen doch ein Desaster waren. Besonders die Füße, hatte Barbara zugestimmt, und die durchgeschwitzten Ärsche. All die Furunkel und Eiterbeulen zwischen den Backen, heiliger Strohsack, das muss gestunken haben.

»Wie lang bleibst du?«, fragte Luginger.

»Dienstag bin ich zurück.« Barbara war im Bad verschwunden. »Ich treffe ein paar Pokertypen.«

»Pokertypen?«, fragte Luginger nach.

»Pokern ist seit Jahren der Hit. Und ich denke darüber nach, Pokern als Event in Hotels anzubieten.« Barbara tröpfelte Arznei in ihre Nasenlöcher. »Nicht als Glücksspiel, das geht nicht, aber als Show. Jeder will doch wissen, wie man das anstellt. Bluffen, auf die richtige Karte warten, sich ausmalen, was der andere für ein Blatt hat.«

»Und du kennst einige Branchengrößen?«, fragte Luginger.

»Noch nicht, aber morgen.«

»Dienstag kommt die Oliveira unter die Erde. Mittags, halb zwei.«

Luginger schaute aus dem Fenster. Kahle Bäume, kahle Sträucher. Einzelne Blätterhaufen lagen neben Papiertüten. Das kleine Rasenstück hinterm Haus schmutzig braun.

»Eher Herbst als Winter«, murmelte er. »Und in ein paar Tagen ist Weihnachten.«

Barbara hatte sich neben ihn gestellt. »Die Beerdigung schaffe ich nicht. Um die Zeit sitze ich im Zug.«

Luginger nickte.

Leise sagte Barbara: »Bist gestresst, wie?«

»Passt schon.«

»Passt schon. Passt schon, Franz, ich glaube nicht, dass irgendwas passt.«

»Kannst du keinen früheren Zug nehmen?«

»Tagelang kein Ton von dir. Wenn ich dir keine SMS geschickt hätte, hättest du gar nicht gewusst, dass ich wegfahre.«

»Herrje, du weißt doch, was los ist. Die Kneipe, meine Mutter, der Gernot-Scheiß.«

»Lass gut sein, Franz. Man muss schon gut in Form sein, um deine Prioritätenliste wegzustecken.«

»Was Grundsätzliches?«, fragte Luginger.

Barbara wandte sich ab. »Ja, ja, der Franz-Trick. Die Latte schön hoch legen, damit jeder drunter durchkommt, der keine echten Probleme hat.«

Luginger schaute ihr nach. »Gernot ist umgekippt. Die Knastärzte kümmern sich.«

»Scheiße«, hörte er Barbara rufen.

»Ist nichts Schlimmes.«

Lugingers Handy läutete.

»Franz, ich hab's. Ich hab meinen Sextouristen.«

»Und wer ist's, Bernie?«

»Ich komm nachher zu dir. Bin noch beim Tanken. Wenn du wüsstest.«

»Wenn ich was wüsste?«

»Ich erzähl's dir später, ja. Nur so viel. Das ist ein guter Tag für Gernot.«

Faulhuber hatte aufgelegt.

Luginger schüttelte den Kopf.

Barbara fragte: »Neuigkeiten?«

»Faulhuber hat den Fall gelöst. Alles bestens.«

* * *

Als Luginger zurück im Hammer-Eck war, wurde zur Halbzeit gepfiffen. Gladbach führte gegen Mainz 1:0. Ordentlich, hatte Sammy gesagt, als ihn Luginger nach der Qualität des späten Sonntagsspiels der Bundesliga gefragt hatte. Saubere Defensivleistung der Borussen nach früher Führung. Heider hatte Sammys Einschätzung nichts hinzuzufügen. Erika plauderte mit Moni.

Lugingers Blick suchte Faulhuber, doch der war nicht da.

Sammys aktuelles Pizza-Angebot lautete: 4 €. Pizza Margaritha, Pizza Salami und Pizza Schinken. Luginger ging in die Küche und sah, wie sein Koch ein großes Blech in den Backofen schob.

»Je Blech zwei Euro Warenwert, höchstens«, sagte Sammy. »Ein Blech ergibt vier Stücke. Vier Stücke machen sechzehn Euro. Inklusive Abschreibung, Nebenkosten und meines Scheißlohns machst du locker acht Euro Gewinn je Blech.«

»Vor oder nach Steuern?«, fragte Luginger.

Sammy lachte. »Selbst du begreifst langsam, wie der Hase läuft.«

»So genau möcht ich das gar nicht wissen«, brummte Luginger. »Wenn du meinst, Pizza ist gut für's Hammer-Eck, dann eben Pizza.«

Sammy nickte zufrieden. »Die paar Kröten für den Ofen von

Gernots Innsbruck-Connection haben wir in drei Monaten wieder drin. Wirst sehen.«

»Dein Wort in Gottes Ohr.« Luginger ging zum Tresen.

Heider klüngelte mit Erika. Erika schrieb was auf einen Block. Dann ging sie zum ersten Tisch. Die Gäste lachten. Erika sammelte Geld ein. Erneutes Lachen. Schenkelklopfen. Renz kam hinzu und zückte sein Portemonnaie. Luginger beobachtete, wie eine weitere Münze auf dem Tisch landete. Renz sagte etwas. Erika klopfte ihm auf die Schulter. Die anderen grölten.

»So, zehn Euro, Franz, pack's weg.« Erika legte fünf Zwickerl auf den Tresen. »Für Gernot. Kaffee, Zigaretten, Mädchen. Im Knast bist du ohne Kohle eine arme Sau. Hat Mike gestern erzählt.«

Der muss es ja wissen, dachte Luginger. Stadelheim lässt grüßen. Er wechselte die Münzen in einen Zehner und steckte den Schein in Monis Schuldenbuch.

»Fußballrätsel?«, fragte er dann.

Erika nickte.

»Rück raus.«

»Da kam das Elfmeterschießen. Wir hatten alle die Hosen voll, aber bei mir lief's ganz flüssig.«

Luginger lächelte. »Paul Breitner.«

Erika hielt vergnügt die Hand auf. »War ja klar. Trotzdem her damit.«

Fußballrätsel gehörten zum Hammer-Eck wie Monis Männergeschichten. Vor Jahren schon hatten Lugingers Stammgäste begonnen, für ein mögliches Hochzeitsgeschenk zu sammeln, obwohl niemand wirklich damit rechnete, dass es jemals zu einer Hochzeit kommen würde. Moni hatte Männer. Und Moni hatte Pech. Die taugen nix, hatte Gernot immer wieder gesagt und damit den Nagel auf den Kopf getroffen. Sie taugten nichts. Zu humorlos, zu mittellos, zu unzuverlässig. Sex, das krieg ich schon hin, hatte sie einmal nach einem verkorksten Champions-League-Spiel der Bayern Luginger gestanden, aber für Sex brauch ich keine Pläne. Pläne gehören zu einer Beziehung, Franz. Wie Kinder, Haus und Katzen.

»Ab jetzt also alles für Gernot«, fragt Luginger nach. »Ist Moni einverstanden?«

»Die Idee kam sogar von ihr«, erwiderte Erika. »Sie hat ja einen Neuen, weißt du das schon?«

Luginger nickte und zapfte Bier.

»Steuerberater«, fuhr sie fort. »Könnte sogar was Festes werden. Soll ein ganz ein Netter sein.«

Luginger stellte eine Halbe aufs Tablett. »Geschieden, also pleite. Wahrscheinlich hat er drei Kinder an der Backe.«

»Nix da«, säuselte Erika mit leiser Stimme. »Zugewinngemeinschaft, und seine Ex hat richtig Geld gescheffelt. Irgendwas mit Software für Hotels. Eine Gelddruckmaschine, sagt Moni.«

Luginger verstand. Moni wollte also auf Hochzeitsgeschenke verzichten, für die ihre Stammkundschaft immer wieder Kleingeld lockermachte. Denn Moni glaubte an den großen Wurf. Volltreffer. Mitten in die Zwölf. Keine halben Sachen mehr. Ein Dutzend Gören, Händchen halten auf 'ner Hollywoodschaukel, Einfamilienhaus frei stehend, Leuterdinger Bestlage.

»Weißt du, wann sie kommt?«, fragte er. Weitere Biere fanden ihren Weg aufs Tablett.

»Um acht. Sammy weiß Bescheid.«

Die Übertragung des Fußballspiels lief weiter. Luginger sah starke Mainzer und schwächelnde Gladbacher. Ein Foul am Anstoßkreis erregte die Gemüter.

»Vier Pizza Schinken, vier Weißbier«, rief Mike.

Plötzlich stand Faulhuber am Tresen. Er strahlte.

»Ein Glas Roten, bitte. Von deinem Hauswein, wenn's dir nichts ausmacht.«

Luginger ging in die Küche und holte eine Flasche Primitivo, den Faulhuber als gut genug beurteilt hatte, um ausgeschenkt zu werden, ohne sich schämen zu müssen.

Faulhuber starrte auf die Leinwand. Gladbach grätschte, Mainz grätschte auch. Kennerhaft schwenkte er sein Weinglas.

»Pflügler fickt in Übersee«, vermeldete er endlich.

Luginger stöhnte. »Hab ich auch schon gemacht.«

»Klar, in deiner glorreichen Vergangenheit. Als auch deine Zukunft noch besser war. Nur, Pflügler tut es heute, mein Lieber.«

»Erzähl«, sagte Luginger, ohne echten Enthusiasmus erkennen zu lassen.

Faulhuber beugte sich über den Tresen. Dann legte er eine Hand vor den Mund und flüsterte kaum hörbar: »Frau Dürnbach, meine gute Praxisseele, weißt schon, kennt eine Frau Kasic. Und Frau Kasic war bis vor vier Wochen Reinigungskraft im Hause Pflügler. Dann wurde sie gefeuert.« Faulhuber kroch noch näher an Luginger heran. »Sie hat einen Streit der Eheleute mitgekriegt, und sie ist sich sicher, dass es dabei um den treulosen Hansi ging. Sie hat nämlich, also die Frau Kasic, die Wandschränke im Schlafzimmer sauber gemacht und ist dabei über ein Flugticket gestolpert. München–Havanna, Oktober 2010. Eine Woche. Eine Woche, in der Hansi angeblich, vorgeblich, gelogenerweise auf irgendeiner Klausurtagung der Partei gewesen sein will.«

Faulhuber hatte wieder Normalposition eingenommen. Er streckte seinen Rücken und trank ein Schlückchen Roten aus Bella Italia.

»Kommt noch was?«, fragte Luginger.

Faulhuber reagierte enttäuscht. »Wer in Havanna die Sau rauslässt, macht das auch in São Paulo.«

»Woher weißt du denn, dass Pflügler sich auf dem schönen Kuba danebenbenommen hat?«

»Weil Frau Kasic der Dürnbach erzählt hat, er habe es zugegeben. Eine fürchterliche Szene muss das gewesen sein, laut und so peinlich, dass Frau Pflügler Frau Kasic fünfhundert Euro in die Hand gedrückt hat, nachdem ihr Mann sie mit hochrotem Kopf hinauskomplimentiert hatte.«

»Und das hast du beim Tanken erfahren«, stellte Luginger nüchtern fest.

»Genau. Wir haben uns zufällig getroffen, die Dürnbach und ich. Sie kam gerade von der Kasic, deren jüngster Sohn mit dem Enkel der Dürnbach Fußball spielt. Daher kennen sich die Frauen. Und weil die Kasic einen neuen Putzjob sucht, hat sie mit der Dürnbach geredet.«

Luginger hatte längst begriffen. Ratschende Weiber hatten einen Skandal-Cocktail gemischt, und Faulhuber suchte die losen Fäden. Gleichzeitig malte er sich aus, was die Weibel sagen würde, wenn er ihr Faulhubers Geschichte erzählte. Ehemann betrügt Ehefrau. In Südamerika, Frau Weibel, verstehen Sie, da müssen wir ansetzen. Einer, der das Weite sucht, bevor er die Hosen runterlässt. Ein Fan nicht nur von Kuba, sondern auch von Brasilien. Wahrscheinlich auch Brasilien. Mein Spezl Faulhuber, der Zahnarzt, der mit dem Rotwein, sagt, nach Kuba kommt sofort Brasilien, obwohl es für Brasilien keine Hinweise gibt. Es könnte auch Mexiko sein, Ecuador, Venezuela oder eben nur Kuba. Weil der treulose Göttergatte über Kuba nicht hinausgekommen ist. Überzeugend, dachte Luginger, ein echter Knaller, ein Rettungsschirm, der Gernot in null Komma nix von seinen Sorgen befreit.

* * *

Als Luginger am späten Abend die Kneipe verließ, waren neben Moni nur noch Erika und Heider da. Moni hatte versprochen zuzusperren. Sie wollte noch abrechnen und auflisten, was in den kommenden Tagen eingekauft werden musste. Zudem werde sie abgeholt. Hanno sei Nachtmensch und ein Arbeitstier. Hanno war der neue Lover. Luginger hatte gegrinst und gesagt, einen Hanno gab's noch nie.

Anna hing überm Spülbecken und wusch ab. Auf dem Küchentisch lagen frische Weihnachtsplätzchen.

Luginger nahm sich ein Bier aus dem Kühlschrank. »Die Backerei musst nicht mehr machen, Mama. Stehst so spät noch in der Küch und schrubbst Förmchen.«

Seine Mutter legte Sterne und Lokomotiven auf ein Geschirrtuch. »Weihnachten ohne Backen ist kein Weihnachten, Bub.«

Luginger nickte. »Setz dich her. Magst auch einen Schluck?«

Ohne ihre Antwort abzuwarten, holte Luginger zwei Gläser und schenkte ein.

Neben den Plätzchen lagen Tabletten.

»Hast Schmerzen?«

Wortlos rieb Anna ihr Knie.

»Die Rumrennerei und das Stehen in der Küch sind halt blöd. Du musst dich schonen, sonst wird's nur schlimmer.«

Seine Mutter schwieg.

»Ist was?«, fragte Luginger.

»Wird das mit Gernot wieder?«

»Klar. War nur der Kreislauf.«

Anna nickte. »Die Haushälterin damals, die Frau Pawlak, war ganz narrisch mit dem Domscheidt. Es hat Gerüchte gegeben, die hätten was miteinander.«

»Wie kommst jetzt da drauf?«

»Resi war hier und hat's erzählt.«

»Gerüchte hat's doch überall gegeben, Mama. Ein Klassiker sozusagen. Schweinereien im Pfarramt.«

»Angehimmelt hat sie ihn, die Frau Pawlak. Vergöttert. Nix Schmutziges, Bub. Resi hat mitgeholfen, die Pfarrkirch zu putzen. Ein paar Jahr hat sie das gemacht. Und dabei hat sie die Frau Pawlak öfter getroffen.«

Luginger drehte Zigaretten. »Rauchst eine mit?« Seine Mutter deutete auf den Aschenbecher. »Also, der Rieber hat dazu nix gesagt, als wir den besucht haben.«

Anna paffte. »Dr. Brettmann kennt jemand, der geht ins Internet und hackt den Computer vom Flughafen. Wenn ein Leuterdinger auf einem Flug nach Brasilien dabei war, wissen wir, wen Tony in dieser Stadt da, in Soa Paula, getroffen hat.«

Luginger glaubte, sich verhört zu haben. »Spinnst du, Mama?«

»Früher hat Dr. Brettmann so was sogar selber gemacht«, sagte Anna. »Heute ist's aber zu kompliziert. Wegen den Schutzwällen und so.«

»Und Brettmann kennt jemand, der richtig hackt? Weißt überhaupt, was das ist?«

Seine Mutter nickte.

»Dass das verboten ist, weißt auch, oder?«

»Dr. Brettmann kennt viele Leut, die gegen Atomkraftwerke protestieren. Also international, sagt er. Und da gibt's welche, die haben schon in Computer von Atomkraftwerken reingeschaut.«

»Bist jetzt gegen die Atomindustrie? Ist a bisserl spät, verstehst. Die Dinger werden abgeschaltet.«

Anna paffte.

»Bis wann?«, fragte Luginger.

»Bis wann was?«, fragte Anna zurück.

»Die Daten, die Informationen. Bis wann liefert Brettmann die?«

Seine Mutter kratzte ihren Handrücken. »Kann er nicht sagen. Kann auch dauern. Aber versuchen müssen wir's.«

Luginger trank sein Bier aus. »Ich besuch dich dann im Knast, einverstanden. Das Haus verkauf ich, für die Wäsch brauchst auch keine Moni mehr, und falls dir langweilig wird in Sing-Sing, fragst nach 'nem DSL-Anschluss.«

* * *

»Warum bin ich hier, Bernie?«, fragte Luginger, während Faulhuber mit Stäbchen zwischen den Fingern Reis in den Mund schob.

»Um was Gescheites zu essen«, sagte Faulhuber. »Wenn es jetzt auch noch Pizza in deinem Laden gibt, bist du geschmacklich ein Krisengebiet.«

Montagabend, neun Uhr. Luginger befürchtete, dass der Tag so enden würde, wie er begonnen hatte. Trostlos. Zuerst hatte er seine Wohnung auf Vordermann gebracht, dann Frau Oliveiras Begräbnis gecheckt und jetzt auch noch Stäbchengedöns mit Faulhuber. Die Beerdigungsvorbereitungen hatten ihn geschafft. Zig Telefonate mit Priester, Bestatter, Verwaltung und Gabi. Dazu die Nerverei, die Truppen in Marsch zu setzen, um zu verhindern, dass außer Gernot, seiner Mutter und ihm keine Sau am Grab stehen würde. Letzteres war gut gegangen. Als er um fünf das Hammer-Eck aufgesperrt hatte, war er sich sicher gewesen, genügend Leute zusammengetrommelt zu haben, um Gernot zu beeindrucken.

Luginger sah, wie ihm Faulhuber Rindercurry auftat. »Außerdem erwartet Herr Huen, dass ich mich mal blicken lasse. Das ist so etwas wie ein Gegenbesuch.«

Auf der Fahrt hierher hatte Faulhuber schon angedeutet, dass er den neu eröffneten Asia Tempel im Leuterdinger Norden nicht nur deshalb besuchen wollte, weil er die vietnamesisch-chinesisch-mongolische Küche schätze, sondern auch knallharte Geschäftsinteressen im Raum stünden. Herr Huen war nämlich nicht nur der Chef eines grandios kitschig eingerichteten Restaurants, sondern auch Herrscher über einen Clan von mindestens vierzig Familienmitgliedern, die alle rund um München in der Gastronomie beschäftigt waren, schlechte Zähne hatten und behandelt werden mussten. Herr Huen, war Faulhuber fortgefahren, verspreche ihm einen stattlichen Mindestumsatz per annum und erwarte dafür eine großzügige Bonusregelung.

»Scharf«, bemerkte Luginger.

»Muss«, sagte Faulhuber und schob Stäbchen über den Tisch. »Versuch's mal. So schwer ist es nicht.«

Luginger gabelte weiter. »Also, was ist? Bei deinem Huen hättest auch ohne mich 'ne schöne Rechnung machen können.«

»Mit dir macht's aber mehr Spaß«, sagte Faulhuber und kaute. »Bambussprossen sind nicht gleich Bambussprossen. Schmeckst du das?« Faulhubers Blick glitt durch das riesige Restaurant.

Luginger trank sein Bier aus. »Um zehn muss ich zurück, Bernie. Leg los.«

Faulhuber winkte, und Luginger sah, wie sich ein kleiner Mann in Bewegung setzte. Alter unbestimmt, schmächtig, glattes Gesicht, Dauerlächeln. Der kleine Mann grüßte. Faulhuber und Luginger grüßten zurück.

»Alles gut?«, fragte der kleine Mann.

»Sehr gut. Ganz wunderbar«, sagte Faulhuber.

Luginger nickte und lächelte und lächelte.

»Freut mich«, sagte der kleine Mann und straffte seinen knochigen Oberkörper. »Meine Tochter hat kranken Zahn.« Er zeigte auf seine rechte Mundhälfte. »Oben rechts. Geht es morgen, Herr Doktor?«

Faulhuber öffnete die Hände, wie um den kleinen Mann aufs Freundlichste einzuladen. »Rufen Sie gleich in der Früh in der Praxis an, Herr Huen. Wir suchen dann einen passenden Termin.«

Herr Huen war zufrieden. Er lächelte, beugte sich leicht nach vorn und verschwand.

Luginger sortierte Rindfleischstückchen. Faulhuber fuhr sich gut gelaunt übers Kinn.

»Eine Hand wäscht die andere«, sagte Luginger.

»Gute Küche, gutes Personal«, sagte Faulhuber.

»Zu groß, der Laden«, sagte Luginger.

Faulhuber nickte.

»Letzte Chance«, sagte Luginger.

Faulhuber legte die Stäbchen zur Seite.

»Wir brauchen einen Schlachtplan, Franz. Und in deiner Kneipe kann ich nicht nachdenken. Diese Missbrauchscheiße, da müssen wir was unternehmen.« Faulhuber befummelte seine Manschettenknöpfe und schien nachzudenken. »Ich riech das. Der Rieber ist damals nicht umsonst entfernt worden. Und wenn unser Herr Pfarrer pädophile Neigungen hatte, war Tony geradezu prädestiniert, ihm in die Hände zu fallen. Ausgestoßen, keine Liebe, keine Anerkennung, sexuell total verunsichert.«

»Bernie, komm zur Sache.«

Luginger hörte Schritte. Schnelle Schritte und kräftiges Auftreten. Frau Weibel rauschte mit offenem Mantel auf ihren Tisch zu. Grußlos nahm sie Platz. Faulhuber war aufgestanden und bot an, ihr aus dem Mantel zu helfen.

»Lassen Sie nur, Herr Rotweinkenner. Ich bin gleich wieder weg.«

Faulhuber reichte ihr die Wasserflasche. »Trinken Sie ordentlich. Sie wirken gehetzt.«

»Woher wissen Sie, dass wir hier sind?«, fragte Luginger.

»Frau Moni«, antwortete Frau Weibel.

Faulhuber und Luginger nickten.

»Kennen Sie Neufahrn?«, fragte Frau Weibel.

»Bei Freising?«, fragte Faulhuber.

Frau Weibel blieb stumm.

Herr Huen brachte ein frisches Glas.

Alle lächelten. Luginger sah, dass Frau Weibel weiße Zähne hatte.

»Herr Pflügler ist tot«, sagte Frau Weibel schließlich. »Wahrscheinlich ermordet.«

Luginger hörte Faulhuber schlucken.

»In Neufahrn?«, fragte Faulhuber.

»Kirche«, sagte Luginger.

Frau Weibel nickte.

* * *

Der Tod von Hansi Pflügler veränderte vieles. Eine Überdosis K.-o.-Tropfen mit Schnaps gemischt, zu viele Promille, Exitus. Hockte betrunken in seinem schicken Premiumfahrzeug mit Blick auf die Neufahrner Wallfahrtskirche und schluckte Gift. Kein Selbstmord, da war sich die Kripo sicher, ohne irgendwelche Einzelheiten mitgeteilt zu haben. Ein aufmerksamer Bürger mit Hund hatte den Landrat tot über seinem Lenkrad gefunden.

Gernot war am Tag der Beerdigung seiner Schwester aus der Untersuchungshaft entlassen worden. Frau Hilgard hatte ihren Job gemacht. Für sie war der tote Pflügler vor der Neufahrner Wallfahrtskirche eine Steilvorlage. Opfer, Tatort und Tat veränderten den Blick auf die bisherigen Ermittlungsergebnisse. Die Staatsanwaltschaft hatte eingeräumt, dass eine Verbindung zwischen

Frau Oliveira und Herrn Pflügler nach neuestem Erkenntnisstand wahrscheinlich war und damit auch dem Anfangsverdacht einer möglichen Erpressung nachgegangen werden müsse. Ein alleiniger dringender Tatverdacht Herrn Hagers sei nicht mehr gegeben. Verdunklungsgefahr bestehe keine.

Luginger trug die schwärzeste seiner schwarzen Jeans. Dazu ein weißes Hemd und eine Lederjacke, die warm genug war, um den regnerischen Dezembertag auf dem Friedhof zu überstehen.

»Schirme«, sagte Luginger zu Sammy.

»Stehen am Eingang«, kam es zurück.

»Noch Kaffee?«

Sammy nickte. »Hast du Barbara erreicht?«

»Ja. Sie weiß Bescheid.«

»Und?«

»Und was?«

»Hat sie sich gefreut?«

»Sehr.«

»Bist so gesprächig, Franz. Macht Spaß, mit dir die Zeit totzuschlagen.«

Kurze Stille.

»Toller Anzug«, sagte Luginger.

»Würde dir auch stehen«, erwiderte Sammy.

»Brauchst 'nen Binder?«

»Binder?«

»Krawatte.«

Sammy schüttelte den Kopf.

Luginger schaute auf die Uhr. »Dauert noch.«

»K.-o.-Tropfen schmeckst und riechst du nicht«, sagte Sammy. »Und wenn du reichlich zu viel nimmst, ist die Atmung futsch.«

»Kennst dich aus?«, fragte Luginger.

»Das Zeug kannst du literweise im Internet kaufen.« Sammy rührte Zucker in seine Tasse. »Geht aber auch umgekehrt. Bei niedriger Dosierung wirken die Tropfen stimulierend, also sexmäßig.«

»Toll.« Luginger steckte sich eine an. Sein Handy klingelte.

»Hilgard hier.«

»Ist was mit Gernot?«

»Ich bin bei ihm. Herrn Hager geht es ganz ordentlich. Frau Weibel hat mir gerade neue Ermittlungsergebnisse mitgeteilt, die uns gut gefallen.«

»Also los«, sagte Luginger.

»Erstens: Hans Pflügler ist am 8. September von München nach São Paulo geflogen. Zwei Wochen später retour. Zweitens: Ein Projektmanager hat gesehen, wie kurz vor dem Todeszeitpunkt von Frau Oliveira ein schwarzer Audi mit der Ziffernfolge 99 im Kennzeichen in das Parkhaus an der S-Bahn gefahren ist. Der Herr kommt einmal in der Woche von Köln nach Leuterding und wohnt im Hotel Roma. Als er vom Tod Frau Oliveiras gehört hat, hat er am Samstag eine Aussage gemacht. Frau Weibel hat dem Hinweis zuerst keine besondere Aufmerksamkeit geschenkt, dafür gibt es zu viele schwarze Autos dieser Marke, und allein mit einer 99 auf dem Nummernschild kommt man nicht weiter. Jetzt sieht das aber anders aus: Das amtliche Kennzeichen des schwarzen Audis von Herrn Pflügler ist EBE-BX-99.«

»Gute Nachrichten«, sagte Luginger.

»Die Polizei dürfte noch mehr davon haben, glauben Sie mir. Wenn ein Tatverdächtiger so schnell und umstandslos aus der Untersuchungshaft entlassen wird, kann man davon ausgehen, dass entweder schwerwiegende Ermittlungsfehler gemacht worden sind oder aber neue Hinweise die Beurteilung einer Tat von Grund auf verändern.«

»Also hat die Kripo noch was in der Hinterhand?«

»Davon gehe ich aus, ja. Die Sache mit dem Auto ist nur ein Knochen, den uns die Frau Hauptkommissarin hingeworfen hat, damit wir ein bisschen was zu knabbern haben.«

»Warum machen die nicht reinen Tisch?«

»Solange Herr Hager nicht im Feuer steht, kann uns das egal sein. Und Frau Weibel ist ein alter Hase, Herr Luginger. Sie lässt sich nicht aus der Reserve locken. Sie erzählt nur, was ihr in den Kram passt.«

»Soll mir recht sein, Hauptsache, Gernot ist draußen«, brummte Luginger.

»Richtig, so sollten wir es sehen«, meinte Frau Hilgard. »Wäre der heutige Tag wegen der Beerdigung kein trauriger Tag, wir hätten Anlass zur Freude. Und das umso mehr, als es ungewöhnlich ist, dass so spät noch ein glaubwürdiger Zeuge auftaucht und sich aus freien Stücken bei der Polizei meldet. Seine Aussage hilft Herrn Hager sehr.«

»Ist Gabi da?«

»Ja. Wir gehen von hier gleich gemeinsam zum Friedhof.«

»Nett, dass Sie mitkommen.«

»Ich gehe gern auf Beerdigungen. Da gibt's hinterher immer gut zu essen. Haben Sie etwas vorbereitet?«

»Ich sperr auf, das reicht.«

»Bestens. Bis nachher, Herr Luginger.«

»Alles wird gut«, flötete Sammy, nachdem ihn Luginger auf den neuesten Stand gebracht hatte. »Projektmanager, was macht so einer?«, fragte er dann.

»Keine Ahnung«, sagte Luginger. »Klingt nach wichtig und viel Kohle.«

Joe und Faulhuber stürmten in schwarzen Mänteln ins Lokal. Der Regen war stärker geworden.

»Lederjacke«, knurrte Faulhuber. »Dacht ich's mir. Im Auto liegen Sakko und Mantel, das ziehst du an, klar?«

Joe legte einen Umschlag auf den Tresen »Da sind zweihundert drin. Wir müssen sammeln, Franz. Ich glaub nicht, dass Gernot Geld für die Beerdigung hat.«

»Lass gut sein«, erwiderte Luginger. »Meine Mutter erledigt das.«

»Quatsch«, sagte Joe. »Anna spinnt wohl.«

Luginger winkte ab. »Ich erklär's dir später. Die Sache ist sehr speziell.«

Faulhuber fuhr Sammy übers Jackett. »Schöner Stoff.« Dann trank er Lugingers Kaffee und zeigte zur Tür.

* * *

Die Friedhofskapelle war voller Menschen. Luginger war erleichtert. Vor dem Sarg stand eine gerahmte Fotografie von Tony als jungem Kerl. Weißes Hemd, Krawatte, schmales Gesicht, Locken. Daneben ragten Blumen aus Vasen.

Lugingers Mutter saß vorne neben Brettmann und Resi. Gernots Blick war versteinert. Gabi hielt seine Hand, während ihr Freund an einem Taschentuch nestelte.

Luginger wollte stehen. Moni, Sammy, Heider und Erika saßen hinter Gernot. Dann ein paar Alte, danach Faulhuber und Rieber. Joe hatte die Hände gefaltet und bewachte die Tür. Aus Lautsprechern ertönte Klaviermusik. Als Pfarrer Koch die Halle betrat, sah Luginger, wie Frau Murray und ihr Mann die Mäntel bis obenhin zuknöpften.

In der kleinen Halle war es bitterkalt. Luginger fror. Faulhubers Klamotten waren die falsche Wahl gewesen. Was der Pfarrer über die Tote sagte, war in Ordnung. Ein Leuterdinger Kind, das seinen eigenen Weg finden musste. Verhältnisse, die Menschen bedrängten, die anders waren. Ein Leben in der Fremde, von dem niemand sagen konnte, wie glücklich oder unglücklich es verlaufen war.

»Antonia Oliveira ist zurückgekommen«, hörte Luginger Koch sagen, »weil sie Sorgen hatte. Und sie ist dort gestorben, wo sie geboren wurde, ohne dass ihr jemand ihre Sorgen hätte nehmen können.«

Hüsteln, Schniefen, Stille. Wenigstens kein Schmus, dachte Luginger.

Der Sarg wurde im Regen zur Grabstätte gefahren. Am Grab legte Luginger den Arm um Gernots Schulter. Der kleine Mann schluchzte. Luginger hörte »Erde zu Erde« und »Staub zu Staub«. Wasser prasselte auf aufgespannte Schirme. Brettmann stützte Anna.

Als die Trauergemeinde auf dem Friedhofsparkplatz stand, redete Rieber mit Gernot. Gernot überreichte ihm eine Zeichnung seiner Schwester. Anna konnte kaum noch stehen. Mit großer Mühe stieg sie in Faulhubers Daimler. Frau Murray sprach mit Frau Hilgard. Luginger sah einvernehmliches Händeschütteln.

* * *

Das Hammer-Eck war voll. In Windeseile hatten Sammy und Moni alles hergerichtet. Verschiedene Brot-, Wurst- und Käsesorten, dazu Weißwürste und Brezn und Knödel in Schwammerlsauce. Während Erika Kaffee kochte, zapfte Heider Bier.

Luginger stand am Eingang, rauchte und beobachtete, wie seine Mutter Gernot Fotos zeigte. Während Anna sprach, nickte Gernot nur. Das war ihre größte Sorge gewesen, gestern, spät am Abend, als Luginger ihr von Pflüglers Tod und der heutigen Beerdigung erzählt hatte. Wie Gernot reagieren würde? Wäre er gekränkt, weil sie ihm nichts von Tonys Anruf vor zwei Wochen gesagt hatte?

Wie konnte sie ihm unter die Augen treten, bei all dem, was sie über seine Eltern und Tony wusste, aber nie erzählt hatte?

Gernot lächelte Anna zu, nahm ihre Hand und schnitt kurz darauf ein paar Weißwürste auf.

Als Luginger seine Kippe austrat, fuhr Frau Weibel vor.

»Guten Tag, Herr Luginger.«

»Haben Sie Hunger?«

»Nein, danke. Ist Ihre Mutter zu sprechen?«

Luginger zeigte auf den Kopf der Tafel.

»Ich möchte nicht stören, muss aber.«

Luginger schob einen Stuhl an den Tisch. Für einen Moment verstummten alle Gespräche.

»Frau Luginger«, hörte er die Kommissarin sagen, »entschuldigen Sie, dass ich störe, aber ich habe noch eine Frage.«

Anna legte ihre Gabel beiseite.

»Es geht noch einmal um das Telefonat, das Sie mit Frau Oliveira geführt haben.«

Anna nickte.

»Ist zu irgendeinem Zeitpunkt der Name Pflügler gefallen? Hat Frau Oliveira Ihnen gegenüber erwähnt, dass sie den Landrat aufsuchen wolle oder schon aufgesucht habe?«

Anna schüttelte den Kopf.

Frau Weibel hielt kurz inne. Sammy brachte ihr ein Glas Wasser und eine Tasse Kaffee.

Sie nickte dankbar. »Herr Pflügler wurde tot vor der Wallfahrtskapelle in Neufahrn gefunden. Haben Sie eine Idee, warum gerade dort?«

»Wegen früher«, antwortete Anna ruhig. »Weil die Kinder mal da waren. Mit dem Pfarrer. Wegen der Geschichte von der Kümmernis.«

Frau Weibel trank ihr Wasser aus. »Sie sind eine alte Frau. Sie haben viel gesehen und kennen das Leben, Frau Luginger. Glauben Sie wirklich, dass wegen einer Geschichte, die vor so langer Zeit durch das Wirken eines Einzelnen von Interesse war, ein Mord an einem Ort geschieht, der heute wahrscheinlich für niemanden mehr von Bedeutung ist?«

»Das Madl am Kreuz, also die Kümmernis, hat Tony ähnlich gesehen. Da gibt's eine Verbindung, die all die Jahre gehalten hat. Und der Pflügler Hansi war wie der Tony mit dem Pfarrer da in Neufahrn. Deshalb.«

Frau Weibel kratzte sich die Stirn. »Vielen Dank, Frau Luginger. Vielleicht haben Sie ja recht, und ich muss denken, was mir zu denken schwerfällt.«

»K.-o.-Tropfen, was machen die?«, fragte Anna.

»Also K.-o.-Tropfen sind Substanzen, die als Narkose- oder Beruhigungsmittel Verwendung finden. Da gibt es verschiedene Möglichkeiten. GHB zum Beispiel. Die Abkürzung steht für irgendeine Verbindung, die ich schon wieder vergessen habe. Na ja, also wenn Sie das Mittel einnehmen, werden Sie schnell müde. Wenn Sie es zu hoch dosiert einnehmen und noch viel Alkohol dazukommt, führt es zu Bewusstlosigkeit bis hin zu Atemstillstand. Dann ist es vorbei.«

Anna nickte. »Die Jungen, die Partys feiern, kennen das. Stimmt's?«

»Ja. Es wird leider immer wieder unterschätzt und missbraucht.«

»Also ist's doch möglich, dass ein Junger den Pflügler umgebracht hat?«

Luginger griff ein. »Mama, lass gut sein. Wir sitzen hier wegen Tony, Gernot und Gabi und nicht, weil du einen Fall lösen musst.«

Frau Weibel lächelte mild. »Dank für Ihren Hinweis, Frau Luginger.«

Beim Aufstehen entdeckte die Kommissarin Bernd Rieber. Rieber zeigte zur Tür und Luginger sah, wie die beiden nach draußen verschwanden.

Frau Hilgard suchte ihren Schirm. Luginger half.

»Ich muss dann mal wieder«, sagte die Anwältin. »Übrigens haben wir es Frau Murray zu verdanken, dass unser später Zeuge wirklich zur Polizei gegangen ist. Wir haben uns vorhin nach der Beerdigung unterhalten. Ihr Mann kennt diesen Projektmanager, und von ihr wusste er von den Ereignissen am Parkhaus. Wie der Zufall so spielt. Schönen Tag noch.«

Mittlerweile war die Trauergemeinde bei Kaffee und Kuchen angelangt. Luginger servierte Schnäpse. Barbara war aus Frankfurt zurück. Ihre Stimmung war schlecht. Die Pokertypen wollten zu viel Geld. Gernot trank eine Spezi nach der anderen. Je länger der Tag dauerte, desto lockerer wurde er. Luginger sah ihn abwechselnd mit Barbara, Heider und Moni quatschen.

Faulhuber hatte sich Rieber gekrallt. Luginger brachte dem pensionierten Gottesmann einen Tee.

»Also, Herr Rieber, was ist? Mit Frau Weibel haben Sie doch auch geredet?«

»Lieber Herr Faulhuber, die Polizei ist die Polizei. Und die Frau Hauptkommissarin wusste bis heute früh über die Legende der heiligen Kümmernis und ihre Verbindung zu Pfarrer Domscheidt ja noch gar nicht Bescheid.«

»Entschuldigen Sie, das scheint mir zum jetzigen Zeitpunkt auch weniger bedeutsam zu sein. Ich meine, die Rolle von Herrn Pflügler …«

»Ich weiß, auf was Sie hinauswollen, Herr Faulhuber«, unterbrach Rieber, »aber dazu werde ich nichts sagen. Ich bin hier, um Frau Oliveira die letzte Ehre zu erweisen und Herrn Hager zu zeigen, dass es Menschen gibt, die mit ihm trauern.«

»Bernie, lass gut sein«, sagte Luginger. »Morgen ist auch noch ein Tag.«

»Warum Neufahrn?«, fragte Faulhuber aufgebracht. »Das ist doch irre. Da fährt Pflügler bis nach Neufahrn, parkt vor der Kirche, in der er als Bub zwei-, vielleicht dreimal war, und wird von einem Unbekannten vergiftet, weil er Schnaps trinkt.«

* * *

Als das DFB-Pokal-Viertelfinale zwischen Bochum und Bayern am Abend angepfiffen wurde, hatte sich die Trauergemeinde aufgelöst. Bis auf die Murrays saßen im Hammer-Eck die üblichen Verdächtigen und schauten auf die Leinwand. Herr Murray hatte sich am späten Nachmittag mit Faulhuber zusammengetan und Wein geordert. Die beiden waren bester Stimmung, und Luginger befürchtete, dass sein knapp bemessener Primitivo-Vorrat bis zum Abpfiff aufgebraucht sein würde. Frau Murray, die Luginger schon nach der Beerdigung das Du angeboten hatte, plauderte mit Moni, sortierte Deckel, schrieb Listen, zählte Geld und tippte Zahlen in ihr Smartphone.

»Wir sind zu billig«, sagte Moni, als Luginger leere Gläser brachte. »Anita checkt das gerade.«

»Was checkt sie?«

»Warum immer Ebbe in der Kasse ist, Franz. Warum ich komme, arbeite und dann drei Wochen auf meinen Lohn warten muss.«

»Tor! Tor für Bochum.« Die Reporterstimme füllte den Gastraum. Luginger starrte auf die Leinwand. Von überall her Fluchen.

»Geht's schon wieder los«, brummte Heider.

»Herrgott, sind die bescheuert«, rief Erika.

»Stehfußball«, kommentierte Frau Murray.

Luginger blickte verwundert.

»Sagt man doch so«, sagte Frau Murray, ohne eine Miene zu verziehen.

Luginger nickte. »Sie sind vom Fach?«

»Du. Bitte Anita. Hier drin duzen sich alle. Da geht ›Frau Murray‹ gar nicht.«

»Du bist vom Fach?«

Sammy kam aus der Küche und wedelte mit ein paar Wienern. Frau Murray lachte. Moni zeigte ihm einen Vogel.

»War doch klar«, sagte Sammy, während er kaute. »In Bochum gibt's einen auf den Sack.«

»Herr Hager hat auf Bier umgestellt«, sagte Frau Murray. Luginger schaute zu Gernot. Noch immer saß er dort, wo er sich hingesetzt hatte, als sie von der Beerdigung gekommen waren. Joe leistete ihm Gesellschaft. Nach Frau Weibels Anruf vorhin war Gernot ganz ruhig geworden. Hansi Pflügler hatte wirklich Antonia Oliveira in São Paulo getroffen. Herr Coelho, Zuhälter und Förderer von Gernots Schwester, hatte ein Foto des Landrats in Umlauf gebracht, woraufhin sich Zeugen meldeten, die versicherten, Pflügler mit Oliveira im September zusammen gesehen zu haben. Luginger war überrascht gewesen, als er die Stimme der Polizistin gehört hatte, war sie doch nur wenige Stunden vorher im Hammer-Eck gewesen. Später erst hatte er erfahren, dass sie Gernot versprochen hatte, sofort Bescheid zu geben, wenn sich die Brasilien-Connection erhärten würde.

»Nur Spezi hält doch niemand durch«, sagte Luginger. »Und wenn er die harten Sachen weglässt, geht's gut.«

In der zweiten Halbzeit legten die Bayern los. Das Bochumer Tor befand sich im Belagerungszustand. Als Kroos den Ausgleich erzielte, waren alle begeistert. Gernot ballte die Faust, und Luginger sah, wie er Joes Tequila wegkippte.

Faulhuber und Murray traten an den Tresen.

»Zwei Rotwein, Moni«, sagte Faulhuber.

»Sie haben ausgezeichneten Wein, Herr Luginger«, sagte Herr Murray. »Sosehr mich das bessere Spiel der Bayern erfreut, so sehr freut mich auch Ihr Primitivo. Da gibt es ja auch ganz unterschiedliche Qualitäten.«

Auf der Leinwand kreiselte Lahm, und Ribéry war wieder mal schneller als der Ball.

Faulhuber steckte sich eine an. Luginger blickte streng. »Willst nicht rausgehen zum Rauchen, Bernie?«

Faulhuber paffte. »Ich möchte ja nicht klugscheißern, aber ich hatte den richtigen Riecher, Franz. Pflügler war in Brasilien.«

Luginger nickte.

»Bordellbesuche sollte man nicht so verteufeln«, sagte Murray. »In Japan haben bezahlte Sexdienstleistungen eine ganz andere und, wie ich finde, durchaus auch positive Tradition.«

Frau Murray musste mitgehört haben. »Ja, mein Mann ist da sehr entschieden. Bordelle dienen seiner Auffassung nach der Hygiene, körperlich und geistig, versteht sich.«

Faulhuber grinste breit. Frau Murray tätschelte die Hand ihres Mannes.

»Japan hin oder her«, sagte Faulhuber. »Unser Tony, Gott hab ihn selig, hat von Pflügler erfahren, dass es was zu erben gibt. Deshalb ist er hierhergeflogen, und deshalb hat er sich Pflügler zur Brust genommen. Ihr werdet sehen: Tony hat Pflügler erpresst. Der war nämlich sauer, stinksauer sogar. Und hat sich gerächt, weil ihn Pflügler in São Paulo verarscht hat.«

Luginger sah mit einem Auge zur Leinwand. Fehler der Bochumer im Mittelfeld, Ribéry zog los, passte zu Robben, Tor! Zweiundneunzigste Minute. Nachspielzeit, Bayern war weiter.

Gernot war aufgesprungen. Luginger sah, wie sich der kleine Mann freute. Nichts konnte Gernots Stimmung schneller in Ordnung bringen als ein Bayerntor. Mit einem Fingerzeig bestellte er ein weiteres Weißbier.

Herr Murray stieß mit Faulhuber an. Seine Frau hatte sich zu Sammy gestellt. Beide tranken Cola. Sammy erklärte ihrem neuen Gast die Laufwege der Bayernstürmer.

Luginger hörte sie rufen: »Ist doch egal, Hauptsache der Ball ist drin.«

Kluges Kind, dachte Luginger.

Wie so oft waren Joe, Heider, Faulhuber und Gernot die letzten Gäste. Moni räumte Gläser weg.

Luginger sah Gernots Knie zittern. »Wie war dein Tag?«

»Vorbei ist vorbei«, brummte Gernot.

»Du bist draußen. Du bist's nicht gewesen«, sagte Luginger.

Gernot nickte.

»Moni, machst Gernot noch einen Espresso?«

»Warum hat Tony nichts gesagt?«, fragte Gernot leise. »Ich meine, dass er Pflügler in São Paulo getroffen hat.«

»Vielleicht weiß Dani doch was«, sagte Faulhuber.

»Die Kripo wird sie durch die Mangel drehen«, sagte Joe. »Ist doch klar, was kommt. Unglückliche Ehefrau vergiftet ihren Mann, um ihn loszuwerden. Die braucht jetzt nur noch einen beschissenen Ehevertrag, und schon ist sie dran.«

* * *

Am nächsten Morgen versuchte Luginger Dani anzurufen. Sie nahm nicht ab. Als er auf Sammys Rad stieg, um zu ihr zu fahren, standen Mike und Gernot in der Einfahrt. Mike zeigte seine Hand, die nur noch ein dünner Verband zierte.

»Ende der Woche reparier ich den Pick-up, Franz. Heilt super.«

»Ende der Woche ist Weihnachten, mein Lieber«, bemerkte Luginger.

»Ist mir doch wurscht«, brummte Mike.

Luginger klopfte ihm auf die Schulter. »Wo habt ihr euch denn getroffen?«

»Zufall«, sagte Gernot.

»Haben Knasterfahrungen ausgetauscht«, ergänzte Mike. »Essen, Weiber, Service und so.« Dann verabschiedete er sich und wedelte gut gelaunt mit seiner verletzten Hand.

»Muss mit dir reden«, sagte Gernot.

Luginger schob sein Rad zurück und stellte Wasser auf einen Tisch im Gastraum.

Gernot leerte sein Glas, ohne abzusetzen.

»Tut mir leid wegen der Klamotten. Ich hätt sie nicht auf deinen Pick-up schmeißen sollen. Hast bestimmt Ärger gehabt.«

»Schnee von gestern, Mann. Vergiss es.«

»So viele Leute auf der Beerdigung. Reife Leistung, Franz.«

»Noch was?«, fragte Luginger.

»Deine Mutter will alles zahlen. Das geht nicht.«

Luginger rauchte. Gernot rauchte auch.

»Wenn meine Mutter sagt, sie macht das, dann macht sie das.«

»Von dem bisschen Rente eine ganze Beerdigung berappen, das geht nicht.«

»Wart erst mal auf die Hilgard-Rechnung.«

Gernot nickte.

»Mama will was gutmachen«, sagte Luginger schließlich. »Ich hab sie selten so fertig gesehen wie vergangene Woche. Sie hat sich Vorwürfe gemacht. Die ganze alte Scheiße ist wieder hochgekommen. Deine Eltern, Tony, und dass ihm keiner wirklich geholfen hat.«

»Anna ist doch nicht schuld, ich will nicht, dass sie blecht, weil meine Eltern es verbockt haben.«

Luginger nippte an seinem Wasserglas. Dann schüttelte er sich, lief zum Tresen und zapfte zwei Bier.

»Die Geldsache ist durch, Gernot. Meine Mutter zahlt und Ende. Wie geht's eigentlich Gabi?«

»Besser. Sie war schlecht drauf.«

Luginger stellte die Biere auf den Tisch. »Kümmer dich gefälligst. Mit Familie ist ja nicht mehr viel bei dir.«

»Familie«, brummte Gernot.

Sie stießen an.

»Keine harten Sachen mehr, Gernot.«

»Ist schon Fastenzeit?«

»Hör mal, wir müssen beide nicht uralt werden, aber wenn du da weitermachst, wo du vor dem Knast aufgehört hast, kannst dich bald mit in Tonys Grab legen.«

Bier floss durch ihre Kehlen. Geräuschvoll landeten die Gläser auf dem Tisch.

»Die Geschichte von der heiligen Kümmernis, kennst du dich da aus, Franz?«

»Wie kommst denn jetzt da drauf?«

»Deine Mutter hat sie mir erzählt. Der Pfarrer und seine Macke mit Legenden. Komisch.«

»Ist halt 'ne Geschichte wie andere Geschichten auch. Ohne Rieber würd das ja kein Schwein wissen.«

»Tony hat doch lauter so Kreuzigungskram gezeichnet. Die Hilgard hat mir das erzählt. So 'ne Zeichnung lag ja auch im Hotel. Ich meine, man erkennt ja nicht viel, also keine Gesichter, aber dass da einer am Kreuz hängt, ist schon klar.«

»Du meinst, da gibt's einen Zusammenhang?«

»Pflügler wurde in Neufahrn vergiftet. Also direkt vor der Kirche, in der an die Kümmernis immer noch erinnert wird. Das ist doch kein Zufall.«

Luginger strich sich übers Kinn, während er in Gernots zerfurchtes Gesicht blickte, und sagte: »Der Ball liegt im Feld von der Weibel. Die Lady hat sich nicht gerade mit Ruhm bekleckert. Soll sie sich mit dem gekreuzigten Weibsbild rumschlagen.«

Gernot stöhnte. »Dass Tony im Auto vom Pflügler gesessen hat, bevor er vom Parkhaus geflogen ist, ich meine, warum? Was hatten die mitten in der Nacht da verloren? Im Parkhaus, so ein Schmarrn.«

Luginger schob den Aschenbecher über den Tisch. »Was sagen die Ärzte? Bist krankgeschrieben?«

»Die haben mich auf den Kopf gestellt. Hatten wohl Schiss, dass ich im Knast abkratze. Kommt nicht gut. Wegen der Presse und so.«

»Und was ist jetzt?«

»Nix ist. Muss mich erholen. Schlafen, essen, keine Aufregung.«

»Geiles Programm«, sagte Luginger.

»'ne Therapie soll ich machen. Wegen früher. Kindheitserlebnisse aufarbeiten.«

»Klingt vernünftig.«

Gernot trank sein Bier und legte zwei Hunderter auf den Tisch. »Ich geh dann mal wieder.«

»Was soll das?«

»Gib's Moni. Mein Deckel. Oder für Tonys Hotelzimmer. Wie du willst.«

Luginger schob die Scheine zurück.

»Passt schon«, sagte Gernot.

»Wo willst du hin?«

»Zu deiner Mutter. Ich red noch mal mit ihr.«

Luginger winkte ab. Dann sagte er noch: »Ich hab gehört, dass du Moni an die Wäsche wolltest. Ist schon 'ne Weile her, aber immerhin.

Gernot lächelte verlegen. »War im vorigen Jahrhundert.«

»In einer Hütte im Altmühltal. Ohne fließend Wasser. Bist du bescheuert. Eine wie Moni braucht Sterne. Am besten fünf.«

»Ich weiß«, sagte Gernot. »Hatte aber keine. Nicht mal einen.«

* * *

Dani öffnete nach dem dritten Klingeln. Sie war ganz in Schwarz gekleidet, und Luginger musste zweimal hinschauen, um sie nach seinem Besuch vergangene Woche wiederzuerkennen. Frisörfrisur, Make-up, lackierte Fingernägel, sauberer Atem. Nix Alkohol am Morgen, nix luschige Aufmachung.

Er kondolierte und fragte, ob er reinkommen dürfe.

»Du immer«, sagte Dani. »Magst einen Kaffee?«

»Aus deiner Wundermaschine bitte gerne.«

Während er im Wohnzimmer stand, sah er offene Aktenordner auf einem Tisch liegen.

»Tut mir leid«, rief Dani von der Küche aus. »Ich muss lauter Papiere wälzen. Deshalb die Unordnung.«

Luginger ging zu ihr. »Wie geht's? Kriegst du's auf die Reihe?«

Dani starrte aus dem Küchenfenster. Luginger sah leichten Schneefall.

»Was soll ich sagen, Franz? Mein Mann wurde umgebracht, und hier ist die Hölle los. Ständig läutet das Telefon, jeder will was wissen. Ich komme gar nicht zum Nachdenken. Ist vielleicht besser so.«

Luginger fragte: »Hat dich die Kripo auf dem Kieker? Von wegen unglückliche Ehefrau hat immer ein Motiv, ihren Mann zum Teufel zu wünschen.«

Dani schien überrascht, und Luginger ahnte, eine richtige Frage zum falschen Zeitpunkt gestellt zu haben. »Zimperlich bist du ja nicht gerade.«

»Entschuldige«, sagte Luginger. »Ich meine, der Hase läuft doch so.«

»Stimmt, Franz. So läuft er.« Dani rückte Stühle zurecht. »Deshalb habe ich dieser Kommissarin gleich alles in die Hand gedrückt. Ehevertrag, Lebensversicherung und so weiter. Da drüben, hast ja schon gesehen.« Luginger nickte. »Und ich habe ihr gesagt, dass unsere Ehe am Ende war.«

Luginger löffelte Milchschaum aus der Tasse. »Wenn du zur Ruhe kommen willst, kommst zu mir. Kannst oben wohnen, kein Problem.«

»Gut gemeint, aber was soll ich mit Ruhe? Die schmutzigen Details, die jetzt ans Tageslicht kommen, ertrage ich am besten, wenn ich was tun kann.«

Dani holte einen Aschenbecher. Luginger sah, dass er gut gefüllt war. »Ich rauche wieder. Tut mir gut, und sterben werde ich auch nicht gleich davon. Komm, nimm mal ’ne richtige.«

Sie rauchten. Dani zitterte und zog hektisch Nikotin in die Lungen.

»Kann ich dir helfen?«, fragte Luginger.

»Stell die Welt ab, Franz. Drück die Aus-Taste.«

Luginger schwieg.

Dani sagte: »Mein Mann hat in Hannover, Havanna, São Paulo und weiß Gott sonst wo gevögelt. Jeder weiß das. Selbst wenn die Kripo dichthält, ich kann nicht verhindern, dass mich alle anstarren wie eine bemitleidenswerte Kuh.«

Luginger nahm ihre Tasse. »Viel oder wenig Zucker?«

»Diese Geheimniskrämerei, wenn du wüsstest, wie mir das auf die Nerven ging. Hansi hat immer alles vertuscht. Und gelogen hat er, furchtbar. Und jetzt sagt mir diese Frau Weibel, dass er in São Paulo Tony getroffen haben muss, dass Tony in seinem Wagen gesessen hat, dass es den beiden irgendwie gelungen ist, hier in Leuterding Kontakt aufzunehmen, dass mein Mann Tony vom Parkhausdeck gestoßen haben könnte. Na ja, und dass er am Abend seines Todes besoffen im Auto saß, macht es auch nicht leichter.«

Luginger rührte Zucker in ihren Kaffee. »Trink, ist guter Stoff. Hat mich vergangene Woche überzeugt.«

»Die Polizeitechniker finden ja alles. Fasern, DNA und und und. Stell dir vor, in Hansis Wagen lagen Haare von Tony. Oder von Antonia Oliveira. Wie auch immer. Und dann noch zig andere Spuren, die wahrscheinlich zu seinem Mörder gehören. Fingerabdrücke, Fasern von einem Wollmantel. Ich will das eigentlich gar nicht wissen.« Dani trank Kaffee. »Was sie aber nicht gefunden haben, ist sein Handy. Hansis Handy ist weg, und sie können es auch nicht orten, weil es ausgeschaltet ist. Dabei war das verdammte Ding niemals ausgeschaltet. Selbst nachts war es an.«

Es läutete.

Dani erschrak. »Nicht schon wieder. Warte bitte einen Moment, ja?«

Luginger hörte Stimmen. Dann fiel die Tür ins Schloss.

»Tut mir leid, ein Journalist. Ich hab mein Telefon ausgestöpselt, das hilft schon mal.«

»Redest du mit denen?«

Dani schüttelte den Kopf. »Mit der Polizei ist ausgemacht, dass es heute Nachmittag eine Pressekonferenz gibt. Da wird gesagt, was gesagt werden muss.«

Luginger nickte. »Warum ist die Kripo eigentlich davon überzeugt, dass dein Mann ermordet wurde? Vielleicht hat er sich ja selbst vergiftet? Zu viel Alkohol, Lebenskrise und Schluss gemacht.«

»Hansi und Selbstmord? Nein, Franz, nie und nimmer. Hansi ist absolut kein Selbstmordtyp. Und wenn, dann hätte er sich erschossen.«

»Hat er regelmäßig getrunken?«

»Ja. In dem Punkt waren wir auf einer Wellenlänge.«

Luginger steckte sich noch eine an. »Hast du einen guten Anwalt?«

»Brauche ich einen?«

»Hundertprozentig, Dani. Die Weibel wird nicht lockerlassen.«

»Mein Sohn sagt das Gleiche, obwohl ich noch nie im Leben in Neufahrn war.«

»Mit der Weibel hab ich wegen Gernot öfter geredet. Die Dame liebt Statistiken. Und statistisch gesehen haben die meisten Gewaltverbrechen familiäre Hintergründe. Eifersucht, Wut, Geld stehen ganz oben auf ihrer Liste.«

»Kann ich mir denken«, sagte Dani und griff zum Zigarettenpäckchen. »Thomas macht das mit dem Anwalt.«

Luginger öffnete ein Küchenfenster. Dann stützte er seine Hände auf den Tisch und sagte: »Du kennst doch Bernie Faulhuber.«

»Klar, unsern Chefdeflorierer.«

»Wie bitte?«

»Na ja, Bernie hat uns damals alle entjungfert. Also, alle ist übertrieben, aber einige. Weißt du das nicht?«

Luginger schüttelte den Kopf.

»Er war der Hecht im Karpfenteich, Franz, die absolute Nummer eins.«

»Auch gut«, erwiderte Luginger und versuchte seine Überraschung zu verbergen. »Als Zahnarzt hört er über kurz oder lang jedes Gerücht. Also wenn irgendwo was brodelt, Bernie weiß es.«

»Wo soll das hinführen? Letzte Woche wolltest du wissen, ob Frau Oliveira bei uns war, und jetzt kommst du mit Bernie.«

Luginger setzte sich wieder. Er schaute in müde Augen. Dani drückte ihre Zigarette aus.

»Sagen dir die Namen Domscheidt und Rieber was?«

»Aha. Der Pfarrer und der Kaplan.«

* * *

Resis Anruf erreichte ihn, als er durch Danis Vorgarten zur Zugspitzstraße lief. Seiner Mutter gehe es nicht gut. Sie habe Fieber, klage über Kopfschmerzen und wolle keinen Arzt.

»Grippe«, sagte Luginger.

»So sieht's aus«, sagte Resi.

»Ist Gernot da?«

»Nein.«

»Weißt du, ob er bei ihr war?«

Luginger hörte Resi mit seiner Mutter sprechen.

»Nein«, sagte Resi.

Zehn Minuten später stand er an Annas Bett. »Wadenwickel, Wärmflasche, heiße Zitrone. Keine Tabletten, kein Arzt. Später dann Tee mit Honig, Kamillendampfbad und viel Ruhe«, sagte Luginger.

Anna nickte. »Resi macht mich ganz narrisch. Ich brauch keinen Doktor.«

»Richtig, Mama. Resi spinnt. Und die Krankenkass wird's dir danken.«

Resi schaute finster. Luginger nahm sie bei der Hand. Beide marschierten zur Küche.

»Neununddreißig Fieber, Franz, und dann Wadenwickel.«

»Seit wann hat sie denn Fieber?«, fragte Luginger.

»Heut Morgen, als sie aufgewacht ist, hat sie sich schlecht gefühlt. Wacklig, hat sie gesagt.«

»Dank dir, Resi. Hast du was Fiebersenkendes?«

»Zäpfchen.«

»Zäpfchen sind gut. Wo sind die Dinger?«

»Drüben bei mir.«

»Dann los.«

Luginger holte Handtücher aus der Schublade und setzte Wasser auf. Dann zog er den Rollladen im Wohnzimmer runter, fühlte Annas Kopf und fragte, ob Brettmann nachher mal vorbeischauen würde.

»Dr. Brettmann hat keine Zeit. Er ist beschäftigt.«

»Mit was denn? Hacken muss er ja nimmer. Die Kripo hat die Flüge von Pflügler gecheckt.«

»Die Geschicht mit Domscheidt, Bub. Dass da was gewesen sein soll mit unsern Buben im Ort. Dass der Pflügler in Neufahrn umgebracht worden ist, hat ihm die Augen geöffnet. Sagt er.«

Himmelherrgott, dachte Luginger. Hört das denn gar nicht auf. Ist doch gut jetzt. Muss der Pensionistenarsch weiter auf die Kacke hauen? Wenn Brettmann keine Ruhe gab, hatte Anna auch keine. Und er erst recht nicht.

»Was will er denn machen?«

Anna hustete. »Mit anderen reden. Wegen dem Pfarrer und dem, was dir der Rieber erzählt hat.«

»Missbrauch. Sexuelle Übergriffe«, sagte Luginger.

Seine Mutter verdrehte die Augen.

»Schweinkram, Mama, hörst nicht gern. Weiß ich. Kann aber so gewesen sein.«

Resi war zurück.

»Ich mach dir jetzt einen Tee«, sagte Luginger. »Mit viel Honig, weil Honig schon immer besser gegen Grippe war als gescheite Tabletten.«

Luginger spürte, dass Resi protestieren wollte. In einer Tasse schwammen zwei Teebeutel und ein Zäpfchen.

»Sie kriegt, was sie braucht, Resi. Zuerst die Wadenwickel, beidseitig, heiß bis zur Schmerzgrenze, dann der Tee. Siehst, wie das Zäpfchen weniger wird. Ich mach da drei, vier Löffel Honig rein, dann schmeckt das eh so scheußlich, dass sie nichts merkt.«

Resi schaute ungläubig.

»Wir legen ein großes Handtuch unter ihre Füß. Holst eins?«

Wenig später behauptete Anna, dass es ihr schon besser gehe. Wadenwickel würden Wunder wirken.

Luginger reichte ihr Tee. Sie trank.

»Ist stark, Bub. Und bitter.«

»Trink noch mal, Mama. Dann mach ich mehr Honig rein.«

Anna gehorchte. Resi schüttelte den Kopf, und Luginger sagte: »Geht doch.«

Als Luginger im Flur seine Jacke zuknöpfte, fragte er Resi: »Sag mal, die Legende von der Kümmernis, was wisst ihr da drüber?«

»Dr. Brettmann hat im Internet nachgeschaut und uns alles gezeigt, was er gefunden hat.«

»Und?«, fragte Luginger.

»Also das Bild, das Bild von der Figur am Kreuz, das schaut wirklich so aus wie Tony früher.«

»Und?«, fragte Luginger erneut.

»Das ist Domscheidt doch auch aufgefallen. Der hat sich ja gut ausgekannt.«

»Und?«

»Nix und, Franz. Deshalb hat der Pfarrer Tony zu sich eingeladen, wegen der Ähnlichkeit.«

»Du meinst, er hat Tony befummelt?«

* * *

Als Luginger ins Hammer-Eck zurückkam, hörte er aus Sammys Wohnung Musik und Gejuchze. Außerdem roch es bis in den Gastraum hinunter nach Dope.

Er brauchte ein Helles. Er hatte Durst. Zuerst der Besuch bei Dani, dann seine kranke Mutter und die Brettmann-Initiative und zuletzt Resi, die so getan hatte, als ob der Herr Pfarrer schwanzlos durch die Weltgeschichte gelaufen wäre. Von wegen Fummeln. Nein, Franz, nein, nein, nein!

Schöne Scheiße, dachte Luginger. Da werden einige ihr blaues Wunder erleben. Netter Pfarrer und so. Und wie er sich um Tony gekümmert hat.

»Hallo«, hörte Luginger eine Mädchenstimme rufen. »Sammy kommt gleich.«

Jung, blond, Lederjacke, Hochhackiges. Sammys Nachtschicht mit morgendlicher Zugabe.

»Magst was trinken?«, fragte Luginger

Das Mädchen schüttelte ihre Mähne, zog ihre Jacke zu und spähte aus der Eingangstür. »Ich muss dann mal. Tschüss.«

Mit nacktem Oberkörper kam Sammy die Treppe runter. »Servus, Franz.«

»So weit, so gut?«, fragte Luginger.

»Bestens.«

»Schicke Maus. Dreizehn oder vierzehn?«

»Siebzehn.«

»Na dann.«

»Hast Stress?«

»Kiffen, und hier unten riecht's wie in Goa.«

»Ich riech nix.«

»Ich schon.«

»Lagebesprechung?«, fragte Sammy.

»Was für 'ne Lage? Alles wie immer.«

»Moni hat heute frei. Hat sie dir gestern noch mal gesagt.«

Luginger zog die Stirn in Falten. »Gut. Sonst noch was?«

»Wir haben Reste von gestern. Hauptsächlich Wurst und Brot.«

»Verteilen wir heute Abend, oder?«

»Frau Murray kann's auch abholen. Hat sie angeboten.«

»Was will sie denn damit?«

»Keine Ahnung. Sie hat nur gesagt, sie bringt's unters Volk.«

»Noch was?«

»Wir müssen einkaufen. Dringend.«

Luginger zog Gernots zweihundert Euro aus der Hosentasche. »Reicht das?«

Sammy nickte und steckte die Scheine weg.

Dann ging die Tür auf, und Luginger musste kurz die Augen schließen.

»Das Beste an Ihrem Etablissement ist, dass es immer geöffnet ist«, sagte Frau Weibel und klatschte ihre Tasche auf einen Hocker. »Sagen Sie, Herr Luginger, kümmern Sie sich jetzt auch um Frau Pflügler?«

Luginger blieb die Spucke weg.

Sammy murmelte »oha« und stürmte die Treppe hoch.

»Sie können einem mächtig auf den Senkel gehen«, brummte Luginger.

»Frau Pflügler? Was haben Sie mit der Frau zu schaffen?«

»Das geht Sie nichts an. Aber wenn's Sie beruhigt, wir kennen uns seit der Schulzeit.«

»Wen kennen Sie eigentlich nicht?«

»Woher wissen Sie, dass ich bei Dani war?«

»Das geht Sie nichts an. Aber wenn es Sie beruhigt, das war Zufall.«

»Also, was gibt's?«, fragte Luginger.

»Einen Mord aufklären, am besten zwei, wenn es sich einrichten lässt.«

Luginger nickte und dachte an seine Mutter, an Brettmann und die vielen unruhigen Tage, die noch vor ihm lagen, würde der Sack nicht endlich zugemacht. »Wird aber auch Zeit, nachdem Sie eine Woche lang Gernots Hinweise auf ein Erpressungsopfer in den Wind geschlagen haben.«

»Hören Sie auf mit Ihrer Besserwisserei, Herr Luginger. Bis heute haben wir keinen wirklichen Hinweis, dass Frau Oliveira von Herrn Pflügler oder irgendjemand sonst Geld gefordert hat. Krieg ich einen Kaffee?«

Luginger stellte die Maschine an. »Aber Sie haben jede Menge Spuren in Hansis Auto gefunden. Von Frau Oliveira zum Beispiel, also hat sie da drin gesessen, also hat sie ihn irgendwo erwischt.«

»Genau deshalb bin ich hier. Wenn Sie Frau Pflügler aushorchen, werde ich mich mit Ermittlungsergebnissen ihr gegenüber zurückhalten müssen. Das ist nicht sehr fair. Sie ist eine erwachsene Frau und hat mit ihrem Mann in letzter Zeit nicht viel Glück gehabt. Ich möchte nicht, dass sie Dinge, die sie betreffen, über Umwege erfährt. Ich meine, sie hat ein Recht darauf zu wissen, was geschehen ist. Direkt und ohne Tricks.«

»Espresso, Cappuccino. Mit Milch oder Sahne?«

»Espresso. Und Zucker, bitte. Also, wo war ich stehen geblieben?«

»Respekt«, sagte Luginger. »Sie wollen Dani respektvoll behandeln.«

»So ist es, ja. Und Sie zwingen mich dazu, es nicht zu tun, weil Sie Ihre Nase in Dinge stecken, die Sie nichts angehen.«

»Haben Sie noch mal mit Rieber gesprochen?«

Frau Weibel zog ihren Mantel aus. »Natürlich. Das ist meine Arbeit.«

»Wer hat Domscheidt angeschwärzt? Hat Rieber sein Schweigegelübde gebrochen?«

Die Kommissarin räusperte sich. »Coelho, sagt Ihnen der Name was?«

Luginger nickte. Während Frau Weibel auf ihre Espressotasse starrte, drehte er eine Zigarette. Aus seinem Zippo schoss eine kleine Flamme.

»Dieser Coelho hat Frau Oliveiras Wohnung durchsucht. Wir hatten zwar die brasilianischen Kollegen darum gebeten, offensichtlich war er aber schneller. Dabei hat er eine Kamera von Frau Oliveira gefunden, auf der Bilder von Herrn Pflügler sind.«

»Netter Kerl«, sagte Luginger.

»Das glaube ich weniger. Frau Hilgard hat aber einen guten Draht zu ihm, und er hat ihr die Bilder gemailt. Alles sehr eindeutig.«

»Pflügler mit Nutten?«, fragte Luginger.

»Die Beschreibung ›eindeutig‹ muss Ihnen reichen.«

»Weiß Dani davon?«

Frau Weibel nickte.

»Also ist Gernot raus aus der Nummer?«

»Wie kommen Sie da drauf? Die Ereignisse im Parkhaus sind nicht aufgeklärt. Was hat er da gemacht? Wieso findet er die Tote an einer Stelle, über die man nicht zufällig stolpert?«

»Aber Sie haben ihn aus der U-Haft entlassen.«

»Nicht ich habe ihn entlassen, sondern der Haftrichter. Seinem Urteil nach wäre eine weitere Inhaftierung unverhältnismäßig gewesen. Dem kann ich mich anschließen.«

Luginger aschte in die Spüle. »Tun Sie doch nicht so geheimnisvoll. Frau Hilgard glaubt, dass Ihre Ermittlungen klarere Hinweise auf einen Täter ergeben, als Sie rauslassen.«

Frau Weibel zog die Augenbrauen zur Stirn. »Sie sind mir ja ein Früchtchen! Wie lange ist es her, dass Sie Herrn Hager in genau diesem Raum umgezogen haben, ohne auch nur Piep zu machen, als Sie hätten Piep machen müssen?«

Luginger winkte ab. »Ein Gedächtnis wie ein Elefant, verstehe. Wie lange dauert das alles jetzt?«

»Das hängt auch von der Kooperationsbereitschaft Daniela Pflüglers ab«, sagte Frau Weibel. »Und die möchte ich nicht gefährden, weil Sie die Finger im Spiel haben.«

»Pflüglers Handy?«, fragte Luginger.

Frau Weibel lächelte. »Genau, das Handy.«

Die Kommissarin bedankte sich für den Kaffee, warf ihren Mantel über den Arm und ging zur Tür.

Luginger rief ihr nach: »Rieber. Was hat er gesagt?«

* * *

Barbara kam direkt nach der Arbeit ins Hammer-Eck. Luginger hatte ihr am Telefon gesagt, dass er nicht wegkönne, Moni habe frei, er sei mit Sammy allein.

Barbara sah nicht glücklich aus. Ringe unter den Augen, zerzauste Haare, viel zu dunkles Kostüm und eine Haltung, die Luginger als problembeladen verstand.

»Bist angeschlagen, Mädchen. Außer Spesen nichts gewesen.«

Barbara stützte den Kopf auf ihre Arme. »Alles zu teuer. Das wird nix mit den Pokerbuben. Die verdienen so gut, da ist mein Angebot einfach lächerlich.«

»Und wenn's bei denen mal schlecht läuft?«, fragte Luginger.

»Vergiss es. War ein netter Ausflug, mehr nicht. Sprechen wir lieber von was anderem. Die Beerdigung ist gut gelaufen, oder? Wenigstens warst du nicht allein auf dem Friedhof.«

Luginger lächelte. »Brauchst was? Cognac, Kaffee, Pizza. Sammy hat eingekauft.«

»Gestern war ja Palaver ohne Ende bei dir. Gernot ist draußen, so viel hab ich verstanden, und dass keiner weiß, warum unser Landrat bis nach Neufahrn fahren musste, um aus dem Leben zu scheiden.«

»Soweit das Wesentliche, ja.«

»Und das Unwesentliche?«

»Provinzgeschichte, Heimlichtuerei, verlorenes Eheglück, such dir was aus.«

»Cognac, Franz. Und mach schön voll.«

Während Barbara an ihrem Glas nippte, erzählte Luginger, was sich seit Montagabend ereignet hatte. Als er davon sprach, dass auch Dani Pflügler die heilige Kümmernis und Domscheidts Vorliebe für die Legende kannte, wurde sie munterer.

»Du meinst, der treulose Hansi hat Dani erzählt, was da passiert ist, als er Ministrant war?«, fragte sie.

»Nein, Barbara. Sie glaubt sich zu erinnern, dass Hansi am Anfang ihrer Ehe so kleine Bildchen mit der Figur am Kreuz aufbewahrt hat. Und als die Kommissarin sie danach gefragt hat, also gestern, ist ihr das wieder eingefallen.«

»Andachtsbilder mit Heiligen drauf«, sagte Barbara.

»Von mir aus Andachtsbilder, entscheidend ist doch, dass Hansi so tief in den Heiligenkram verstrickt war, dass er es vor Dani nicht verheimlichen wollte.«

»Wäre interessant zu wissen, ob solche Bilder heute noch bei denen im Haus rumliegen.«

»Dani sagt, nein. Als sie ihre Hütte in der Zugspitzstraße gebaut haben, habe Hansi das alte Zeug entsorgt.«

»Na gut. Und Faulhuber hat wirklich einen Leuterdinger aufgetrieben, der bereit ist auszupacken?«

»Hoffentlich. Wenn er keinen Rückzieher macht. Bernie hat versprechen müssen, seinen Namen nicht öffentlich zu machen.«

»Das heißt, wenigstens die Kripo könnte jetzt schon wissen, was dieser Pfarrer Domscheidt für Schweinerein auf dem Kerbholz hat.«

Während Luginger noch nickte, trat Frau Murray ins Lokal. Luginger sah Gummistiefel, Regenjacke und Mütze.

»Hat Sammy mit dir gesprochen, Franz?«, fragte sie.

»Ja. Steht alles in der Küche.«

»Könnt ihr mir tragen helfen?«

Barbara blickte verwirrt. Luginger stellte die Damen vor. »Anita Murray, Barbara Dojan.«

Frau Murray reichte Barbara die Hand. »Schön, Sie kennenzulernen.«

Als die Essensreste in ihrem Auto verstaut waren, fragte Luginger Frau Murray: »Und was machst du jetzt damit?«

»Hat Sammy dir das nicht erzählt?«

Luginger schüttelte den Kopf.

»Ich bring das zur Tafel. Die Leute da freuen sich. Ist ja Eins-a-Qualität.«

»Zur Tafel?«, fragte Barbara. »Haben wir wirklich so viele Bedürftige in der Gemeinde?«

»Ja, natürlich. Und es werden immer mehr. Glauben Sie ja nicht, Leuterding wäre der Garten Eden. Auch hier gibt's Menschen, denen es am Nötigsten fehlt.«

»Na dann«, sagte Luginger und verabschiedete sich.

Frau Murray stieg in ihr Auto. »Wie sagt man? Vergelt's Gott.«

»Wo hast du die denn kennengelernt?«, fragte Barbara Sekunden später.

»Beim Einkaufen, Mädchen. Beim Einkaufen.«

Zurück am Tresen trank Barbara ihren Cognac aus und schenkte Wasser ins Glas. Dann sagte sie: »Alles, was du mir vorhin erzählt hast, läuft doch darauf hinaus, dass der alte Kaplan, der Rieber, die Schlüssel in der Hand hält. Und wenn der auspackt, lichtet sich das Dunkel.«

»Stimmt«, sagte Luginger. »Wenn Rieber die Katze aus dem Sack lässt, kracht's.«

Barbara schlüpfte in ihren Mantel. »Eins würde ich gerne noch wissen, mein Lieber? Warum plaudert diese Dani mit dir aus dem Nähkästchen?«

»Wir kennen uns eben.«

»Aha. Ihr kennt euch eben. War da mal was, was ich wissen sollte?«

»Mit vierzehn hätt ich sie fast geküsst.«

»Wow. Geküsst. Fast. Mit vierzehn. Und sonst? Später?«

»Null Penetration, Mädchen. Ehrlich.«

Als Barbara gegangen war, trottete Gernot ins Lokal.

»Und?«

»Deine Mutter ist stur wie ein Esel.«

»Warst bei ihr? Geht's ihr wieder besser?«

»Fieber ist runter. Halsschmerzen hat sie noch.«

»War sie allein?«

»Nee. Resi ist da. Sie schauen fern.«

»Soll ich noch mal kommen?«

»Glaub nicht. Die Mädels bringen den Tag schon rum. Machst mir ein Weißbier?«

Luginger spülte ein Glas aus.

»Die Bullen sind bei Pflüglers angerückt«, sagte Gernot.

»Wie bitte?«

»Wenn ich's dir sag. Lauter Autos da.«

»Hausdurchsuchung?«, fragte Luginger.

Gernot hob die Schultern.

Luginger ging nach draußen. Er brauchte frische Luft. Was war da los? Was hoffte die Weibel bei Dani zu finden? Hatte sie heute Morgen nicht irgendwas von Kooperationsbereitschaft gefaselt?

Gernot brachte Zigaretten. »Ziemliches Chaos, Franz.«

Luginger nickte.

Sie rauchten.

»Frierst nicht?«, fragte Gernot.

»Doch«, murmelte Luginger.

* * *

Luginger packte Wäsche in die Maschine, stellte auf vierzig Grad und drückte die Starttaste. Dann trug er Müll nach unten, räumte die Küche auf und sortierte Briefe, die seit Tagen ungeöffnet im Flur lagen. Der Bund Naturschutz wollte Geld, die Wasserwerke baten um Zählerablesung, und die Postbank suchte Idioten, die eine Kreditkarte brauchten. Er kochte Kaffee. Seine Quastenslipper schrien nach Pflege. Im Radio dudelten Lena und Nena. Auch die zweite Zigarette schmeckte beschissen.

Er schaute zur Uhr. Fünf nach zehn und immer noch kein Rückruf von Lady Hilgard. Gabi hatte ihn in der Früh aus dem Bett geklingelt. Gernot ist wieder in Erding, hatte sie gesagt. Es gibt neue Erkenntnisse, und er wird vernommen. Luginger hatte »Scheiße« gemurmelt, und Gabi hatte das Gespräch grußlos beendet. Seitdem wartete er auf Nachrichten.

Auf dem Tisch vibrierte sein Handy. Die Nummer auf dem Display kannte er nicht.

»Luginger.«

»Dani. Du hast mir eine Nachricht auf die Mailbox gesprochen.«

Stimmt, dachte Luginger. Gestern Abend. Oder besser gestern Nacht.

»Ja. Ich hab gehört, dass die Kripo bei dir war. Wollt mich nur erkundigen, ob du den Angriff überstanden hast.«

Luginger hörte nichts. Noch nicht mal atmen. »Dani, geht's dir gut?«

»Unser Haus wurde auf den Kopf gestellt. Vom Keller bis zum Dachboden.«

»Warum?«

Dani stöhnte. »Ich weiß nicht genau. Hansis Handy, nehme ich an, und Unterlagen, die im Zusammenhang mit einer uralten Beschwerde oder Anzeige oder was weiß ich von Hansis Mutter stehen.«

»Hansis Mutter?«, fragte Luginger erstaunt.

»Ja. Sie war es, die Kaplan Rieber damals erzählt hat, Domscheidt würde sich an Ministranten vergehen.«

Luginger war baff. »Hansi wurde von Domscheidt missbraucht. Hab ich das richtig verstanden?«

»Hast du. So die Aussage von Rieber.«

»Aber warum eine Hausdurchsuchung?«

»Weil auf Gernot Hagers Pistole Hansis Fingerabdrücke sind.

Weil diese Frau Weibel einen Richter davon überzeugt hat, ich könnte wichtige Beweise zurückhalten.«

»Hansis Fingerabdrücke auf Gernots Knarre«, rief Luginger. »Wie das denn?«

»Auch das weiß ich nicht. Ich weiß so vieles nicht, Franz. Frau Oliveira in Hansis Auto und jetzt auch noch die Pistole. Ich hab keine Ahnung, was Hansi da gemacht hat. Oder warum.«

»Verdächtigen sie dich, Dani?«

»Mein Anwalt sagt, ja. Frau Weibel sagt nichts. Gekränkte, wütende Ehefrau tötet treulosen, verlogenen Ehemann und fährt die Ernte ein. Oder lässt töten, was auf das Gleiche hinausläuft.«

»Mann tot, Frau reich«, flüsterte Luginger.

»So muss man das sehen, ja.«

»Wie geht's jetzt weiter?«, fragte Luginger.

»Ich weiß nicht. Das Handy ist nicht aufgetaucht, im Keller hat die Polizei einen Schuhkarton mit Krimskrams gefunden, unter anderem viele Bildchen mit dieser Heiligen drauf, so kleine Dinger, die man manchmal auch als Erinnerung an Verstorbene kriegt. Ich hab dir gestern ja davon erzählt.«

»Und du hast von dem Karton nichts gewusst?«

»Nein. Herrgott, ich war mir sicher, dass Hansi das ganze Zeug weggeschmissen hat.«

Luginger trommelte mit den Fingerspitzen auf seinen Küchentisch. »Was da auf dich zurollt, fühlt sich nicht gut an.«

»Stimmt, Franz, es fühlt sich beschissen an, richtig beschissen.«

»Du hast kein Alibi, stimmt's?«

»Nein. Wenigstens kein gutes.«

Nachdem das Gespräch beendet war, griff Luginger ins Regal und stellte eine Flasche Whiskey auf den Tisch. Er brauchte was Hartes. Je mehr Prozente, desto besser. Warum sollte Pflügler Gernots Pistole in den Griffeln gehabt haben? Der junge Hansi war ein gemeiner Scheiß-Drecksack gewesen und war dabei selbst misshandelt worden. Passte das? Und Tony hatte davon gewusst. Tony hatte das alles wieder aufgekocht. Deshalb war Gernot jetzt bei den Bullen. Weil seine Story mit der Knarre nicht stimmte. Weil richtig was abgegangen war. Weil er mit Tony gemeinsame Sache gemacht hatte. Rachefeldzug!

Der Whiskey lief prächtig. Hässliche Bilder schossen durch Lugingers Kopf. Gernot und Tony in Pflüglers Auto. Streit im Parkhaus. Pflügler mit der Wumme im Anschlag. Irgendjemand stieß Tony gegen die wacklige Absperrung, er fiel.

Das Telefon klingelte.

»Warum ist Gernot wieder im Gefängnis?«

Mama.

»Er ist nicht im Gefängnis, er wird nur vernommen.«

»Wieso?«

»Ich weiß es nicht. Die Frau Hilgard ist dabei, also, da brennt nichts an.«

Luginger hörte Stimmen im Hintergrund.

»Kommst gleich?«, fragte Anna.

»Was macht deine Grippe?«

»Weg.«

»Tee mit Honig«, sagte Luginger. »Du weißt halt, wie's geht.«

»Machst dich lustig?«

»Auf keinen Fall.«

»Dr. Brettmann weiß jetzt, was da passiert ist, damals in der Kirch und mit dem Pfarrer.«

»Ist er bei dir?«

»Ja.«

»Hat er jemanden gefunden, der auspackt?«

Stille. Flüstern.

»Wir fahrn zur Frau Pawlak, der Haushälterin. Die weiß alles.«

»Du fährst nirgends hin, Mama. Gestern hast fast vierzig Fieber gehabt. Bist noch ganz bei Trost.«

»Gernot hat mit alldem nichts zu tun, Bub. Wir tun was, verstehst?«

»Ihr macht gar nichts, bis ich da bin, Mama. Du bleibst, wo du bist. Verstanden?«

Als Luginger die Treppe hinunterstürmte, hörte er Sammys Tür aufgehen.

»Alles klar, Franz?«

»Besser geht's nicht. Wenn sich die Hilgard meldet, ich bin unterwegs. Kann dauern.«

* * *

Anna saß in ihrem Stuhl und döste. Resi trocknete Geschirr ab. Neben der Spüle lag ein Zettel mit lauter Namen und Telefonnummern.

»Wo ist Brettmann?«, fragte Luginger.

»Drüben«, erwiderte Resi.

»Was ist mit dieser Pawlak?«

»Sie hat dem Pfarrer geholfen, Franz. Dr. Brettmann weiß alles.«

Resi räumte Töpfe in den Unterschrank. Luginger sah, wie schwer ihr das Bücken fiel.

»Lass, ich mach das.« Luginger fluchte. Zu wenig Platz für zu viel Zeug, das niemand mehr brauchte.

»Brettmann soll seinen Kram allein machen«, sagte Luginger. »Mama ist krank.«

»Du kennst sie doch. Sie lässt nicht locker.«

Luginger ging ins Wohnzimmer.

»Servus, Mama. Schön, dass du bei all der Aufregung noch a bisserl schlafen kannst.«

Anna öffnete Mund und Augen. Luginger sah Kiefer mahlen und hörte Schmatztöne.

»Ich dacht, du sitzt schon im Auto. Wolltest nicht los und der Kripo die Arbeit abnehmen?«

»Bin noch mal eingenickt, Bub.«

»Das seh ich. Also, was ist jetzt?«

Anna drückte sich mit beiden Händen von den Lehnen ab und rutschte nach oben. Sie gähnte.

»Bist das blühende Leben, gefällt mir.«

»Dr. Brettmann war die ganze Nacht im Internet. Also, da gibt's Leut, die sich treffen, online, also die schreiben sich. Auch Missbrauchte, ehemalige, verstehst.«

»Bin ja nicht von vorgestern, Mama.«

»Wir kennen einen Ministranten, der mit Tony die Gottesdienste gemacht hat. Josef Decker. Er wohnt schon lang in Hamburg. Mit dem hat Dr. Brettmann so geschrieben, also im Internet, und später dann telefoniert.«

»Und der Typ weiß alles?«, fragte Luginger.

»Gebloggt, heißt das«, sagte Resi, die ins Wohnzimmer gekommen war und ihre Schürze glatt strich. »Es gibt Blogs, da reden die drüber, die Opfer.«

Anna schnäuzte sich. »Ja, der Decker weiß alles. Und er hat Dr. Brettmann erzählt, dass die Haushälterin damals, die Frau Pawlak, unsern Pfarrer reingewaschen hat, weil sie in ihn verliebt war.«

»Warum hat Brettmann denn nicht mit Rieber geredet? Der saß doch an der Quelle.«

»Weil Rieber nichts sagt. Der redet nur mit der Polizei.«

Luginger nickte.

»Hat Decker was zu Hansi Pflügler gesagt?«

»Ja. Der war als Bub ein ganz ein Durchtriebener. Hansi soll seiner Mutter gesteckt haben, dass sich Domscheidt an den Buben vergreift, weil er eine Wette laufen hatte, dass er den Domscheidt wegbringt.«

»Wie bitte!« Luginger glaubte sich verhört zu haben. »Pflügler hat das erfunden, seine Mutter angespitzt, und dann ging der Schlamassel los?«

Anna steckte ihr Taschentuch in einen Ärmel. »So einfach ist's nicht, Franz«, sagte sie dann. »Unser Pfarrer hat wirklich mit den Buben rumgemacht, also mit einigen, sagt der Decker, also auch mit ihm, nur nie mit Pflügler.«

»Was ist denn das für eine Scheiße«, rief Luginger und marschierte aufgebracht durchs Wohnzimmer. »Der, der nicht befummelt wurde, sagt, er sei befummelt worden, und die, die befummelt wurden, halten die Schnauze. Gibt's das? Soll ich so was glauben?«

Die alten Frauen tauschten Blicke.

»Die alte Pflügler, die Mutter vom Hansi, Katharina hieß die doch, wann ist sie gestorben?«, fragte Resi.

»Ist bestimmt schon zehn Jahr her«, sagte Anna. »Ihr Mann ist älter geworden. Eine große Beerdigung war das für den Rudi damals. 2006, glaub ich.«

Luginger versuchte, den Überblick zu behalten. »Und die Pawlak hat das gewusst. Sie hat irgendwelchen Kirchenheinis gesagt, unser Pfarrer weiß, was sich gehört, Rieber muss da was falsch verstanden haben. Rieber haben sie dann abgeschoben, und Domscheidt durfte noch ein paar Jahre bleiben, bis sie endgültig den Deckel draufgemacht haben.«

Anna nickte.

»Und jetzt wollt ihr der Pawlak auf den Zahn fühlen.«

Anna nickte.

»Und weil Brettmann es keine gute Idee findet, der Kripo den ganzen Scheiß zu erzählen, findest du es auch keine gute Idee, Mama.«

Anna nickte.

»Sauber. Wenn du mir jetzt noch erzählst, wie das alles Gernot helfen soll, hat sich der Gang hierher ja gelohnt.«

Seine Mutter schnalzte mit der Zunge. »Tony hat's gewusst. Decker sagt, unser Pfarrer hat sich Tony gegenüber schlecht benommen. Also, du weißt schon. Und Tony hat eben, als er zurück war, Pflügler mit seiner Lüge von damals erpresst. Und mit seinen Gemeinheiten, mit den Schikanen, Hänseleien, weißt ja. Dann kam's zum Streit, und Pflügler hat Tony vom Parkdeck gestoßen. So war's! Und deshalb muss die Pawlak das bestätigen, also dass Domscheidt mit Tony und dass die Mutter vom Hansi …«

Luginger stand auf der Terrasse und pumpte Sauerstoff in seine Lungen. Schneewolken hingen am Himmel. Kalt war's, und kein Lüftchen wehte. Wie konnte jemand nur so scheiße drauf sein wie Pflügler? Verarscht die eigene Mutter. Verarscht Rieber und hat trotzdem was losgetreten, was ohne sein verdrehtes Hirn nicht ans Tageslicht gekommen wäre.

* * *

Im Café Knoll war um die Mittagszeit nicht viel los. Luginger wartete auf Frau Hilgard. Sie waren verabredet. Die Anwältin hatte Luginger telefonisch noch bei seiner Mutter erwischt und vorgeschlagen, sich in Leuterding zu treffen.

Am Nebentisch gabelten junge Frauen Schwarzwälder Kirschtorte und starrten auf ihre Handys. Luginger blätterte im *Stern.*

Sarkozys Ehe interessierte ihn genauso wenig wie die ausländischen Bordellbesuche deutscher Versicherungsvertreter. Die Bedienung brachte ihm ein Bier. Jung, hübsch, freundlich. Nichts Aufgesetztes, echter Service.

Frau Hilgard hatte sich verspätet.

»Tut mir leid«, sagte sie. »Da war kein Durchkommen. Zwei Reisebusse versperren vor Ihrem Rathaus den Weg. Wo fahren denn all die Leute so kurz vor Weihnachten noch hin?«

Luginger fasste die örtliche Windkraftdebatte zusammen und erklärte, dass der Bürgermeister eine Informationsfahrt zu einem bestehenden Windpark für interessierte Bürger organisiert hatte, damit sich alle vor Ort ein Bild machen konnten, ein anderer Termin aber nicht mehr möglich gewesen war.

Frau Hilgard legte ihren Mantel über einen Stuhl. »Niemand will Windräder haben. Ich lese das ständig in der Presse. Bei Ihnen ist es also auch so. Da erkennt man doch die deutsche Spießerseele. Nicht in meinem Vorgarten, nicht zu meinen Lasten, nach mir die Sintflut. Schade.«

Luginger nickte, stolperte aber gleichzeitig über die deutsche Spießerseele im Sprachgebrauch der Anwältin.

»Na ja, es geht eben ums Geld«, sagte er. »Das Eigenheim ist weniger wert, wenn sich in Sichtweite Windräder drehen. Da würden sich auch Italiener und Franzosen aufregen.«

Frau Hilgard inspizierte die Karte.

»Haben Sie schon gewählt?«, fragte die Bedienung.

»Gedeckter Apfelkuchen mit Sahne und einen Latte Macchiato, bitte.«

»Also, was war los in Erding?«, fragte Luginger.

»Die Spekulationen schießen ins Kraut. Das war los. Und die 9mm Beretta mit all den Fingerabdrücken macht der Polizei zu schaffen. Dass Herr Hager nichts Erhellendes zur Klärung beitragen kann, hebt auch nicht gerade die Stimmung.«

»Ist Gernot zu Hause?«

»Möglich. Bei der Kripo ist er jedenfalls nicht mehr. Er hat gesagt, er müsse zum Arzt.«

»Was denken Sie?«

»Denken hilft hier nicht viel, Herr Luginger. Der Fall wird wahrscheinlich nie sauber aufgeklärt werden. Herr Pflügler und Frau Oliveira sind tot, und Herr Hager hat nichts zu bieten. Fakt ist, auf der Pistole sind Fingerabdrücke von allen drei Personen. Ob die Waffe bei der Tötung von Frau Oliveira eine Rolle gespielt hat, weiß niemand zu sagen. Dass Frau Weibel den Gedanken nicht für abwegig hält, Herr Hager könne doch etwas von der Verbindung Oliveira–Pflügler gewusst haben, ist plausibel. Schließlich ist es seine Waffe, die ihm entwendet wurde und die er wieder an sich genommen haben will.«

Luginger ahnte, dass Gernot erneut mit einem Bein im Knast steckte. »Fährt Gernot wieder ein?«

»Vorerst nicht. Die Ermittlungen verdichten zuallererst den Verdacht, dass Herr Pflügler Frau Oliveira getroffen hat. Und dass dieses Zusammentreffen mit großer Wahrscheinlichkeit von Frau Oliveira initiiert wurde, um Herrn Pflügler zu erpressen. Insoweit ist Herr Hager aus dem Schneider.«

Luginger trank Bier, Frau Hilgard schleckte Sahne.

»Nur, wenn Gernot da mit drin steckt, ist Sense«, meinte Luginger.

Frau Hilgard nickte. Luginger beobachtete, wie immer gleich große Kuchenstückchen den Weg in ihren Mund fanden.

»Haben Sie mit Frau Weibel über den Pflügler-Mord geredet?«

»Nur im Zusammenhang mit dem Tötungsdelikt an Frau Oliveira. Alles andere ist nicht mein Bier. Und Frau Weibel wird einen Teufel tun, Ermittlungsergebnisse in die Welt zu posaunen.«

Als Luginger schwieg und außer skeptischem Denkerblick nichts zu bieten hatte, sagte die Anwältin noch: »Hören Sie, diesen ehemaligen Kaplan Rieber haben Sie ja aufgetan. Der Mann hat wohl sehr umfassend zur Sache Domscheidt-Missbrauch-Frau Oliveira ausgesagt. Die Befragung heute Morgen hat keinen Zweifel daran gelassen, dass die Polizei davon ausgeht, dass die beiden Verbrechen zusammenhängen.«

»Das Andachtsbildchen mit der Kümmernis drauf hat die Kripo bei der Hausdurchsuchung bei Frau Pflügler gleich dutzendfach gefunden«, sagte Luginger.

»Sterbebildchen«, bemerkte Frau Hilgard.

»Auch gut«, sagte Luginger.

»Das Motiv und das Format können sowohl das eine als auch das andere sein«, präzisierte Frau Hilgard.

»Klasse«, sagte Luginger.

»Und Sie fragen sich jetzt, was so ein Bildchen für eine Rolle spielt?«, fragte Frau Hilgard.

Luginger nickte.

»Da wurde jemand von seiner Vergangenheit eingeholt. Und das so intensiv, dass er sich nach Neufahrn hat locken lassen, um den Schierlingsbecher zu trinken.«

* * *

Luginger lief die Dorfstraße runter. Nun war es doch noch kalt geworden, er musste endlich warme Klamotten rauslegen. Ohne Handschuhe ging die Rennerei im Freien nicht mehr. Und ohne Auto wollte er nicht mehr. Wenn Mike seine Karre nicht bald flott, bekam, würde er sie über die Straße zu Erben und Kammermeier schieben. Die Jungs hatten vis à vis eine Werkstatt, ruckzuck wäre der Fall erledigt.

Er rauchte. Am Maibaum begegnete ihm Gernot.

»Was sagt der Doktor?«, fragte Luginger.

»Schlechte Blutwerte«, erwiderte Gernot.

»Das heißt?«

Gernot schniefte. Keine Antwort.

Luginger wechselte das Thema: »Hab mit deiner Anwältin geredet.«

Gernot nickte.

»Kann noch mal eng werden.«

»Die Scheiß-Knarre, Franz. Wie Tony die bei mir gefunden hat? Ich versteh's nicht.«

»Sei froh, dass am Tatort keine Patronenhülsen aufgetaucht sind.«

»Ist Moni wieder da?«

»Kommt um sieben.«

»Bis nachher dann.«

* * *

Der Herr Steuerberater brachte Moni im flotten Sportwagen zum Dienst. Als sie die Beifahrertür aufmachte und ihre Stiefel auf den Boden setzte, dachte Luginger, dass wenigstens für sie der Himmel voller Geigen hängt. Küsschen hier und Küsschen da, Gestreichel die Hand entlang und Ohrengeknabber. Die volle Dröhnung, Vorspiel pur, Hormonkitzel vom Feinsten.

Luginger hatte ein Bier in der Hand. Seine Kippe lag im Ascher auf der Fensterbank.

»Alles klar«, flötete Moni.

»Hanno«, sagte Luginger.

»Hanno«, wiederholte Moni.

»Ich denk, Hanno arbeitet so viel.«

»Klar. Ich hab ihn nur etwas aufgefrischt.«

»Holt er dich später wieder ab?«

Moni grinste.

Sammy telefonierte. Luginger hörte nur: »Hundert, mehr ist nicht drin. Entweder oder.«

Am Tresen saßen Joe und Heider.

»Was hundert?«, fragte Joe.

»Der Transport vom Pizzaofen. Mehr zahl ich nicht. Von Innsbruck hierher, das geht doch in zwei Stunden. Und dann hat der Typ ja auch noch mehr auf dem Laster.«

Heider nickte. »Bleib hart, Mann.«

»Österreicher«, sagte Joe.

»Alles Gauner«, sagte Heider.

Sammy schrieb eine neue Empfehlung auf seine Tafel: Bis 20 Uhr Pizza Thunfisch 4 €. Danach 5 €. Pizza Schinken mit Pilzen 4,50 €. Pizza und 1 Helles 6,50 €.

Joe rempelte Heider. »Zu kompliziert.«

»Preisdifferenzierung«, sagte Sammy.

»Preis was?«, fragte Heider.

»Ab wann steigen die Gäste aus«, erklärte Sammy. »Das musst du wissen, wenn du Geld verdienen willst.«

»Ich steig da weder ein noch aus«, brummte Joe.

»Zu kompliziert«, wiederholte Heider.

»Lass gut sein, Sammy«, sagte Luginger. »Ein Produkt, ein Preis, so machen wir das.«

»Spinnst du. An jeder Tankstelle gibt's täglich zehn Preise für ein und dasselbe Produkt.«

»Wir haben keine Tankstelle, Sammy, wir hocken im Hammer-Eck.«

Sammy schüttelte den Kopf. »Die Leute sollen früher kommen und essen. Vor acht ist zu wenig los.«

»Happy hour«, sagte Heider.

Luginger winkte ab.

Moni prüfte die Deckel. »Wo ist der von Gernot, Franz?«

»Bezahlt«, sagte Luginger.

»Und die Kohle? Ich seh nichts.«

»Hat Sammy zum Einkaufen gebraucht.«

»Wo sind die Belege?«

Luginger verdrehte die Augen. Joe und Heider lachten. Sammy blätterte Kassenzettel auf den Tresen.

In der Tür stand Frau Weibel. Luginger sah, wie sie kochte.

»Sind Sie eigentlich taub? Vor Ihrer Kneipe kann jemand verrecken, und sie kriegen nicht's mit.«

Luginger stürmte nach draußen. Auf dem Bürgersteig lag Gernot. Neben ihm sein Fahrrad. Er heulte Rotz und Wasser. Mit den Fäusten trommelte er auf den Asphalt und brabbelte unverständliches Zeug.

»Verdammte Scheiße, Gernot. Kommst du hoch?«, rief Luginger.

Joe war am schnellsten. Fahrrad weg, Decke aus dem Auto, stabile Seitenlage nach kurzem Abtasten.

»Der Mann hat einen Nervenzusammenbruch«, sagte Frau Weibel.

»Nüchtern«, sagte Joe. »Vollkommen nüchtern.«

»Rufen Sie einen Rettungswagen«, sagte Frau Weibel.

Moni tippte Zahlen ins Telefon.

»Nein«, keuchte Gernot.

»Hast dir die Gräten gebrochen?«, fragte Heider.

Gernot bewegte Arme und Beine.

»Rein mit ihm«, sagte Luginger. »Ich ruf Bernie an.«

Minuten später hatten sich alle beruhigt. Schnäpse für die Helfer, nix für das Opfer. Gernot saß bleich wie die Wand auf derselben Bank, auf der ihn Luginger vor zwei Wochen haubitzenvoll zur Nacht gebettet hatte.

Luginger sah, wie die Polizistin telefonierte. Ein-, zweimal hörte er den Namen Polterer. Als sie ihr Gespräch beendet hatte, rannte Faulhuber ins Lokal.

Moni fasste zusammen. Joe zeigte auf den blutenden Ellbogen, und Heider brummte was von Reha und mal richtig abschalten.

Faulhuber stöhnte. »Wollt ihr mich verarschen? Der Typ ist doch nur vom Rad gefallen. Vom Rad fallen kann jeder. Vom Rad fallen ist kein Grund, einen Zahnarzt zu rufen.«

Gernot sagte nichts. Seine Knie zitterten. Die Augen waren röter als rot, und Tränenreste hingen am Kinn.

Faulhuber hockte sich vor ihn und sah ihm lange ins Gesicht.

»Jeder vernünftige Arzt würde dir ein Beruhigungsmittel spritzen und dich aus dem Verkehr ziehen, Gernot. Du hast tief in die Scheiße gelangt und weißt nicht mehr, wie du sie wieder loswerden sollst.«

Gernot blieb stumm. Faulhuber prüfte Puls und Pupillen.

»Ich mach dir einen Vorschlag. Du kommst zu mir. Du weißt ja, ich wohne in einem Palast, und alle sind ausgeflogen. Also, Platz hab ich. Mein Nachbar ist Internist. Der regelt das Medizinische, und über die Weihnachtstage päppeln wir dich wieder hoch.«

Gernot nickte, und Luginger sah, wie sich Frau Weibel entspannte.

Moni brachte Gernot heißen Tee. Joe hängte ihm eine Decke über die Schultern.

»Ungut«, murmelte Frau Weibel.

»Wo kommen Sie eigentlich her?«, fragte Luginger.

»Das geht Sie nichts an. Herrn Hager habe ich erst vor Ihrer Kneipe gesehen. Und zack lag er auch schon auf dem Gehsteig.«

»Sechs Persiko«, sagte Faulhuber. »Oder will jemand was Gescheites?«

Persiko war nicht angesagt. Moni zapfte drei Helle, Luginger griff zur Tequila-Flasche.

Am Eingang sprach Frau Weibel mit Polterer. Der Ortspolizist redete mit Händen und Füßen. Die Kommissarin bekritzelte einen Block.

Als Polterer wieder verschwunden war, sagte Luginger: »Pflüglers Handy ist noch nicht aufgetaucht, oder?«

Frau Weibel nickte. Luginger war sich nicht sicher, ob sie seine Frage überhaupt verstanden hatte. Gedankenverloren schrieb sie jetzt Zahlen auf einen Bierdeckel.

»Sie brauchen einen guten Wein«, sagte Faulhuber. »Entspannen Sie sich. Für heute haben Sie genug ermittelt.«

Frau Weibel lächelte gequält.

Luginger schenkte zwei Gläser voll.

»Gut«, sagte Frau Weibel. »Einen Bordeaux.«

»Feine Zunge«, meinte Faulhuber. »Liegt beim Franz ganz oben im Regal. Kriegen nur barmherzige Samariter.«

Frau Weibel orderte ein Wasser.

»War eigentlich der Zeuge bei Ihnen, der mir versichert hat, er würde Ihnen was von früher erzählen?«, fragte Faulhuber.

»Ja. Er war da.«

»Und?«

»Nichts und. Sendepause.«

»Wo kam denn Polterer her?«, fragte Joe.

Frau Weibel versank im Bordeaux. Sie nippte, spülte, schluckte.

»Fällt nicht hinten runter. Bleibt lange liegen. Sehr satt, sehr voll, ohne übertrieben zu beißen.«

Faulhuber nickte.

»Ziehen Sie mal ordentlich einen durch«, sagte Heider. »Wird Ihnen guttun. Tut jedem gut.«

»Sie meinen, betrunken plaudere ich leichter. Nein, tue ich nicht, glauben Sie mir.«

»Heute Vormittag war ich bei meiner Mutter«, sagte Luginger. »Ihr Nachbar Brettmann hat sich richtig reingehängt, um rauszufinden, ob Domscheidt seinen Ministranten an die Eier ist.«

Frau Weibel blickte stur geradeaus.

»Also, um es abzukürzen. Hansi Pflügler hat seine Mutter mit der falschen Beschuldigung, er sei von Domscheidt missbraucht worden, dazu gebracht, Rieber zu erzählen, dass der Herr Pfarrer ein Schweinehund ist. Rieber wird Ihnen das bestätigt haben. Und Bernies Zeuge womöglich auch. Domscheidt wäre nicht mehr zu halten gewesen, hätte nicht seine Haushälterin, eine Frau Pawlak, ausgesagt, das könne nicht sein, ihr Pfarrer sei der Beste und Liebste unter der Sonne. Brettmann ist ein harter Junge, ich meine, ein harter Hund mit einem untrüglichen Gespür für schlimme Finger. Meine Mutter ist wild entschlossen, die Pawlak zu besuchen und zur Rede zu stellen. Sie meint, das ist sie Tony schuldig. Dass da nichts vertuscht wird. Dass Domscheidt mit Tony Onkel Doktor gespielt hat.«

Frau Weibel ließ sich nicht locken. »So viel haben Sie in meiner Gegenwart noch nie erzählt«, sagte sie schließlich. »In Ihrem Ort wird Heimatkunde ja großgeschrieben. Sehr löblich.«

»Oral History«, sagte Faulhuber.

Moni brachte Gernot einen Aschenbecher. Als sie wieder hinterm Tresen stand, wandte sie sich an Frau Weibel: »Bevor der da hinten ganz durchdreht, reden Sie mit der alten Frau Luginger. Sie würde wahnsinnig, wenn nach Tony auch noch Gernot aus der Kurve fliegt.«

Luginger spürte, dass Frau Weibels Freude am Wein verflogen war. Sie nahm einen ausgiebigen Schluck, schwenkte den Rest kurz hin und her, stellte das Glas ab und hob an: »Die Probleme Herrn Hagers hängen hauptsächlich mit maßlosem Alkoholkonsum zusammen. Hätte er weniger getrunken, könnte er sich erinnern, und wir alle wüssten Bescheid. Und Sie, Moni, und Sie, Herr Luginger, tun nichts, um ihn vom Saufen abzuhalten. Darüber hinaus muss ich annehmen, dass Frau Oliveira eine Erpresserin war. Sie ist nicht als Unschuldslamm aus der Kurve geflogen, wie Sie das nennen, Moni. Und Herr Hager kann durchaus seine Schwester getötet haben. Dann wäre er auch kein Unschuldslamm. Geht das in Ihre Köpfe?«

»Schöne Ansprache«, sagte Heider.

»Musste ja mal gesagt werden«, ergänzte Faulhuber.

»So wahr wie falsch«, kommentierte Moni.

»Amen«, sagte Luginger.

Frau Weibel hatte unterdessen ihren Hocker verlassen und legte Münzen auf den Tresen.

»Lassen Sie uns gefälligst unsere Arbeit machen. Dafür werden wir bezahlt. Und Sie, Herr Luginger, pfeifen Ihre Mutter und diesen Herrn Brettmann zurück.«

4

Luginger wusste nicht, nach was es in Brettmanns altem Opel roch, doch war das, was in seine Nase stieg, ungewöhnlich. Weder Öl noch Benzin, weder vergammelte Essensreste noch Viecher, die der alte Ex-Pauker mal transportiert haben könnte.

»Was ist?«, fragte Brettmann. »Fehlt Ihnen was?«

»Nach was riecht's hier?«

»Verbrannter Kunststoff«, sagte Brettmann. »Sehr nachhaltiger Geruch, tut mir leid.«

»Ein Experiment, Bub«, rief Anna von hinten. »Ist aber schiefgegangen.«

Brettmann lachte.

Seit zehn Minuten brausten sie die B 304 entlang nach Ebersberg, und Luginger wollte gar nicht wissen, um was für ein Experiment es sich gehandelt haben könnte.

Nach Brettmanns Anruf in Domscheidts Altenzentrum heute Morgen war seiner Mutter der Kragen geplatzt. In null Komma nichts hatte sie entschieden, dass Frau Pawlak besucht werden musste. Brettmann hatte bei seinem Telefonat in Erfahrung gebracht, dass die ehemalige Haushälterin einen Tag nach Pflüglers Ermorderung den alten Pfarrer wider ihre Gewohnheiten ein zweites Mal im Dezember besucht hatte. Warum war sie dorthin gefahren? Warum ausgerechnet zu diesem Zeitpunkt? Anna wollte Klarheit. Luginger hatte nur die Wahl gehabt mitzufahren oder zu Hause zu bleiben. Sein Hinweis, Frau Weibel hätte die Pawlak im Sucher und wäre über jeden ihrer Schritte unterrichtet, war ins Leere gelaufen. Auch Brettmann war nicht zu bremsen gewesen. Nach seinen Internetrecherchen schien er sich nichts sehnlicher zu wünschen, als der Frau gegenüberzutreten, die verhindert hatte, dass Domscheidt vor fünfundvierzig Jahren zur Rechenschaft gezogen worden war. Der wird ja nicht nur bei uns Jungen missbraucht haben, sondern auch in anderen Gemeinden, hatte er gesagt, als sie gemeinsam bei leichtem Nieselregen zu seinem Auto gestiefelt waren.

Sie kamen flott voran. Wo häufig LKWs, rote Ampeln und verstopfte Ortsdurchfahrten den Verkehr bremsten, ging es heute wie am Schnürchen.

»Was wollen wir von der Frau eigentlich?«, fragte Luginger.

Brettmann bremste. Kinder warteten an einem Zebrastreifen.

»Warum sie Johannes Domscheidt reingewaschen hat, Herr Luginger. Das würde mich interessieren.«

»Und warum sollte sie Ihnen das unter die Nase reiben?«

Brettmann zuckte mit den Schultern. »Ich möchte es versuchen. Mehr nicht.«

»Und warum sie den Pfarrer besucht hat, gleich nachdem Hansi Pflügler tot war«, sagte Anna. »Und Tony hätt damals ihre Hilfe nötig gehabt, sie hat aber nichts gemacht.«

Während Brettmann am Ebersberger Ortseingang an einer Tankstelle anhielt und ausstieg, steckte ihm Anna zwanzig Euro zu.

»Was ist das denn?«, fragte Luginger, als Brettmann ihn nicht hören konnte. »Der kriegt dreimal so viel Rente wie du. Fährt er nur, weil du blechst?«

Anna winkte ab. Dann murmelte sie: »Dass Pflügler so schlecht war. Andere in den Schmutz ziehen. Wie die Oma Hager, die Maria. Und die Pawlak ist auch so eine. Bringen nichts als Unglück.«

Die schlichte Mietskasernen-Architektur der sechziger Jahre beeindruckte Luginger. Hohe Rechtecke mit Fenstern und Balkon davor. Auf dem Boden Sandsteinplatten, ausgediente Wäscheständer und kümmerliche Rasenreste. Null Farbe, dafür Sat-Schüsseln bis zum Abwinken.

Luginger suchte das Namensschild. Eva Pawlak.

»Dritter Stock«, sagte er zu seiner Mutter, als er wieder vor Brettmanns Opel stand. »Die Treppen schaffst nicht. Einen Aufzug hab ich nicht gesehen. Bleib hier, ja.«

Kein Protest. Luginger war überrascht.

Brettmann drückte den Klingelknopf. Luginger hörte eine Frauenstimme.

»Entschuldigen Sie, Frau Pawlak. Mein Name ist Brettmann. Ich komme von Herrn Rieber und möchte mich ganz kurz mit Ihnen unterhalten.«

Keine Antwort. Die Tür blieb zu. Brettman nannte noch einmal seinen Namen. Als Luginger schon umdrehen wollte, hörte er ein Klicken. Die Tür war auf.

Eva Pawlak stand vor ihrer Wohnung. Brettmann stellte sich und Luginger vor. Er bat, eintreten zu dürfen. Frau Pawlak lehnte ab.

»Ich bin Lehrer am Gymnasium in Leuterding, Frau Pawlak, also ehemaliger Lehrer, aber noch immer im Schuldienst, hin und wieder, Sie kennen das ja, Lehrermangel, kein Geld, also ich helfe gerne, wenn Not am Mann ist.«

Frau Pawlak verzog keine Miene. Höchstens eins fünfzig, dachte Luginger. Wolljacke, Küchenschürze, krummer Rücken, Pantoffeln.

»In Leuterding sind ja furchtbare Dinge geschehen, zuerst der gewaltsame Tod einer Frau, die jahrzehntelang quasi als verschollen galt, dann der Mord an Landrat Pflügler, ich denke, Sie haben davon gehört.«

Eva Pawlak hielt ihre Arme verschränkt. Ihrem Gesichtsausdruck war auch jetzt nichts anzumerken.

»Dürfen wir vielleicht doch eintreten?«, fragte Brettmann.

»Nein«, antwortete Frau Pawlak. »Was wollen Sie?«

»Eine Gruppe von Schülern versucht etwas über die Zeit in Erfahrung zu bringen, in der Johannes Domscheidt, Bernd Rieber und Sie die Gemeinde betreut haben. Bedauerlicherweise ist der damalige Pfarrer schwer erkrankt. Ich hätte ihn gerne in die Schule eingeladen. Herr Rieber hat uns schon einiges von damals erzählt. Von ihm habe ich auch den Tipp, wenn Sie so wollen, Sie zu fragen. Gerade Sie dürften sich noch gut an den jungen Tony Hager erinnern, weil er häufig Gast im Pfarrhaus war.«

Luginger sah, wie Eva Pawlak schluckte. Ihre Finger vergruben sich tief in den Ärmeln ihrer Wolljacke.

»Richten Sie Herrn Rieber aus, dass ich nicht zur Verfügung stehe. Ich bin zu alt für so was.«

»Um Herrn Domscheidt zu besuchen, sind Sie aber nicht zu alt«, sagte Luginger.

Frau Pawlaks Augen blitzten. Luginger wusste, dass das Gespräch beendet war. Kurz darauf stand er mit Brettmann vor verschlossener Tür. Brettmann schien nachzudenken. Schließlich drehte er sich zum Treppenhaus und ging nach unten.

Auf dem Weg zum Auto sagte er: »Die Frau ist verrückt, glauben Sie mir. Die würde eher den Gashahn aufdrehen als zugeben, was seit den Todesfällen offensichtlich ist.«

Anna nickte, als Brettmann über das Treppenhausgespräch berichtete. Luginger steckte zwei Zigaretten an.

Luginger fragte: »Wie geht's weiter?«

»In ihrer Wohnung wird sie nicht mit uns reden«, sagte Brettmann.

Anna paffte. Dann sagte sie bestimmt. »Wir beobachten sie. Wir warten.«

* * *

Luginger hörte, wie Resi Anna Löcher in den Bauch fragte. Lebt die Pawlak allein? Warum sagt sie nix? Habt ihr die Nachbarn befragt?

Ein Schuss in den Ofen, dachte Luginger. Vier verplemperte Stunden in Brettmanns stinkender Karre. Observierung, was für ein Schmarrn! Wäre die Pawlak nicht zu den Drei-Uhr-Nachrichten auf Bayern 1 in den Golf eines jungen Mannes gestiegen und davongebraust, würden sie jetzt noch da sitzen und Däumchen drehen.

Resi schenkte brühwarmen Kaffee ein. Anna massierte ihre Knie. Brettmann nuschelte viele Jas in ein Handy, das auf den Markt gekommen sein musste, als Beckenbauer noch Sekretärinnen des FC Bayern vernaschte.

»Haben wir's jetzt?«, fragte Luginger. »Oder wollt's noch mal rüberfahrn nach Ebersberg? Ist ja noch hell.«

Anna schwieg. Brettmann schlürfte Kaffee.

»Heider hat Beziehungen. Er könnt ein Nachtsichtgerät besorgen.«

»Die jüngere Schwester von Frau Pawlak hat einen Sohn«, bemerkte Brettmann. »Der könnte auch wieder Kinder haben.«

Anna nickte. »Ein Großneffe.«

»Sie selbst war ja nie verheiratet und wohl die meiste Zeit ihres Lebens allein«, sagte Brettmann.

»Kein Kind, kein Rind«, ergänzte Resi.

»Was wird das gerade?«, fragte Luginger. »Familienaufstellung, oder was?«

»Da setzen wir an.« Brettmann war aufgestanden und umkurvte den Küchentisch. »Die K.-o-Tropfen. Wo kommen die her? So was benutzen junge Leute, Partygänger.«

Luginger schüttelte den Kopf. Es war höchste Zeit zu gehen.

»Mit der Pawlak stimmt was nicht«, sagte Anna. »Und Tony hat das gewusst.«

An der Tür läutete es. Nachdem Resi geöffnet hatte, kam Brettmanns Frau in der Küche.

Das Gespenst! Luginger nickte freundlich.

Dass der Ex-Pauker seit über dreißig Jahren verheiratet war, wussten alle. Dass seine Frau immer noch lebte, freute jeden. Doch warum sie selten jemand zu Gesicht bekam, verstand niemand.

»Entschuldigen Sie die Störung, Frau Luginger«, sagte Frau Brettmann. »Manfred, könntest du den Baum aus dem Auto holen?«

Brettmann griff nach seinem Parka.

»Mögen Sie einen Kaffee?«, fragte Resi. »Frisch gebrüht. Stollen haben wir auch.«

»Nein, danke. Die Feiertage. Sie wissen ja, wie das ist. Und bei uns ist nichts gerichtet. Manfred!«

Brettmann reichte Anna die Hand. »Ich bleibe am Ball, Frau Luginger.«

* * *

Als Luginger ins Hammer-Eck kam, war endgültig klar, dass auch dieser Tag nichts Erfreuliches bringen würde. Sammy hatte den Gastraum auf feierlich getrimmt. Plastikbaum, Lichterkette, Kugeln, Lametta. Dazu Tüten mit Gebäck hinterm Tresen und eine Kiste Apfelsinen.

Sammy war bester Stimmung. Weihnachtslieder füllten den Raum. Das Mäuschen, das kürzlich an Luginger vorbeigehuscht war, saß auf einem Barhocker.

»Super«, sagte Luginger.

»Stimmt«, sagte Sammy.

»Hallo«, sagte Luginger.

»Ich hab Sammy geholfen«, sagte das Mäuschen.

»Prima«, sagte Luginger.

Sammy lachte.

»Ein Helles und ein paar Wiener mit Kartoffelsalat«, sagte Luginger.

Sammy lachte noch mehr. Das Mäuschen lachte auch.

»Hab dich vermisst«, sagte Sammy.

»War Geschenke besorgen.«

»Wer's glaubt, wird selig.«

Luginger zog den Stecker. Das Bäumchen stand im Dunkeln. »Morgen erst.«

Das Mäuschen rauchte.

Schöne Titten, dachte Luginger.

Sammy stellte die Musik aus.

Luginger nickte.

»Sammy liebt Weihnachten wohl mehr als Sie«, sagte das Mäuschen.

Luginger nickte.

»Mach dir nichts draus«, sagte Sammy. »An Weihnachten ist er immer so.«

»Heute ist noch nicht Weihnachten«, brummte Luginger. »Lass mal Luft aus dem Glas.«

Das Mäuschen drückte ihre Kippe aus. »Wie geht es Ihrer Mutter?«

»Danke der Nachfrage.«

»Sammy hat mir erzählt, dass Sie sich um sie kümmern. Find ich klasse.«

»Ich auch.«

»Sie sind schlecht drauf, stimmt's?«

»Müsst mal kiffen.«

Sammy lachte wieder und stellte ein Helles vor Lugingers Nase. »Ist doch ganz einfach, Franz. Anna und Tony, das war was Besonderes. Und bis das geklärt ist, bist du im Einsatz.«

»Brettmann, der Penner, hat nichts zu tun, googelt von morgens bis abends und ist jetzt ganz heiß, Domscheidt zu nageln.«

Das Mäuschen kicherte. Luginger winkte ab, schnappte sich sein Bier und ließ sich auf den Klavierhocker fallen.

»Können Sie spielen?«, rief das Mäuschen.

»Nur *Let it be*«, sagte Sammy.

Luginger öffnete den Deckel. Als seine Finger die ersten Tasten berührten, schlenderten Gernot und Faulhuber in die Kneipe.

»Ja nicht«, brüllte Faulhuber. »Nicht auch noch dein Geklimper. Gernot geht mir schon genug auf den Sack. Freitag ohne Fußball ist ganz schlecht.«

* * *

Stunden später riss Brettmann die Tür auf und steuerte in voller Winterausrüstung auf Luginger zu. Luginger war baff. Brettmann kam nie ins Hammer-Eck. Wenigstens nicht freiwillig. Einer wie Brettmann trank sein Bier zu Hause, weil's billiger war.

»Herr Luginger, haben Sie ein paar Minuten?«

Luginger zeigte auf leere Tische. »Wo immer Sie wollen.«

Brettmann setzte sich.

»Möchten Sie was trinken?«

»Ein Bier wäre nicht schlecht.«

Luginger gab Sammy ein Zeichen.

»Was gibt's?«

Luginger wartete. Brettmann zog seine Mütze ab.

»Also, ich komme gerade von Frau Pawlak. Ich bin doch noch mal hingefahren, und sie hat kurz mit mir gesprochen. Die Frau ist komplett verrückt. Sie war das zweite Mal im Heidelberger Altersheim, weil sie ihren Pfarrer in Priesterkleidung tot im Bett gesehen hat. Eine Vision, hat sie gesagt. Zufrieden habe er ausgeschaut, am Ende einer langen Reise glücklich angekommen. Wenn sie von Domscheidt spricht, klingt sie wie eine Wahnsinnige. Sehr beängstigend. Über Rieber redet sie besonders gern. Nur lässt sie kein gutes Haar an ihm. Der junge Kaplan und die Mädchen. Na ja, den Rest kann man sich ja denken. Also, dass er da nicht immer angemessen katholisch reagiert hat.«

Luginger hatte sich eine angesteckt. Brettmann war durstig. Als Sammy sein Bier brachte, trank er in langen Zügen.

»Statt die Angelegenheit mit Domscheidt zu klären, hat das alte Mistweib noch eins obendrauf gepackt«, brummte Luginger. »Eine schmutzige Endlosschleife sozusagen.«

»Eine Möglichkeit ist das schon. Gut aussehender junger Mann und all die jungen Mädchen. Auf der anderen Seite ist es aber auch gut möglich, dass sie das alles erfindet.«

Luginger stöhnte.

»Wissen Sie, was mir auf der Fahrt von Ebersberg durch den Kopf gegangen ist? Könnte unser Ex-Kaplan nicht auch ein Interesse daran haben, dass nicht alles rückhaltlos aufgeklärt wird?« Schweißperlen sammelten sich auf Brettmanns Stirn.

»Sammy, noch ein Helles für meinen Gast, bitte.«

»Und noch eins, Herr Luginger. Ihre Mutter hat sich daran erinnert, dass Frau Pawlak nach ihrem freiwilligen Ausscheiden aus dem Pfarrdienst noch ein paar Jahre in Leuterding gewohnt hat. Und zwar beim alten Herrn Polterer, im Jennerweg. Der war ja früher auch Polizist, also, der Apfel fällt nicht weit vom Stamm. Wissen Sie, was der Alte mir erzählt hat? Dass der Sohn der Schwester Kinder hat. Zwei Buben. Der eine ist wohl ausgewandert, der andere lebt aber tatsächlich in Ebersberg. Also der junge Mann von heute Mittag, das könnte er gewesen sein.«

Heiliger Bimbam, dachte Luginger. Jetzt auch noch Kinder und Kindeskinder. Wo sollte das hinführen?

»Ziemlich spekulativ, finden Sie nicht?«

Brettmann lächelte. »Denken wir logisch«, sagte er. »Rieber hat Pfarrer Domscheidt schwerer Vergehen bezichtigt. Was ist naheliegender als ihn unglaubwürdig zu machen, indem man ihm Frauengeschichten unterschiebt. Der Denunziant, der selbst denunziert wird. Klassisch, oder? Und stellen Sie sich vor, beides träfe zu. Pfarrer und Kaplan hätten Amt und Vertrauen missbraucht. Wer müsste dann mehr fürchten, entdeckt zu werden?«

»Also hat Rieber Pflügler auf dem Gewissen, weil der kleine Scheißkerl auch mitbekommen hat, wie der flotte Kaplan Mädels unkeusch gedingst hat. Darauf wollen Sie doch hinaus?«

Brettmann trank sein zweites Bier, ohne weitere Erklärungen folgen zu lassen.

»Was macht Ihr Christbaum?«, fragte Luginger, um das Thema zu wechseln. »Schon geschmückt?«

»Meine Frau macht das. Ich habe kein Talent dafür. Und wenn ich ehrlich bin, auch kein Interesse.«

»Ihre Frau ist eine Geduldige, wie?«

Brettmann faltete die Hände. »Morgen rufe ich die Kriminalpolizei an. Die müssen herausfinden, wer der junge Mann war, mit dem Frau Pawlak heute Mittag weggefahren ist. Und ob Rieber wirklich sauber ist, wäre auch von Interesse.«

»Morgen ist Heiligabend, Herr Brettmann. Auch die Bullerei wird unterm Baum hocken und Geschenke auspacken. Da hat niemand Bock, Ihren Vermutungen nachzugehen.«

Brettmann schüttelte den Kopf. »Schauen Sie keine Krimis? Die sind jeden Tag rund um die Uhr besetzt. Kriminaldauerdienst heißt das.«

* * *

Nach Resis Anruf musste Luginger seine letzten Reserven mobilisieren. Als Brettmann gegangen war, war er lange sitzen geblieben und wollte erst wieder aufstehen, nachdem Sammy abgeschlossen hatte. Homo, hetero, pädo, die ganze Sex-Scheiße war ihm aufs Gemüt geschlagen.

Die Kommissarin sitzt bei Anna im Wohnzimmer, hatte Resi ins Telefon geflüstert. Komm her, Franz, das geht nicht gut.

»Frau Luginger, wir können das nicht auf die leichte Schulter nehmen«, hörte Luginger Frau Weibel sagen. »Offensichtlich hängen die Morde an Frau Oliveira und Herrn Pflügler zusammen. Beide Opfer haben ihr Wissen um weit zurückliegende Ereignisse mit dem Leben bezahlt. Dieser Umstand könnte auch Ihr Leben bedrohen. Frau Oliveira hat Sie angerufen. Und der alte Herr Polterer hat seinem Sohn erzählt, dass Sie Tony Hager früher häufig vom Pfarrhaus abgeholt haben. Wissen Sie, der Täter oder die Täterin mag glauben, Sie könnten gefährlich werden.«

Luginger stand im Türrahmen und hüstelte vernehmlich. Die Kommissarin grüßte. Anna saß wortlos im Sessel.

»Wenn man Sie braucht, sind Sie da«, sagte Frau Weibel. »Das gefällt mir. Hören Sie schon eine Weile zu?«

Luginger nickte.

»Also Ihre Mutter weigert sich einzusehen, dass sie gefährdet sein könnte. Vielleicht können Sie Ihr die Augen öffnen.«

Luginger atmete ein. Dann polterte er los: »Mama, mir reicht's. Kannst dir vorstellen, dass der Brettmann heut Abend bei mir war? Der ist ja ganz narrisch mit der Pawlak, dem Rieber und dem ganzen Schweinkram. Und jetzt hör ich auch noch, dass du Tony vor 'ner halben Ewigkeit vom Pfarrhaus abgeholt hast, nachdem unser Pfarrer weiß der Himmel was mit ihm angestellt hat. Herrgottsakrament, wenn's was zu sagen gibt, sag's.«

Schweigen.

»Ich bin müd, Mama. Ich hab den ganzen Tag nix anderes gemacht, als Brettmann und dir hinterherzurennen. Jetzt ist Feierabend, basta, Ende. Also, wie geht's weiter?«

Anna starrte auf ein Blatt Papier in ihren Händen.

»Was ist das? Dein Geständnis?«

Seine Mutter hielt ihm eine Zeichnung hin.

»Von Tony, stimmt's. Wo kommt die her?«

Als Anna stumm blieb, mischte sich Frau Weibel ein: »Ich habe die Bedeutung der Zeichnung Ihrer Mutter vorhin zu erklären versucht. Wir haben sie im Wagen von Herrn Pflügler gefunden, und alles spricht dafür, dass sie von Frau Oliveira stammt. Bei der Frage, warum und wie sie in das Auto gekommen ist, können wir nur mutmaßen. Am wahrscheinlichsten scheint mir, dass Frau Oliveira sie Herrn Pflügler im Parkhaus kurz vor ihrem Tod gezeigt hat. Sie könnte sie als Druckmittel benutzt haben, wenn es denn wirklich zu einer Erpressung gekommen ist. Die Zeichnung zeigt eine junge Frau oder einen jungen Mann am Kreuz. Sie sehen ja selbst. Der Bart spricht für einen Mann, die Kleidung für eine Frau. Im Vordergrund sind drei Jungs zu erkennen. Etwas verhuscht zwar, aber immerhin. Erinnern Sie sich, dass wir in dem Hotel am Ostbahnhof, in dem Frau Oliveira gewohnt hat, eine ähnliche Zeichnung gefunden haben, Herr Luginger? Nur diese hier ist viel konkreter. Die Figur am Kreuz ist deutlich zu erkennen. Ich meine nicht nur Bart und Kleidung, sondern auch die Gesichtszüge. Und einer der Jungs ist genauer gezeichnet als die anderen beiden. Das Fratzenhafte, also das Typische des Oliveira-Stils, ist zwar dominant, aber nichtsdestotrotz: Für mich soll hier jemand erkennbar werden. Und im Zusammenhang mit dem Tatort, also der Kirche in Neufahrn und der Legende von der heiligen Kümmernis, nehme ich an, dass es sich bei dem abgebildeten Jesus um Tony Hager handelt. Wenn dem so ist, könnte der Junge Hansi Pflügler sein.«

»Stopp«, fuhr Luginger dazwischen und rückte wütend seinen Zopf zurecht. »Sie sagen, dass Sie die Zeichnung schon seit Tagen kennen? Und dass Sie sie in Pflüglers Kiste gefunden haben? Und dass Sie davon ausgehen, dass Tony sie gemacht hat und er selbst auf ihr abgebildet ist? Und der junge Typ da kann unser Landrat sein. Korrekt?«

Frau Weibel nickte.

Lugingers Augen hingen auf dem Papier. »Haben Sie Frau Pflügler gefragt, ob das ihr Hansi ist?«

»Nein. Das würde uns nicht helfen. Letztendlich ist die Zeichnung Kunst, und ihre Deutung bleibt uns überlassen. Würde Frau Pflügler sagen, ja, das ist mein Mann, hätten wir nur ihre Interpretation des Dargestellten. Sagt sie Nein, heißt das auch nicht, dass sie richtigliegt.«

»Und mit so was rücken Sie jetzt raus. Sie haben vielleicht Nerven.«

»Wenn Sie glauben, ich mache das zu meinem Vergnügen, irren Sie sich. Ihre Mutter war heute Mittag mit Ihnen und Herrn Brettmann bei Frau Pawlak. Und weil ich das weiß, können es auch andere wissen. Und wenn ich mich frage, warum Ihre Mutter das tut …«

»Passt schon«, sagte Luginger. »Eins und eins können wir auch noch zusammenzählen.«

»Tony am Kreuz«, flüsterte Anna. »Die haben ihn an ein Kreuz gebunden. In Neufahrn, an der Kirch. Und Tony hat das nachgezeichnet, jetzt, als er hier war.«

»So kann es gewesen sein, Frau Luginger. Herr Rieber hat mir von einem Gerücht erzählt. Und wenn es zutrifft, wäre Herr Pflügler erpressbar gewesen. Sehr sogar.«

»Erpressbar war er doch längst«, sagte Luginger. »São Paulo, sein Puffbesuch, das reicht allemal.«

Frau Weibel nickte. »Ja, vielleicht. Was mir aber Herr Rieber erzählt hat, nachdem ich ihm die Zeichnung gezeigt habe, macht die Sache komplizierter. Während eines Ministrantenausflugs nach Neufahrn soll Tony Hager ausgezogen, verkleidet und an ein Holzkreuz gebunden worden sein. Die Leitung dieser boshaften Aktion oblag Hansi Pflügler. Er soll sie auch mit Fotos dokumentiert haben, Fotos, die dann von Pfarrer Domscheidt, der die verrückten Jungs erwischt hat, einkassiert wurden. Herr Rieber kann aber nicht sagen, wo die Fotos hingekommen sind. Wurden sie vernichtet? Hat sie der Herr Pfarrer aufbewahrt? Riebers Verhältnis zu Herrn Domscheidt war seit der Missbrauchsbeschuldigung so schlecht, dass er den Wahrheitsgehalt der Geschichte nicht mehr klären konnte. Langer Rede kurzer Sinn: Wer hat von der Aktion gewusst? Ich meine, außer den Beteiligten Tony Hager und Hansi Pflügler, die tot sind, und zwei anderen Jungs, deren Namen Herr Rieber nur vermutet. Die Namen helfen uns aktuell aber auch nicht weiter. Der eine ist verstorben, der andere hat ausgesagt, von einer solchen abgrundtiefen Gemeinheit nichts zu wissen. Zudem hat er für die Tatzeit ein sehr gutes Alibi. Wir haben das überprüft, um auszuschließen, dass ein weiterer Beteiligter oder Mitwisser der Kreuzigungsgeschichte in den Mord an Herrn Pflügler involviert ist. Bleiben der ehemalige Pfarrer, sehr alt und schwer krank, Herr Rieber, der nicht dabei gewesen ist, und Frau Pawlak, die als Haushälterin durchaus etwas gewusst haben könnte, sich aber in Schweigen hüllt.«

»Heilige Scheiße«, schimpfte Luginger. »Das wird ja immer schlimmer. Und andere Mitwisser soll es nicht gegeben haben? So eine Aktion bleibt doch nie und nimmer geheim. Da quatschen alle. Brüsten sich. Gerade unser Hansi wird hinausposaunt haben, was er mit Tony angestellt hat.«

»Das vermute ich auch, Herr Luginger. Wenn die Geschichte Herrn Rieber erreicht hat, dann auch andere. Tja, und damit wären wir wieder bei Ihrer Mutter. Sie ist, soweit wir das wissen, neben Gernot Hager und Hansi Pflügler die einzige, die mit Frau Oliveira Kontakt hatte, seit sie aus Brasilien zurück war. Vier Personen, Herr Luginger, von denen zwei einem Verbrechen zum Opfer gefallen sind. Herr Hager und Ihre Mutter könnten also gefährdet sein, wenn jemand selbst vor Mord nicht zurückschreckt, um zu verhindern, dass ihn seine Vergangenheit einholt.«

»Dann müsst aber bekannt sein, dass Tony meine Mutter kurz vor seinem Tod angerufen hat. Wer soll das denn wissen?«

»Richtig. Nur, was ist, wenn Frau Oliveira doch mit jemand anderem gesprochen hat? Mit Herrn Pflügler zum Beispiel? Und könnte dabei nicht das Telefonat zwischen Ihrer Mutter und Frau Oliveira erwähnt worden sein?«

»Pflügler ist tot«, sagte Luginger.

»Wohl wahr«, erwiderte Frau Weibel. »Wir wissen aber nicht, wer ihn umgebracht hat und mit wem er was vor seinem Ende noch zu besprechen hatte. Verstehen Sie, es gibt einfach zu viele Lücken, um ausschließen zu können, dass Ihre Mutter nach menschlichem Ermessen nicht gefährdet ist.«

»Quetschen Sie die Pawlak aus, Herrgott noch mal. Die kann doch nicht die Klappe halten, nur weil ihr's passt.«

»Mit Frau Pawlak spreche ich als Zeugin. Ich kann sie nicht zwingen zu reden. Sie ist verstockt, schrullig und sehr eigen, vielleicht auch leicht verwirrt. Aber sie ist nicht tatverdächtig. Sie hat weit und breit kein Motiv.«

Luginger ließ sich aufs Sofa fallen. »Mama, hast verstanden, was Frau Weibel gerad gesagt hat?«

Anna blickte zu Resi, die schon seit Minuten mit beiden Händen vorm Gesicht neben ihr auf einem Küchenstuhl kauerte. Dann sagte sie an Frau Weibel gewandt: »Sie müssen auf Gernot aufpassen. Dem darf nix passieren.«

»Herr Hager scheint mir weniger gefährdet als Sie, Frau Luginger. Er saß mehr als eine Woche in Untersuchungshaft. Der Täter oder die Täterin muss davon ausgehen, dass er uns was erzählt hätte, wenn es was zu erzählen gab. Wissen Sie, die alten Geschichten als Motiv entlasten ihn. 1966 war er gerade mal zwei Jahre alt.«

»Nix hat Tony erzählt. Nie. Kein Wort.« Anna saß jetzt aufrecht in ihrem Sessel. »Dass er so hat leiden müssen. In so einem Gewand am Kreuz, und alle haben gelacht.«

Luginger fischte seinen Tabak aus der Hosentasche. »Warum hast Tony vom Pfarrer abgeholt, Mama? Konnt er nicht allein heimgehen?«

»Angst hat er gehabt, Bub. Dass er schikaniert wird, dass ihm aufgelauert wird. Hörst ja, wie richtig das war.«

»Und da hast dich gekümmert?«

Anna nickte.

»Nicht seine Eltern, nein, du?«

»Die konnten doch nicht weg. Die Arbeit im Hotel, verstehst.«

»Und hast nicht gespannt, dass es andere Gründe hätt geben können, wenn er so zu war und nix gesagt hat? Also außer den Schikanen, mein ich.«

Anna schüttelte den Kopf. Tränen rannen ihre Wangen runter.

»Es muss doch Gerüchte gegeben haben, Mama? Bei uns wird getratscht. Das war früher nicht anders. Der Domscheidt, ein Fummler, ein Grabscher, der sich an Buben ranmacht.«

»Über so was wurd nix gesagt, nie. Das hätt niemand erzählt. Ein Pfarrer, Bub, ein Pfarrer, das war ein Wichtiger, ein anerkannter Mann. Wie der Bürgermeister.«

»Aber die Sauerei mit Tony am Kreuz. Das war doch ein Hammer.«

»Wenn Domscheidt die Buben erwischt hat, haben die den Mund gehalten. Die haben nix gesagt, mit so was wärst damals erledigt gewesen.«

Luginger marschierte zur Anrichte. Eine Flasche Williams und vier Gläser fanden den Weg auf den Couchtisch. Er schenkte randvoll.

»Runter damit.«

Luginger sah die Polizistin ihren Obstler wegkippen wie nix.

Anna nippte nur. Ihre Hände zitterten.

Luginger reichte ihr eine Zigarette.

»Rache«, flüsterte Resi.

»Möglich«, erwiderte Frau Weibel. »Nur ist die, die einen Grund zur Rache gehabt hätte, vom Parkdeck gestürzt. Und ihr Bruder, wäre ja auch eine Möglichkeit, saß im Gefängnis. Frau Luginger, hat Frau Oliveira während ihres Telefonats mit Ihnen vor zweieinhalb Wochen nicht doch eine Andeutung gemacht, die uns weiterhelfen könnte?«

Anna schüttelte den Kopf. Nachdem sie an ihrer Zigarette gezogen hatte, sagte sie halblaut: »Ich hätt was wissen können, aber ich hab nix sehen wollen. Tony hat nie was erzählt, wenn er vom Pfarrer kam, obwohl ich ihn oft gefragt hab, was er denn gemacht hat. Nix geredt hat er, und das hat mehr gesagt, als alle Worte hätten sagen können. Heut seh ich das, damals hab ich nix gesehen. Nix. Die Gertrud hat's vielleicht gewusst. Deshalb wollt sie sich umbringen und den Tony gleich mitnehmen. Ja, die Gertrud wird's gespürt haben. Als Mutter merkst doch so was. Wenn dein Kind so unglücklich ist, weil ein anderer es anpackt.«

Resi schluckte schwer. Luginger schenkte Obstler nach, und die Kommissarin drückte Annas Hand.

Wenig später verabschiedete sich Frau Weibel. »Seien Sie vorsichtig, Frau Luginger. Mir ist nicht wohl bei der Sache.«

Leichter Schneefall hatte eingesetzt. Luginger trat vor der Haustür seine Kippe aus.

Frau Weibel blickte zum Himmel. »Weiße Weihnachten«, sagte sie. »Wär doch schön.«

»Gibt Wichtigeres«, knurrte Luginger.

»Stimmt«, sagte Frau Weibel. »Passen Sie auf Ihre Mutter auf.«

Während die Polizistin einen Schneeball formte, fiel Luginger Brettmanns Rieber-Verdacht wieder ein. »Und wenn Rieber auch ein Motiv haben könnte, die Vergangenheit nicht hochkochen zu lassen? Ich meine, warum sollte er nicht mit dem einen oder anderen Mädchen was gehabt haben? Er sah gut aus, war nicht so verstaubt, moderner halt. Und Tony oder Pflügler haben davon gewusst.«

Der Schneeball flog in Nachbars Garten. »Verrennen Sie sich nicht, Herr Luginger. Nicht jeder Priester hat sich danebenbenommen. Es gab und gibt viele Gute, auch wenn die Enthüllungen der letzten Zeit einen verleiten, das Gegenteil anzunehmen. Ich jedenfalls sehe keinen Anlass, an der Integrität von Herrn Rieber zu zweifeln, und ich halte es für sehr wahrscheinlich, dass Frau Pawlak ihre Chefetage weniger mit schönen Lippenbekenntnissen zur moralischen Sauberkeit ihres geliebten Pfarrers gefüttert hat als mit erfundenen Geschichten zur Fehlbarkeit des Kaplans. Denunziationskreisel. Wie du mir, so ich dir.«

»Die Welt ist schlecht«, grummelte Luginger

Frau Weibel knöpfte ihren Mantel zu.

»Sind Sie mit den K.-o.-Tropfen weitergekommen? Brettmann glaubt, ein Großneffe der Pawlak könnte da seine Finger im Spiel haben.«

»Es ist spät, Herr Luginger. Lassen Sie es gut sein.« Mit einem leisen Klick öffnete sich ihr Dienstwagen. »Schlafen Sie gut. Und erinnern Sie Ihre Mutter daran, dass sie nicht auch noch an Weihnachten unsere Arbeit machen muss. Ihr Observierungsversuch heute war etwas stümperhaft. Frohes Fest.«

* * *

Das Erste, was Luginger sah, als er seine Wohnungstür öffnete, war die Whiskeyflasche. Daneben stand ein leeres Glas. Barbara kauerte im Bastsessel unterm Fenster.

»Was machst du hier, Mädchen?«

Barbara winkte. »Ich warte.«

»Bescherung ist aber erst morgen.«

»Das ist gut, Franz. Bescherung. Oha, bescherst du mich?«

»Ist spät geworden, Barbara. Ist halt so.«

»Keine Frage. Spät wie immer.«

Luginger wollte die Flasche ins Regal stellen.

»Lass stehen, Bübchen. Ich nehm noch einen. Oder zwei, je nachdem.«

Luginger ahnte, was kommen würde. Barbara war in Stimmung. Und wenn sie in Stimmung war, gab's was auf die Ohren.

»Hörst du das?«, fragte sie.

Luginger stutzte. Barbara spitzte die Ohren.

»Schön, nicht?«

Luginger hörte Eindeutiges durch dünnes Mauerwerk.

»Sex, Franz. Da haben zwei Erdenkinder Sex.«

Luginger nickte. Sammys Mäuschen war also dageblieben.

Barbara tänzelte auf ihn zu. »Hose runter, Bübchen. Bescherung!«

Luginger stöhnte. »Heute war der Bär los, Mädchen.«

Barbara öffnete seinen Gürtel. »Schuhe kannst du anlassen.«

Luginger roch ihre Whiskeyfahne.

Barbara lachte. »Seit einer Stunde geht das so. Sammy ist gut in Form. Also eine unbefleckte Empfängnis gibt's nicht da drüben.« Sie horchte. »Dein Koch gibt sein Bestes, Franz. Die Kleine ist bestimmt schon gekommen.«

Luginger blickte zur Flasche. »Hast ganz schön was weggekippt.«

Barbara schenkte nach. »Vier Doppelte. Und jetzt noch einen.«

Luginger sprach ein stilles Gebet. Nur keine Lustschreie. Jetzt noch spitze Mädchenglückstöne, und er konnte einpacken.

»Tut mir leid, Mädchen. War bei Anna. Brettmann war auch hier. Dann die Weibel. Nervereien ohne Ende.«

Das Mäuschen schrie.

»Besser als Porno, Franz. Macht dich das an?« Barbara fuhr sich durchs Haar und drehte eine Pirouette.

»Seit wann bist denn da?«

»Steh nicht so steif, Bübchen. Die Hüfte ist wichtig. Ganz locker aus der Hüfte. Geschmeidig aus der Hüfte. Sammy kann das.« Barbara kreiselte.

»Sammy kann immer«, brummte Luginger.

»Ja«, flötete Barbara. »Sammy ist Leuterdings bester Stecher.«

Luginger grinste gequält. »Wo soll das hinführen?«

»Du bist ein Mann, oder? Und ich bin betrunken. Wir sind sogar ein Paar. Seit mehr als zehn Jahren ein Paar.«

Nicht aus der Rolle fallen, dachte Luginger. Spielregeln sind Spielregeln. Also küssen. Würde er sie nicht küssen, könnte sie ihm nicht zu verstehen geben, dass sie hier und jetzt nicht geküsst werden wollte. Schon gar nicht von ihm, schon gar nicht von einem Typen, der sich für jeden den Arsch aufriss, nur nicht für sie.

Luginger küsste. Barbara küsste zurück. Danach vertrucksstes Lächeln, dann Schmollmund, dann los: »Ich weiß genau, auf was du wartest, Franz. Bin ja nicht blöd. Und ich weiß genau, warum du mich geküsst hast, obwohl du mich gar nicht küssen wolltest. Ich schmeck das, Franz. Und ich seh es in deinen Augen.« Sie knallte ihr leeres Glas auf den Tisch. »Du redest mit Gott und der Welt, nur nicht mit mir. Du hängst bei deiner Mutter rum, rennst zu einer Dani und quatschst mit Tussis, die Weibel und Hilgard heißen. Sammy hat's mir erzählt. Du bist nur unterwegs. Jeder ist dir wichtig, Franz. Jeder! Nur ich nicht. Ich komm hierher, dachte, Überraschung, ist ja bald Weihnachten, und wen treff ich? Sammy mit so 'nem jungen Tittenwunder. Ist richtig scheiße gelaufen. Zwei Verliebte, die es gar nicht abwarten können, dass die blöde Kuh verschwindet. Die blöde Kuh stört nämlich. Also geht die blöde Kuh nach oben und wartet. Ergebnis: Überraschung geglückt. Volltreffer! Freundin mit Whiskeyfahne macht einen auf rattenscharf, obwohl rattenscharf längst abgefrühstückt ist.«

Luginger füllte Wasser in ein Glas. »Ist scheiße gelaufen. Weiß ich selbst.« Wasser wollte sie keins.

Das Mäuschen lachte glockenhell.

Barbara öffnete ein Fenster.

Luginger beobachtete, wie sie sich hinauslehnte und mit den Füßen aufstampfte.

Um drei in der Früh war er immer noch wach. Barbara war längst weg, Sammy und seine Freundin hatten nach kurzer Musik- und Kiffsession endlich Ruhe gegeben, aber an Schlaf war nicht zu denken gewesen. Barbara, da lief was aus dem Ruder! Ohne Aufmerksamkeit geht's nicht, Franz. Selbst wenn du glaubst, alles fliegt dir um die Ohren, selbst dann, ein Anruf, ein nettes Wort, es ist doch so einfach. Im Mantel hatte sie in der Wohnungstür gestanden, war sich mit ihren langen Fingern durchs Haar gefahren und hatte mehr auf den Boden als in sein Gesicht gesehen. Weihnachten lassen wir ausfallen, ist besser so, ich meine, du regelst deinen Kram, deine Mutter, Weibel, Pawlak und so, und ich schau Yul Brunner, Steve McQueen und Horst Buchholz. *Die glorreichen Sieben,* warum nicht? Die einen unterm Baum, ich vor der Glotze. Am ersten Feiertag miet ich mir dann was Callboymäßiges, was Junges, Kickboxer vielleicht oder Schauspieler oder Koch, wir gehen ins Kino, *Ice Age* die Hundertste, später Cocktails, Pianomusik und nettes Geplauder.

Luginger wälzte sich von einer Seite auf die andere. *Die glorreichen Sieben* und Männer mieten. Er musste was tun. Dringend. Am besten gleich morgen. Blumen und Lindt Sprüngli waren zu wenig. Kochen war schon besser. Rumpsteaks mit Burgunderschaum oder Gänsebrust in Orangen-Metaxa-Sauce. Dazu gefüllte Avocados und eine Mousse au chocolat, die sich gewaschen hat. Bei Faulhuber würde er eine Flasche Wein abstauben, das Handy ausstellen und die alten Leuterdinger Schweinereien vergessen. Barbara und er, in ihrer kleinen Wohnung, im Hintergrund Genesis oder die Doors, draußen Glockengeläut.

Über Nacht hatte es viel geschneit. Luginger war's egal. Zu wenig Schlaf und zu viele Sorgen hatten sein Hirn vernebelt, als er in der Morgendämmerung endlich aufstand und aus dem Fenster schaute. Auf dem Weg in den Gastraum hörte er vertraute Geräusche. Kaffeemaschine, Tassengeklapper, Kühlschranktür. Dazu Elton John und *Rocket Man*.

»Was ist mit dir los?«, fragte Luginger.

»Und selbst?«, kam es zurück.

»Viel um die Ohren.«

»Verstehe.«

»Was verstehst du?«

»Frauen, alte und junge.«

»Gut zusammengefasst.«

»Espresso, doppelt, mit viel Zucker?«

Luginger nickte.

»Schläft die Kleine noch?«

Sammy nickte.

»War a bisserl laut heut Nacht.«

»Entweder du hast Sex, oder du hast keinen.«

Luginger nickte erneut. »Hast Schlafstörungen?«

»Das Gras war scheiße.«

»Die Kleine steckt's weg.«

Sammy schob ein Tässchen über den Tresen. Sir Elton hatte zu Ende musiziert. Der Wetterbericht versprach Tauwetter und Regen. Später sollte es dann frieren.

»Die Kleine heißt Laura, Franz. Ab jetzt hat sie einen Namen, auch für dich.«

»Wann ist Barbara denn gekommen?«

»Gestern?«

»Wann sonst?«

»Gleich nachdem du weg warst.«

»Und dann hat sie sich gelangweilt?«

»Ich hab ihr gesagt, dass du zu Anna bist. Und dass du ständig unterwegs warst.«

»Warum ist sie nicht heim?«

»Ihr ging's nicht gut. Glaub ich wenigstens. Hatte schlechte Laune.«

Sammy öffnete eine Packung Butterkeks. Luginger drehte sich eine.

»Wir machen heut Abend um neun auf.«

Luginger schlürfte Kaffee. »Wer hat das denn beschlossen?«

»Faulhuber.«

»Bernie?«

»Erstens wegen Gernot und zweitens wegen ihm. Seine Töchter kommen nämlich an Weihnachten auch nicht nach Haus.«

»Moni?«, fragte Luginger.

»Ist bei ihrem Neuen. Er liebt Weihnachten, und seine Kinder kommen heut Abend mal wieder.«

»Heiliger Strohsack«, brummte Luginger, ging zur Tür und schaute auf die Schneedecke vor dem Lokal.

»Das räumt sich von selbst«, rief Sammy. »Fünf Grad sollen es werden. Mittags ist alles weg.«

Schön, dachte Luginger. Wenigstens etwas, das sich von selbst räumt.

Das Telefon läutete. Sammy nahm ab. Luginger hörte nur: »Schön, Frau Luginger, ja, der steht quasi neben mir, frohes Fest, Frau Luginger, und lassen Sie es langsam angehen, ja.«

»Was ist, Mama?«

»Kommst später vorbei?«

»Klar, hab ja sonst nichts zu tun.«

»Resi hat einen Baum gekauft. Also vorhin. Ihr Bruder hat ihn gebracht. Müsst halt noch aufgestellt werden.«

»Mach ich, Mama, wie gesagt, ich langweil mich eh.«

»Kochst was, Bub?«

»Noch was, Mama! Glaubst wirklich, ich hätt nix Besseres zu tun, als deinen Kram zu erledigen.« Luginger war laut geworden. »Gestern scheuchst mich nach Ebersberg, dein Brettmann raubt mir den letzten Nerv, nachts hast die Kripo zu Besuch, und heut brauchst mich als Koch.«

»Was stellst dich so an? Wirst doch am Heiligabend deiner Mutter was zum Essen machen können.«

Luginger sah, wie Sammy grinsend die Hände zum Himmel hob und voller Mitgefühl ein Kreuz in die Luft malte.

»Bis später, Mama, ja. Ich bring Pizza mit.«

Laura-Mäuschen war aufgetaucht und checkte ihr Smartphone. »Also, Schnee hat's überall, Sam. Lass uns morgen zur Firstalm fahren und dann mit dem Schlitten runter.«

Luginger stutzte. »Sam« hatte er noch nie gehört.

Laura-Mäuschens Finger sausten über das Display. »Sam, die Bahn geht um 7:04 ab Hauptbahnhof. Dann sind wir spätestens um neun am Parkplatz.«

Sammy nahm noch einen Keks.

»Wir können aber auch einen Zug später nehmen. Die Firstalm macht erst um zehn auf.«

Sein Koch kaute. Luginger grinste.

»Sam, sechsundzwanzig Euro mit dem Bayernticket, die Schlitten kosten nur vier.«

Laura-Mäuschen schien zufrieden. Ihre Hände krabbelten unter Sammys T-Shirt. Sie stellte sich auf die Zehenspitzen und spitzte die Lippen.

Als Luginger in seiner Wohnung Geschenkpapier gefunden hatte, hörte er unten Polterers Stimme. Vor ihm lagen Weihnachtsgeschenke, die er vor Monaten gekauft hatte: Radlerhose, Bikini und Sitzkissen für Gartenstühle. Luginger schenkte antizyklisch. Im Winter gab's was Sommerliches und im Sommer Russenmützen. Sammy, Moni und Anna bekamen was, Barbara wollte nichts. Ja nicht, Franz, hatte sie schon zu Beginn ihrer Beziehung gesagt, lass es, die Schenkerei macht mich ganz ramdösig. Für Barbara war Weihnachten ein Relikt vergangener Zeiten, das nur weiterlebte, weil ganze Wirtschaftszweige den Kaufrausch zum Überleben brauchten.

Polterer raste die Treppen hoch. Ohne anzuklopfen, riss er die Tür auf.

»Wo ist Ihre Mutter?«

Bügelfalte streng, Krawatte streng, Frisur streng.

»Im Sessel, nehm ich an.«

»Wann haben Sie sie zuletzt gesehen?«

»Gegen zwei.«

»Sammy hatte Pizza für sie gemacht. Stimmt das?«

»Hören Sie mal, ist was oder was?«

»Ihre Mutter ist nicht zu Hause.«

»Na und?«

»Frau Pawlak ist auch nicht zu Hause.«

Luginger dämmerte es. Weibels Warnung von gestern Nacht. Dass Anna gefährdet sein könnte.

»Und weiter.«

»Die Erdinger Kollegen haben heute Morgen die Wohnung von Frau Pawlak durchsucht und Hinweise gefunden, die den Verdacht erhärten, Frau Pawlak könnte in den Mord an Herrn Pflügler verstrickt sein.«

»Das klang gestern aber noch ganz anders, Herr Polterer.«

»Wir können nicht ausschließen, dass Frau Pawlak Ihre Mutter bedroht. Es ist nämlich nicht auszuschließen, dass Frau Pawlak glaubt, die ermordete Frau Oliveira habe vor ihrem Tod Ihrer Mutter über ihre unglückliche Rolle berichtet. Ebenso wenig können wir ausschließen, dass Frau Pawlak Ihre Mutter entführt hat.«

»Haben Sie einen Sprachkurs gemacht, Mann? Wir können nicht ausschließen, wir können nicht ausschließen! Jetzt reden Sie mal Klartext.«

»Ermittlungsergebnisse gehen Sie nichts an, Herr Luginger. Sagen Sie mir nur, wo Ihre Mutter ist.«

»Zu Hause, bei Brettmann oder bei Resi.«

Luginger telefonierte. Fehlanzeige. Dann griff er nach seiner Jacke und rannte nach unten.

* * *

Annas Haus im Drachenweg war leer. Ihr Mantel hing nicht an der Garderobe. Der Küchentisch war aufgeräumt. Teller, Tassen und Besteck steckten sortiert in der Spülmaschine. Luginger lief nach oben. Nichts. Drei leere Zimmer, die Tür zum Bad war offen.

»Kommen Sie her, Herr Luginger«, rief Polterer. »Geht Ihre Mutter zum Gottesdienst?«

Luginger sah die aufgeschlagenen Gemeindenachrichten auf dem Wohnzimmertisch liegen. Polterers Finger zeigte auf die heutigen Messezeiten. 15:30 Uhr Kindermette mit Krippenspiel in der Kirche Maria Königin.

Lugingers Handy klingelte.

»Haben Sie Ihre Mutter gefunden?«, fragte Frau Weibel.

»Nein.«

»Irgendeine Ahnung, wo sie sein könnte?«

»Kollege Polterer hält es für möglich, dass sie zur Kirche ist. Glaub ich aber nicht.«

»Was glauben Sie denn?«

»Dass hier was schräg läuft.«

»Kirche ist gut, Herr Luginger. Suchen Sie sie dort. Frau Pawlak ist aktive Katholikin, sie geht heute bestimmt zur Messe.«

»Sie meinen, Frau Pawlak und meine Mutter knien irgendwo rum und beten?«

»Ist doch möglich. Wenn Sie von Ihrer Mutter was gehört haben, geben Sie mir auf der Stelle Bescheid, ja.«

»Und Sie? Was machen Sie?«

»Noch eins: Vertrauen Sie Herrn Polterer. Er ist ein guter Polizist.«

Frau Weibel hatte aufgelegt.

Luginger riss die Seite mit den Gottesdienstzeiten aus den Gemeindenachrichten und schob Polterer aus dem Haus. »Los, wir müssen.« Ein Blick zur Uhr verriet, dass sie keine Zeit zu verlieren hatten.

»Brunnenstraße?«, fragte Polterer.

»Aber dalli«, antwortete Luginger.

* * *

Gesang, Orgelmusik, parkende Autos in der zweiten Reihe. Luginger lief durch Schneematsch zum Eingang und öffnete eine schwere Kirchentür. Durch den Mittelgang flanierten Familien nach draußen. Die Messe war vorbei. Er spürte, dass er zu spät war. Nie und nimmer würden Anna und die Pawlak ihm hier in die Arme laufen. Weitere Kirchgänger drängten zur Tür.

Plötzlich stand Faulhuber neben ihm. Dahinter Gernot.

»Die Lugingers suchen Gottes Nähe«, frotzelte Faulhuber und reichte Luginger die Hand.

»Was macht ihr denn hier?«

»Krippenspiel ist okay«, sagte Gernot.

»Habt ihr meine Mutter gesehen?«

»Klar. Drei oder vier Bänke vor uns«, erwiderte Faulhuber.

»Und wo ist sie jetzt?«

»Keine Ahnung, Franz. Sie ist schon früher gegangen. War bestimmt zu viel für sie.«

»Allein kann sie doch nicht hier gewesen sein«, sagte Luginger.

»War sie auch nicht. Eine Frau hat sie begleitet. Kenn ich aber nicht. Etwas jünger als Anna, aber auch schon weit über siebzig.«

»Hast dich nicht gewundert?«

»An Weihnachten wundert mich gar nichts, mein Lieber. An Weihnachten äußert sogar Gernot den Wunsch, für ein, zwei Stunden seinen Glauben leben zu dürfen.«

Luginger schaute zur Uhr. »Viertel vor fünf. Wann sind die raus?«

»Zwanzig Minuten würde ich sagen.«

»Scheiße. Himmelherrgottsakrament noch eins.«

»Na, na, na«, flüsterte Gernot.

»Ist was?«, fragte Faulhuber. »Darf deine Mutter nicht mehr in die Kirche gehen? Wo kommst du eigentlich her?«

Luginger marschierte Richtung Streifenwagen. Faulhuber folgte.

»Der Pflügler-Mord, Bernie. Mama hängt da irgendwie drin.«

»Anna! Wie das denn?«

»Ist 'ne lange Geschichte. Erzähl ich später mal. Wie sah die andere Alte denn aus?«

»Klein, bucklig, Mütze, Mantel, dünn, vermut ich mal.«

»Passt ja.«

»Was passt ja?«

»Deine Beschreibung. Könnte die Pawlak sein.«

Luginger hörte Polterer hupen. »Ich muss, Bernie. Wir sehen uns.«

* * *

Polterer gab Gas. Wasser spritzte. Fußgänger hüpften. Luginger berichtete in Kurzform. Polterer bog rechts in den Hasenweg.

»Wo geht's hin?«

»Wir treffen Kriminalhauptkommissarin Weibel bei der Marienfigur am Waldeingang.«

»Wollen Sie einen Rosenkranz beten? Bei dem Wetter. Haben Sie Gummistiefel dabei?«

Polterer ging vom Gas. »Die Erdinger Kollegen warten auf uns.«

»Ihre Kollegen sind mir wurscht, Mann. Wir müssen meine Mutter finden und keinen beschissenen Spaziergang machen.«

Polterer nickte, parkte und schaltete das Licht aus.

Luginger trat in eine Pfütze.

»Herrgott, hier braucht's ja Schwimmreifen. Und sehen tut auch niemand was.«

Polterer öffnete den Kofferraum. Luginger entdeckte knallgelbe Gummistiefel. Während der Polizist Schuhe wechselte, fragte Luginger: »Sagen Sie mal, wie krank ist Domscheidt eigentlich? Ist er echt so weggetreten, wie ich gehört hab, oder geht da noch was?«

»Da geht nichts mehr, Herr Luginger. So möchten Sie Ihre letzten Tage nicht verbringen, glauben Sie mir.«

»Ihr Vater ist aber noch gut beieinander, oder?«

»Dem geht's prima.«

»Wie alt ist er jetzt?«

»Neunundsiebzig.«

»Sein Gedächtnis jedenfalls ist top. Brettmann hat mir erzählt, dass er sich noch bestens an die Zeit erinnert, als die Pawlak bei Ihnen im Haus gewohnt hat.«

»Was ganz früher war, hat er drauf wie nix. Aber was heut oder gestern gewesen ist, na ja, da wird's manchmal schwierig.«

»Also, dass meine Mutter Tony öfter vom Pfarrer abgeholt hat, weiß er noch. Die Weibel war gestern Abend bei uns im Drachenweg und hat mit meiner Mutter geredet. Wegen Tony und wer ihn schikaniert hat und was sie wissen könnt.«

Polterer testete seine Stablampe. »Auf was wollen Sie hinaus, Herr Luginger?«

»Das Gerücht, dass Pflügler mit ein paar Kumpels Tony ans Kreuz gebunden und dann fotografiert hat, ist da was dran?«

»Gehen wir«, sagte Polterer und leuchtete Richtung Wald.

Während der Polizist vorneweg lief, sprang Luginger über Pfützen und umkurvte Seen, die der getaute Schnee auf dem Feldweg hinterlassen hatte.

»Warm ist's«, rief Polterer.

»Wie auf Mallorca«, erwiderte Luginger.

»Bestimmt fünf Grad«, sagte Polterer. »Später soll's aber einen Kälteeinbruch geben.«

»Also, was ist jetzt mit dem Gerücht?« Luginger brauchte kein Wetterpalaver.

»Frau Weibel hat meinen Vater natürlich danach gefragt«, sagte Polterer, nachdem er sich versichert hatte, dass Luginger nah genug hinter ihm war, um nicht schreien zu müssen. »Er ist sich aber sicher, dass das keine große Sache war im Ort. Das Gerücht hätt's gegeben, aber so schnell, wie's aufgekommen sei, sei's auch wieder verschwunden.«

»Komisch, das hätt doch einen Skandal geben müssen.«

»Eben deshalb. Niemand wollte einen Skandal. Die Pflüglers

nicht, die Hagers nicht und unser Pfarrer auch nicht. Die Pflüglers hatten schon damals Einfluss bei uns, Sie wissen ja, denen gehörte seit jeher viel Land; also, mein Vater vermutet, dass sie sich auf die Hinterbeine gestellt haben, um die Sache aus der Welt zu schaffen. Die hätten auch die Hagers unter Druck gesetzt, wenn's nötig gewesen wäre. Das Hotel und die Küche schlechtmachen, Gäste vergraulen. Der Vater vom Hansi war ja in zig Vereinen. Was glauben Sie, wenn der losgelegt hätte. Beim Hager hätte niemand mehr sein Bier getrunken.«

»Und Domscheidt war schwer angeschossen«, ergänzte Luginger, während er versuchte, mit Polterer Schritt zu halten.

»Klar, der wird klein wie 'ne Kirchenmaus gewesen sein. Zuerst die Missbrauchsanschuldigungen und dann seine Ministranten, die so eine Sauerei durchziehen.«

»Verstehe«, rief Luginger. »Deckel drauf und Schluss.«

»Genau«, sagte Polterer. »Das meint auch Ihre Mutter. Sie hat meinen Vater angerufen. Gestern, glaub ich.«

Mamas Tatendrang, dachte Luginger. Logisch, dass sie mit dem Alten gesprochen hatte. »Was haben die denn sonst noch gequatscht?«

Polterer stoppte. »Keine Ahnung. Da vorne ist es.«

Luginger schaute auf seine Schuhe. »Warum tun wir, was wir tun?«, fragte er.

»Weil wir Briefe in Frau Pawlaks Wohnung gefunden haben, aus denen hervorgeht, dass sie sich regelmäßig mit Pfarrer Domscheidt an der Marienfigur getroffen haben muss, nachdem beide nicht mehr in Leuterding gearbeitet haben.«

»Scheiße«, knurrte Luginger. »Die kann ich wegschmeißen.«

»Und weil Frau Weibel vermutet, Frau Pawlak könnte Ihre Mutter hierher mitgenommen haben.«

»Schmarrn. Meine Mutter kann keine zwanzig Meter laufen, ohne hinzufallen. Wir wären schon längst über sie gestolpert.«

In der Ferne sah Luginger eine zweite Lampe leuchten. Ihr Licht kam näher. Sekunden später rannte Frau Weibel an ihnen vorbei, dass es nur so spritzte.

Luginger hörte sie fluchen. »Zu spät oder falsch aufgestellt. Herrgott noch mal, die alten Weiber machen einen fertig.«

An ihrem Auto angekommen, trat sie gegen einen Hinterreifen. »Wie weiter?«, rief sie. »Wie weiter?«

Luginger steckte sich eine an. Dass auch andere Probleme hatten, beruhigte ihn. »Wie viel Zeit lag eigentlich zwischen den Missbrauchsvorwürfen von Hansi Pflügler und der Kreuzigungsscheiße?«, fragte er.

»Guter Mann, nerven Sie nicht rum«, rief Frau Weibel. »Wo steckt Ihre Mutter, verdammt noch mal?«

»Und was haben die Kirchenfürsten gemacht, nachdem sie Bescheid wussten?«

Polterer zog seine Schuhe aus. »Nix haben sie gemacht. Erschrocken werden sie gewesen sein. Schockstarre! Wissen Sie, was mein Vater sagt? Die oben wollen keine Probleme, die wollen Lösungen.«

Ein Handy klingelte. Die Kommissarin kramte in ihrer Handtasche.

»Wie bitte? Herr Meisner, habe ich Sie richtig verstanden?«

Die Kommissarin hustete und brabbelte in einem. Gleichzeitig sah Luginger, wie sich ihre Gesichtszüge entspannten.

»Ihre Mutter ist wohlauf«, sagte sie. »Sie ist nur gestürzt, vor ihrem Haus. Herr Meisner ist bei ihr. Die Nachbarschaft versammelt sich gerade.«

Luginger qualmte und schwieg. »Fahren wir«, sagte er schließlich.

Annas Eingangstür stand offen. Im Haus war Festbeleuchtung. Bevor Luginger die Diele erreicht hatte, hörte er schon die üblichen Stimmen. Brettmann, Resi, Sammy und Laura-Mäuschen schnatterten durcheinander. Frau Brettmann kochte Tee. Anna saß in ihrem Sessel. Resi zog ihr Socken über eine Strumpfhose, die frisch und trocken aussah.

Lugingers Laune hätte besser sein können. »Mama, kannst mir mal erklären, was das für ein Ausflug war? Ich latsch mir die Füß nass, nur weil du mit der Pawlak in die Kirch abhaust.«

Frau Brettmann stellte die Teekanne auf den Tisch. Herr Meisner schenkte ein, und Sammy fummelte eine Lichterkette über einen Christbaum, den Luginger am Nachmittag aufgestellt hatte.

»Stehen Sie doch nicht so rum.« Resi rückte Stühle.

»Wenn jemand Hunger hat, ich kann Lachs holen«, ergänzte Frau Brettmann. »Ist genug da. Dazu frisches Brot und hausgemachter Sahne-Meerrettich.«

»Super, echt geil«, jubelte Laura-Mäuschen.

Frau Weibel flüsterte Polterer viele Worte ins Ohr. Der Polizist grinste. Herr Meisner schrieb in sein Handy, und Luginger spürte, wie Anna Trubel und Aufmerksamkeit genoss. Heiligabend, und die Bude war voll. Nix da mit Stille und Alleinsein und Gedankennachhängen. Stattdessen Rambazamba und alle Augen auf sie gerichtet, weil sie was wusste, was außer ihr niemand wissen konnte.

Lässig zupfte sie an ihrem frischen Wolljäckchen, bis die Kommissarin das Wort an sie richtete.

»Es freut mich, dass es Ihnen gut geht, Frau Luginger. Herr Meisner hat mich wissen lassen, dass Sie gestürzt sind.«

Anna winkte ab. »Hab nur auf der Trepp gesessen, war plötzlich ganz schwach auf den Beinen.«

»Gelegen bist, Mama, vor deinem Haus im Matsch bist gelegen, und wenn deine Hilfstruppen nicht bei Fuß gestanden hätten, würdest jetzt noch da liegen. Kruzifix noch eins, wie alt bist eigentlich? Bist deppert, Mama? Rennst aus dem Haus, und niemand weiß was. Gehst in die Kirch, dabei warst seit deiner Hochzeit nimmer in der Kirch. Und weil die Sach ja auch spannend sein muss, rennst vorm Segen raus und fährst mit der oberdepperten Pawlak durch die Gegend. Wo wart ihr eigentlich? Warum hat dich das bucklige Mistweib vor deinem Haus in den Dreck geschmissen?« Luginger hatte sich in Rage geredet. Die ganze Korona im Drachenweg ging ihm auf die Nerven. Und dann schmiss Laura-Mäuschen auch noch Lamettamengen über die Tanne, dass man glauben musste, das junge Tittenwunder wolle jede Nadel einzeln vergolden.

Völlig unaufgeregt strich sich Anna über Stirn und Wangen.

Herr Meisner zeigte Frau Weibel sein Display. Sie nickte.

»Also, jetzt mal der Reihe nach«, hob sie an. »Frau Pawlak hat sich bei Ihnen gemeldet, Frau Luginger. Am frühen Nachmittag, nachdem Ihr Sohn gegangen war. Es muss ja dringend gewesen sein, an Heiligabend macht man so was ja sonst nicht.«

»Angerufen hat sie und gefragt, ob wir uns treffen können.«

»Warum?«

»Sie war a bisserl durcheinander. Sie hätt was zu besprechen, was Wichtiges, das nur uns zwei angeht.«

»Und dann hat Frau Pawlak Sie abgeholt.«

Anna nickte.

»Und dann sind Sie beide weggefahren. Zur Kirche Maria Königin.«

»Zuerst waren wir hier, vielleicht zehn Minuten, dann sind wir in die Kirch.«

»Worüber haben Sie denn geredet, hier bei Ihnen und später auf dem Weg zum Gottesdienst?«

»Allerhand. Von früher, wie's gekommen ist.«

Herr Meisner reichte seiner Chefin Tee. Frau Weibel rührte lange um. Luginger sah, wie Brettmann an Annas Telefon rumfummelte. Plötzlich hielt er etwas Kleines in die Luft. »Hat nicht funktioniert, tut mir leid.«

Frau Weibel war perplex. »Sie haben Frau Lugingers Telefon angezapft, sehe ich das richtig?«

»Meine Frau war so aufmerksam, mich darauf hinzuweisen, dass Frau Luginger meine Hilfe benötigt. Und über meinen Rechner hätte ein Signal kommen sollen, wenn eine Verbindung aufgebaut wird. Wir wären sogar in der Lage gewesen aufzuzeichnen, was gesprochen wird. Hat aber nicht funktioniert, wie schon gesagt.«

Frau Weibel versuchte es mit »Sie wissen, dass das verboten ist, Herr Dr. Brettmann ...«, ehe sie den Kopf schüttelte, abbrach und Kollege Meisner darauf hinwies, dass das, was vorgefallen war, nicht vorgefallen war.

Laura-Mäuschen hatte ihr Lametta-Interesse verloren. »Ist ja ein Ding, Sie können so was? Telefone anzapfen, mithören und so? Sam, da haben wir doch, was wir suchen. Einen IT-Spezialisten.«

Sammy legte Brettmann seinen Arm um die Schulter. »Meine Freundin würde Sie später gerne mal sprechen.«

Brettmann sagte: »Ich arbeite nur für mich. Und außerdem, Sie haben es ja gesehen, auch noch schlecht.«

»Schluss mit dem Tamtam«, rief Frau Weibel in die Runde. »Frau Luginger, wo können wir uns ungestört unterhalten?«

»Hier.«

»Hier?«

»Freilich.«

»Ich weiß genau, dass Sie wissen, was ich meine, Frau Luginger. Wir beide unterhalten uns ohne Ihren Anhang. Also wo?«

»Wer will, kann zu uns kommen«, sagte Frau Brettmann. »Wie schon gesagt, es gibt zu essen und zu trinken.«

Herr Meisner reichte Frau Weibel sein Handy. »Frau Pawlak ist noch nicht zu Hause. Wäre auch zu schön gewesen.«

»Eine Nachricht?«, fragte Anna.

Die Kommissarin antwortete nicht.

* * *

Als alle gegangen waren und sich auch Luginger auf den Weg machen wollte, bat ihn Frau Weibel zu bleiben. »Bitte unterstützen Sie uns. Mag sein, dass wir so schneller fertig sind. Ihre Mutter hat bestimmt nichts dagegen.«

Während Luginger Zigaretten drehte, den Aschenbecher auf den Tisch stellte und Bierflaschen aus dem Kühlschrank holte, war Herr Meisner nach draußen verschwunden.

»Können wir?«, fragte Frau Weibel.

Luginger schaute zur Uhr. Halb sieben. »Also los, Mama, ich muss gleich rüber. Weißt ja, wir haben nie geschlossen. Und nie ist nie! ’ne lange Geschicht musst auch nicht erzählen. Knapp, klar und ohne Sperenzien. Was wollt die Pawlak von dir?«

Anna beobachtete Frau Weibel, die von ihrem Kollegen einen Briefumschlag entgegennahm.

»Gute Frage, Frau Luginger. Ihr Sohn könnte gleich morgen bei uns anfangen.«

Luginger zündete Kippen an. Anna nahm einen tiefen Zug. Herr Meisner verzog das Gesicht.

»Sie hat unsern Pfarrer verteidigt, auf Teufel komm raus, nachdem der Pflügler Hansi seiner Mutter gesagt hat, er hätt sich an ihm vergriffen. Immer hat sie das gemacht. Und mich besucht hat sie, weil sie wissen wollt, ob Tony zu den alten Geschichten was gesagt hat, bevor er vom Parkdeck gestoßen wurd. Sie hat gedacht, dass er bei mir war.«

»Hat Frau Pawlak gewusst, dass Sie Tony früher häufig vom Pfarrhaus abgeholt haben?«, fragte Frau Weibel.

Anna nickte.

Luginger schenkte Bier ein. »Und später bist im Dreck gelegen, Mama, muss ja nett gewesen sein mit der Pawlak.«

»Ich bin gestürzt, Franz. So war's, nix sonst.«

»Wie hat Frau Pawlak Pfarrer Domscheidt denn verteidigt?«, wollte Frau Weibel wissen.

»Ist doch klar«, sagte Anna. »Hansi hätt gelogen. Nie und nimmer hätt unser Pfarrer den Bub angefasst.«

»Und warum sollte er gelogen haben, Frau Luginger? Wir kennen ja nur die abenteuerliche Geschichte irgendeiner Wette, die Herr Decker Herrn Brettmann erzählt hat. Übrigens hat diese Darstellung sonst noch niemand bestätigt. Auch nicht der Zeuge, der über Herrn Faulhuber zu mir kam.«

»Warum? Eifersüchtig war er, der Hansi. Eifersüchtig auf Tony, weil der beliebter war beim Pfarrer.«

Luginger sah, wie Frau Weibel ihre Stirn in Falten zog. »Eifersüchtig«, sagte sie. »Ist das nicht arg weit hergeholt?«

Anna trank. »Weit hergeholt? Haben Sie Kinder?«

Frau Weibel nickte.

»Na, dann wissen Sie Bescheid. Jedes will das andere übertrumpfen. Wer hat mehr, wer ist besser, so ist's doch.«

Frau Weibel nickte erneut.

»Und Tony war eben der Liebling vom Pfarrer. Und einer wie Hansi konnt das nicht verkraften. Hansi war immer oben, verstehn Sie. Also hat er gesagt, der Pfarrer hätt ihn angefasst. Dabei hat er ihn gar nicht angefasst, sondern Tony. Das war's. Das Anfassen, also die Sauerei, das hat Tony gehabt und nicht der Hansi. Und dadurch war Tony was Besonderes für den Pfarrer und Hansi nicht.«

»Mama, was sagst da? Die Pawlak hat dir wirklich erzählt, dass Domscheidt Tony missbraucht hat?«

Anna rauchte. Frau Weibel rieb sich die Stirn. Herr Meisner täuschte Husten vor.

»Nix hat sie erzählt. Angedeutet hat sie die Sach.«

»Wie kann man so was andeuten, Mama? Ja oder nein?«

»Die Pawlak ist gar nicht so, wie du denkst, Franz.«

»Was gibt's da zu denken? Nix hat sie unternommen, als Domscheidt Tony an die Wäsch ist. Zugeschaut hat sie. Vielleicht hat sie sogar noch mitgemacht, das Mistweib, das dreckige.«

Anna stöhnte.

»Was Sie uns eben erzählt haben, die Eifersucht Hansi Pflüglers als Motiv, das ist doch Ihre Interpretation, Frau Luginger. Richtig? Ich kann mir nicht vorstellen, dass Frau Pawlak das so gesagt haben soll.«

»Ich denk's mir so«, erwiderte Anna. »Die Pawlak hat dazu gar nix gesagt, also warum, die Motive, nix.«

»Das Verhältnis von Tony Hager und Herrn Domscheidt spielt ja eine sehr große Rolle. Können Sie zu den Andeutungen, die Frau Pawlak Ihnen gegenüber gemacht hat, Genaueres sagen?«

»Tony hätt unserem Pfarrer schöne Augen gemacht. Er hätt genau gewusst, wie er auf ihn wirkt. Also verführerisch. Verführerisch, hat die Pawlak gesagt. Genau das Wort hat sie benutzt. Die spinnt. Manchmal, wenn sie so dahergeredt hat, von früher … Also wie sie die Sach so sieht, das versteht keiner.«

»Sie wollen sagen, Frau Pawlak ist der Meinung, nicht Pfarrer Domscheidt hat Tony Hager verführt, sondern umgekehrt, Tony Hager Herrn Domscheidt.«

Während Anna nickte, drückte sie ihre Zigarette aus.

»Identifikation mit dem Angreifer«, rief Herr Meisner.

»Jetzt aber«, brummte Luginger.

»Frau Pawlak identifiziert sich mit Pfarrer Domscheidt, weil der genauso angegriffen wird wie sie. Angriff durch sexuelle Attraktion. Und weder sie noch der Pfarrer dürfen nachgeben. Wissen Sie, in der Psychoanalyse …«

»Danke, Herr Meisner«, unterbrach Frau Weibel. »Das ist sehr lehrreich, das Dumme ist nur, Herr Domscheidt hat nachgegeben. Frau Luginger, hat Ihnen Frau Pawlak erzählt, dass sie gesehen hat, wie sich Herr Domscheidt an Tony Hager vergangen hat?«

»Wo denken Sie hin! Nix Genaues hat sie gesagt. Nur, dass der Herr Pfarrer auch nur ein Mensch ist.«

»Woher wusste Frau Pawlak eigentlich von den Anschuldigungen gegen Pfarrer Domscheidt? Hat er ihr davon erzählt?«

Anna schüttelte den Kopf. »Sie hat gesagt, sie hätt ein Gespräch zwischen Rieber und Frau Pflügler, also der Mutter vom Hansi, mitgehört. Die Mutter wär ein paarmal im Pfarrhaus gewesen.«

Jetzt denkt sie, dachte Luginger, als er sah, wie die Kommissarin mit dem Zeigefinger gegen ihre Lippe tippte.

»Hat Herr Domscheidt denn gewusst, dass die Missbrauchsvorwürfe von Hansi Pflügler kamen?«, fragte Frau Weibel.

»Das hab ich auch wissen wollen, ist ja wichtig, also die Quelle. Die Pawlak hat Nein gesagt. Rieber hätt Frau Pflügler versprochen, erst Namen zu nennen, wenn das Bistum offziell untersuchen würd.«

»Damit ich Ihr Gespräch mit Frau Pawlak besser verstehe, Frau Luginger. Frau Pawlak kommt bei Ihnen an und fragt Sie, ob, und wenn ja, was Ihnen Tony Hager vor seinem Tod erzählt haben könnte. Sie kommen ins Reden, fahren zur Kirche und zwischendrin erzählt Ihnen Frau Pawlak, dass Hansi Pflüglers Missbrauchsvorwürfe gelogen waren und der junge Herr Hager ihren sehr geschätzten Pfarrer verführt hat. Also, darüber haben Sie geredet, bevor sie den Gottesdienst besucht haben?«

»So war's. Und dass Rieber als Kaplan mit jungen Dingern was gehabt hat. Leichte Beute, hat sie gesagt. Leichte Beute hätt er gemacht. Ist ja auch klar. Die Pawlak braucht das. Also Geschichten, die andere schlechtmachen, damit ihr Pfarrer besser dasteht.«

»Da dürften Sie richtig liegen«, sagte Frau Weibel. »Hat sie Namen von Mädchen genannt, also von jungen Dingern, wie Sie sich ausgedrückt haben?«

»Nur einen. Waltraud Schwarzenbeck. Das Madl war die Freundin von Hansi Pflügler, also, als beide so sechzehn waren.«

»Die Freundin von Hansi Pflügler! Und ausgerechnet ihren Namen bringt sie ins Spiel.« Die Kommissarin atmete tief durch. »Also gut. Herr Meisner, merken Sie sich Waltraud Schwarzenbeck bitte. Vielleicht kommen wir auf das Mädchen noch mal zurück.«

»Typisch«, brummte Luginger. »Immer nur Andeutungen, wenn's aber darum geht, dem Rieber eins reinzuwürgen, gibt's plötzlich Namen.«

»Was Herr Rieber getan oder unterlassen hat, ist jetzt nicht von Belang. Mich interessiert vielmehr, ob Frau Pawlak Ihnen geglaubt hat, dass Frau Oliveira nicht bei Ihnen war, Frau Luginger, und es auch sonst keinen Kontakt zwischen Ihnen und Frau Oliveira gegeben hat.«

»Ich hab gesagt, dass Tony nicht hier war. Ob er angerufen hat, wollt sie gar nicht wissen.« Anna rieb sich die Hände. »Wenn ich's recht bedenk, hat sie das nicht mehr interessiert. Also, ob Tony hier war. Ob wir was hätten besprechen können. Wir waren in der Kirch gesessen, und sie hat gebetet. Innig, verstehen Sie, so versunken. Plötzlich hat sie mich am Arm gepackt, die Mess war noch gar nicht aus, und wir sind raus. Wir haben in ihrem Auto gesessen. Geschwiegen hat sie und mich irgendwann gefragt, was ich glauben würd, wer Tony vom Parkdeck gestoßen hat. Ich hab gesagt, Gernot war's nicht, ein Bruder bringt seinen Bruder nicht um, und dass die Polizei das jetzt auch so sehen würd. Dann hat sie mich gefragt, ob Gernot was wissen könnt wegen früher. Wär doch möglich, dass ihm Tony was erzählt hat, als er aus Brasilien zurück war. Die alten Geschichten eben. Die Hänseleien, die Sach mit dem Pfarrer. Ich hab meine Handtasch aufgemacht und ihr die Zeichnung gezeigt, also die, die Sie mir gestern gezeigt haben, mit Tony und den drei Buben vorne, und sie ist furchtbar erschrocken. Sie konnt ihre Händ gar nicht ruhig halten. Als ob sie nicht glauben könnt, was sie sieht. Wo ich die herhätt, hat sie gefragt, und ich hab gesagt, von der Kripo. Die Zeichnung wär von Tony, und sie hätt in Pflüglers Wagen gelegen, also sei's wahrscheinlich, dass die beiden sich getroffen haben und Tony Pflügler die Zeichnung gezeigt hat. Ich hab sie gefragt, ob sie davon was wüsst, also von dem, was Tony da gezeichnet hat, der Junge am Kreuz, das wär er doch selbst, und der Bub ganz vorn, das könnt Hansi sein. Sie hat auf das Papier gestarrt, als ob's sonst nix mehr gibt auf der Welt, und dann hat sie erzählen wollen, gespürt hab ich das, dass sie was auf dem Herzen hat, was sie loswerden muss, aber dann hat ein anderes Auto mit so Krachmusik hinter uns angehalten, die Türen gingen auf, und die Musik hat gewummert, da hat sie den Motor angemacht, und wir sind losgefahren.«

Für einen Augenblick schloss Anna die Augen. Dann schenkte sie mit zittriger Hand Bier nach.

»Mama, ich seh, dass du müd bist. Magst dich hinlegen, die Füß hoch legen und ein paar Minuten abschalten?«

»Geht schon, Bub. Das Knie tut mir weh, der Sturz vorhin, weißt schon, die alten Knochen. Hol mal meine Handtasch. Da ist die Zeichnung drin. Die brauch ich nimmer.«

»Ja, die Zeichnung, die hab ich gestern glatt vergessen«, sagte Frau Weibel, während sie Fotos aus dem Umschlag fingerte, den ihr Herr Meisner gegeben hatte. »So, jetzt hierzu. Ich zeige Ihnen ein paar Bilder. Wir haben sie heute bei Frau Pawlak gefunden. Hat sie Ihnen eigentlich erzählt, dass wir mit einem Durchsuchungsbeschluss in ihrer Wohnung waren? Und dass sie daraufhin einfach verschwunden ist?«

Anna schüttelte den Kopf.

»Dacht ich mir.«

Luginger und seine Mutter betrachteten die Fotos. Tony am Kreuz. Mit langem Rock, Bluse und einem Tuch, das um seine Hüfte gewickelt war. Seine Füße standen auf einem Holzklotz. Die Arme waren mit Seilen festgebunden. Während eine billige Faschingskrone von seinem Kopf zu rutschen drohte, blickte er mit leeren Augen direkt in die Kamera.

Luginger öffnete Annas Tasche und legte Tonys Zeichnung daneben. »Die Fotos wurden mit einer Sofortbildkamera gemacht«, erklärte Frau Weibel unterdessen. »Ihre Qualität ist nach all den Jahren erstaunlich und lässt darauf schließen, dass sie selten angeschaut oder gezeigt wurden. Neben den Fotos, die Sie sehen, gibt es noch weitere, sie sind allerdings stark verwackelt beziehungsweise unscharf. Frau Pawlak hat die Fotos aufbewahrt, seit wann, wissen wir aber nicht.«

»Das Rieber-Gerücht«, sagte Luginger. »Und Tonys Zeichnung erweitert den ganzen Wahnsinn um die drei Dreckskerle, die das damals gemacht haben.«

»Sie hat's mir erzählt«, flüsterte Anna. »Nachdem wir von der

Kirch zum Pfarrhaus gefahren sind. Sie wollt die Zeichnung noch mal sehen. Das Pfarrhaus war was Besonderes für sie, das hab ich gleich gemerkt. Dann hat sie geredet. Dass es einen Ausflug zur Kirch nach Neufahrn gegeben hat, ein sonniger Oktobertag wär's gewesen, sie wär gefahrn, weil der Domscheidt nicht fahrn konnt, sechs Ministranten, der Pfarrer und sie. Das hätt's öfter gegeben, die Wallfahrtskirch wär einer der Lieblingsorte vom Domscheidt gewesen, also sind sie dahin. Zwei der Buben sind später dann von einem Vater abgeholt worden, zum Fußball, und Domscheidt hätt dem Vater alles erzählt, was er gewusst hat über die Legende, ihre Geschicht und über andere Kirchen, in denen die Kümmernis auch verehrt wird. Die Buben wären schon im Auto gesessen, das hätt gedauert, und sie wär neben ihm gestanden, hätt an seinen Lippen gehangen, bis der Vater dann weggefahrn ist. Dann sind sie zurück und haben's gesehen, Tony am Kreuz, Hansi, der fotografiert hat, und die zwei anderen Buben, die nicht mehr gewusst hätten, ob sie lachen oder heulen sollten. Domscheidt wär außer sich geraten und hätt dem Hansi die Kamera abgenommen und die Fotos eingesammelt, die am Boden lagen. Die Pawlak hat gesagt, der Pfarrer hätt Tony gerettet. Er hätt ihn losgebunden und getröstet, also in die Arm genommen. Da hätt sie's wieder gespürt, ganz deutlich, dass Tony und Domscheidt was Besonderes hatten. Hansi wär immer ängstlicher geworden. Auf dem Heimweg hätt Domscheidt dann gesagt, niemand darf was erzählen, es wär eh schon furchtbar genug.« Anna trank ihr Bier aus, zog ein Taschentuch aus ihrem Ärmel und schnäuzte sich. Dann sagte sie knapp: »Was Tony hat mitmachen müssen, nur weil er anders war.«

»Wie konnt das gehn?«, fragte Luginger. »Für ein Kreuz braucht's Holz, für die Maskerade Klamotten. Und woher wussten die miesen Scheißer, dass sie so viel Zeit hatten?«

»Kanthölzer gibt es auf jeder Baustelle«, erklärte Frau Weibel. »Wenn es an der Kirche oder im Umfeld Bauarbeiten gegeben hat, könnte das Holzkreuz auf den Fotos aus solchen Hölzern zusammengebunden oder zusammengenagelt worden sein. Seile und Kleidung hätten die Jungen dabei haben können. In einem Rucksack zum Beispiel. Und wenn sattsam bekannt war, dass Herr Domscheidt jedem die Geschichte der Legende von der Kümmernis in all ihren Einzelheiten erzählt, gleich, ob derjenige sie hören wollte oder nicht, ist das schon denkbar.«

»Und wem gehörte der Fotoapparat?«, fragte Luginger. »Sind Polaroids schon so alt?«

»Rollfilmsofortbildkameras gab es in den sechziger Jahren auf alle Fälle«, antwortete Herr Meisner prompt. »In Amerika wurden sogar Modelle für unter zwanzig Dollar angeboten, also ein durchaus erschwinglicher Preis. Wie die Vertriebssituation in der BRD aussah, ist noch unklar, aber ...«

»Danke, Herr Meisner.« Frau Weibel hatte sanft auf die Tischplatte geklopft.

»Die Kamera hat Hansis Papa gehört«, sagte Anna. »Darüber hat's noch Streit gegeben, weil Hansi die Kamera zurückwollt, Domscheidt sie aber behalten hat. Später hat er sie doch rausgerückt. Die Pawlak hat gesagt, Hansi hätt Domscheidt überzeugt, dass er ohne Kamera nicht heimgehen könnt, weil sein Vater dann fragen würd, wo sie abgeblieben wär. Und schon hätt er lügen müssen, weil die Wahrheit hätt er ja nicht erzählen dürfen, weil der Pfarrer gesagt hat, niemand sagt was.«

»Die Kirche in Neufahrn«, bemerkte Frau Weibel. »Zuerst die Demütigung Tony Hagers und dann der Mord an Landrat Pflügler. Wenn es zwischen den beiden Ereignissen keinen Zusammenhang gibt, fresse ich einen Besen.«

»Ich auch«, sagte Luginger. »Ich auch. Mama, du hast gerad erzählt, dass es noch vier andere Buben gab, die in Neufahrn dabei waren. Also neben Tony und Hansi. Hast nicht wissen wollen, wie die heißen? Die waren doch bestimmt von hier.«

»Klar hab ich gefragt, doch die Pawlak hat nix gesagt. Sie hätt die Namen vergessen. Gelogen war das, schützen wollt sie die Kerle.«

»Zwei der Namen haben wir ja wahrscheinlich schon«, sagte Frau Weibel. »Wenn wir die anderen brauchen, werden wir sie in Erfahrung bringen, glauben Sie mir.«

Luginger zündete sich eine weitere Kippe an. »Ihnen zu glauben, ist nicht ganz einfach«, sagte er. »Vielleicht kennen Sie die Namen schon, sagen aber nichts. Erinnern Sie sich an gestern? Da war die Pawlak nur Zeugin, und heut lassen Sie ihre Bude stürmen. Durchsuchungsbeschluss, den kriegt man nicht einfach. Irgendein Richter muss so was ausstellen. Das heißt aber auch, dass die Pawlak quasi über Nacht zur Tatverdächtigen mutiert ist. Schon komisch, finden Sie nicht?«

»Wir sind gerade sehr gut unterwegs, Herr Luginger. Wir erfahren viel. Wollen Sie stänkern? Passt Ihnen irgendwas nicht?«

»Also, wie war das mit der Pawlak?«

»Wenn Sie es wüssten, würden Sie sich besser fühlen?«

»Besser fühl ich mich erst, wenn alles vorbei ist.«

»Sehen Sie. Können wir also fortfahren? Wie ist denn Ihr Gespräch vor dem Pfarrhaus weitergegangen, Frau Luginger?«

»Ich hab gesagt, dass ich mit Dr. Brettmann einiges rausgekriegt hab. Dass mir das keine Ruh gelassen hat, weil Gernot im Gefängnis war. Dass Dr. Brettmann mit Herrn Decker gesprochen hat, der noch alles wüsst von damals und einer der wenigen wär, der was sagen würd. Ob sie was wüsst von der Wette, also Decker hätt gesagt, Hansi hätt gewettet, dass er den Domscheidt mit erfundenen Anschuldigungen wegbringt. Der Decker ist krank, hat sie gesagt. Der wär früher schon verrückt gewesen. Ein Spinner, sie würd ihn kennen, also, als er jung war, und jetzt würd er im Internet Domscheidt schlechtmachen. Wär ja auch ganz einfach, könnt heut jeder, Lügen verbreiten und jemanden ruinieren.«

»Frau Luginger, wir haben neben den Fotos auch das Handy von Herrn Pflügler bei Frau Pawlak gefunden. Wie sich herausgestellt hat, hat er seit dem Auftauchen von Frau Oliveira in kurzen Abständen mehrmals Frau Pawlak angerufen. Hat Frau Pawlak Ihnen gegenüber die Telefonate erwähnt?«

Anna räusperte sich. Luginger sah, wie sie Luft holte, ehe sie sagte: »Pflügler hat sich vergiftet, und sie hat nebendran gesessen.«

Herr Meisner glotzte doof, Frau Weibel biss sich auf die Lippen und Luginger dachte: Endlich. Die Sach ist durch.

Die Kommissarin schenkte Bier nach. »Erzählen Sie, Frau Luginger. Wir hören Ihnen zu.«

»Der Pflügler hat unter Druck gestanden. Tony muss ihm ganz schön zugesetzt haben. Er wollt Geld von ihm, hat gesagt, er würd ihn fertig machen, wenn er nicht zahlt. Es gäb ja genug, von früher, alte Geschichten, die einem Landrat nicht gut anstünden. So hat's die Pawlak erzählt. Also, als sie zusammen am Montagabend in seinem Auto an der Kirch in Neufahrn saßen. Und angerufen hätt er sie, weil er wissen wollt, ob's die Fotos noch gibt. Er hätt schon immer vermutet, dass sie bei der Pawlak sein müssten, weil Domscheidt für so was zu schusselig gewesen wär, also Dinge aufheben, sich kümmern, dass sie nicht in falsche Händ kommen. Und dann hätt er noch wissen wollen, ob Tony sich auch bei ihr gemeldet hätt. Er wollt eben auf Nummer sicher gehen, dass nix rauskommt. Zuerst wollt die Pawlak kein Treffen, sie wüsst nicht, warum, dann hat sie aber gespannt, dass die Verhaftung von Gernot nicht das letzte Wort in der Sach war, und sie hat sich gedacht, wenn die Polizei die alten Geschichten findt, wird auch Domscheidt wieder mit Dreck beworfen, und das wollt sie nicht.«

Anna trank. Luginger und Frau Weibel tranken auch.

»Sie meinen, das sei so eine Art Deal gewesen?«, fragte Frau Weibel. »Herr Pflügler wollte Frau Pawlak treffen, weil er wissen musste, wo die Fotos waren, und Frau Pawlak hat zugestimmt, weil sie wissen wollte, wie tief der Herr Landrat in das Verbrechen an Frau Oliveira verstrickt war. Beide saßen im selben Boot, weil beide verhindern wollten, dass dunkle Seiten ihrer Vergangenheit ans Tageslicht kommen.«

Anna nickte. Luginger zog an seiner Kippe. Herr Meisner hatte sich wieder gefasst und spielte mit seinem Handy.

»Gut, die beiden haben in Herrn Pflüglers Wagen gesessen, und Frau Pawlak hat erfahren, dass Frau Oliveira den Herrn Landrat erpresst hat. Was ist dann passiert?«

»Pflügler hat schon was intus gehabt, als er angekommen ist, hat die Pawlak gesagt. Er wär höflich gewesen, hätt die Sachlag erklärt und gemeint, sie müssten sich aufeinander verlassen können. Er würd über die Vorlieben des Pfarrers nix sagen, sie sollt die Fotos wegbringen und die ganze Kreuzigungsgeschicht vergessen. Sie hat dann gesagt, dass sie die Fotos schon lang weggeschmissen hätt, dass sie nie zu niemandem irgendwas sagen würd und dass sich daran auch nichts ändern tät. Später hätt sie dann den Schnaps aus ihrer Tasch geholt, sie hätt K.-o.-Tropfen reingeschütt gehabt, also zu Haus, sie wär ja Krankenschwester, also sie hätt gewusst, wie man das richtig macht, dass man auch stirbt. Das wollt sie machen, bei Pflügler im Auto sterben, sich umbringen, und er hätt zusehen müssen, wie er damit fertig wird, die Leich, die Polizei, die Fragen, das hätt sie gefreut, dem Dreckskerl auf die

Art eins auswischen. Sie hätt lang genug gelebt, der Pfarrer würd auch sterben, sie hätt ihn ja schon tot gesehen, deshalb wär sie ja noch mal nach Heidelberg gefahrn, da wär's für sie auch Zeit, und die Gelegenheit da an der Kirch wär doch einmalig gewesen. Doch als Pflügler den Schnaps gesehen hätt, hätt er ihr die Flasch aus der Hand gerissen und selbst getrunken. Ein Säufer halt, der Nachschub gebraucht hätt. Dann hätt er sich bedankt. Er wär sehr erleichtert, dass sie mit einer Stimm sprechen würden, was war, müsst auch ruhen können, hätt er gesagt, und das umso mehr, als er die Kreuzigung vom Tony heut bereuen würd. Die Pawlak hat gesagt, er hätt ihr den Schnaps zurückgegeben, sie hätt aber nicht mehr trinken können, plötzlich wär alles so anders gewesen, sie tot zusammen mit Pflügler an der Kirch in Neufahrn, das wär nicht gegangen. Pflügler hätt noch geredt, dann wär er ohnmächtig geworden. Sie hätt nicht helfen können, schon als er getrunken hätt, hätt sie gedacht, richtig so, Pflügler, der Lump, der andern so viel Leid gebracht hat, jetzt ist er dran, ohne dass er's merkt. Wie festgenagelt hätt sie im Auto gesessen und gewart, bis er wegkippt. Dann wär sie ausgestiegen und heimgefahrn. Gut hätt sie sich gefühlt, und gespürt hätt sie, wie ihr Domscheidt und der Herrgott verzeihen würden.«

Anna verstummte.

Frau Weibel brauchte mehr Bier. Luginger holte weitere Flaschen. »Sie fahren nachher, Herr Meisner. Ich habe gerade schlimmen Durst. So eine Geschichte hört man ja auch nicht jeden Tag.«

»War's das, Mama?«, fragte Luginger leise. »Bist fertig?«

Anna nickte. »Die Pawlak hat mich dann heimgefahrn. Gefragt hat sie noch, ob sie mit reinkommen soll. Abgewunken hab ich, dacht, ich schaff das, wär ja gelacht, das kurze Stück von der Straß bis zur Tür.«

»Hat Frau Pawlak gesagt, wo sie hinwollte, nachdem sie sich vor Ihrem Haus getrennt haben?«, fragte Frau Weibel.

»Nix hat sie gesagt. Hat frohe Weihnachten gewünscht und ist weggefahrn.«

Luginger trank direkt aus der Flasche, ehe er sagte: »Also die Pawlak gesteht, weil sie weiß, dass sie eh dran ist. Sie hat doch gewusst, dass die Kripo bei der Durchsuchung ihrer Wohnung die Fotos und das Handy findet. Sie hat sich verdrückt und ist zu dir gefahren, Mama. Ein echter Kontrollfreak ist das. Muss jeden aushorchen, der mit Tony zusammen war, um sicherzugehen, dass niemand plaudert. Und dann lässt sie alles auffliegen, weil Pflügler sich tot säuft, und sie keinen Bock mehr hat, sich den Rest zu geben. Bescheuert irgendwie.«

»Wenn Sie davon ausgehen, dass Frau Pawlak eine ausgesprochen zwanghafte Persönlichkeit ist, ist ihr Verhalten so überraschend nicht«, erwiderte Frau Weibel.

Lugingers Handy klingelte.

»Auch das noch«, grummelte er. »Gut, klar, schick sie her.«

»Ein Überraschungsgast?«, fragte Frau Weibel.

»Dani.«

»Frau Pflügler?«

Luginger nickte.

»Und Sie haben die Frau jetzt hierherbestellt?«

»Ich hab ihr Hilfe angeboten, und jetzt braucht sie Hilfe. Sie ist im Hammer-Eck.«

»Also, wenn es nicht um meinen Fall geht, würde ich Sie bitten, Frau Pflügler zu vertrösten oder nach Hause zu begleiten. Das passt jetzt gar nicht.«

»Lassen Sie nur«, sagte Anna. »Ich bin ja fertig. Was ich weiß, hab ich gesagt.«

»Aber ich bin nicht fertig, Frau Luginger. Ich möchte zum Beispiel wissen, ob Frau Pawlak Hinweise gegeben hat, die uns helfen, den gewaltsamen Tod von Frau Oliveira aufzuklären. Bis jetzt vermuten wir ja nur dies und das. Wir haben aber keine verwertbaren Zeugenaussagen zur Tat, geschweige denn ein Geständnis.«

Anna stöhnte. »Zweimal hab ich sie gefragt. Zuerst, gleich als sie im Haus war, ob sie wüsst, wer Tony umgebracht hat. Ich wollt das bestätigt haben, dass Gernot unschuldig ist, dass er mit der Sach nichts zu tun hat. Geschwiegen hat sie. Und später dann, auf dem Weg vom Pfarrhaus zu mir nach Haus, hab ich wieder gefragt. Gernot war's nicht, hab ich gesagt, wer dann? Einer muss es ja gewesen sein, vom Parkhaus fällt niemand einfach so. Sie weiß nix, hat sie gesagt, also mehr geflüstert als gesagt hat sie's. Dann hab ich gemeint, wenn's der Pflügler gewesen wär, hätt er's Ihnen doch erzählt, in seinem Auto vor der Kirch, und sie hat geantwortet, warum? Warum hätt er gestehn sollen? Er konnt ja nicht wissen, dass er stirbt, und er konnt auch nicht wissen, dass ich mich umbringen wollt. Für ihn war's klar. Wir fahrn wieder heim, und alles geht weiter wie bisher.«

Frau Weibel tippte an ihre Unterlippe. »Den Punkt möchte ich gerne noch mal vertiefen, wenn wir Frau Pawlak aufgetrieben haben. Das überzeugt mich nicht. Die K.-o.-Tropfen sind ja noch so ein Thema. Wie hat Frau Pawlak die besorgt? Wie ich Sie kenne, hat Sie das doch auch interessiert, Frau Luginger?«

Überrascht schlug Anna die Augen nieder. Luginger sah, wie sie überlegte, was sie antworten solle. »Ich hab nicht gefragt, ich hab's vergessen. Jetzt, wo Sie's sagen, wär's wichtig gewesen.«

»Sie müssen unsere Arbeit ja nicht komplett übernehmen, Frau Luginger. Herr Meisner ist froh, wenn er Frau Pawlak zu solchen

Einzelheiten befragen darf. Weihnachten im Verhörraum, wissen Sie, das ist das i-Tüpfelchen für einen jungen Kollegen.«

Herr Meisner verzog keine Miene. Luginger schob ihm seinen Tabak rüber. Anna schlich zum Weihnachtsbaum, machte die Lichterkette an und nickte dankbar, als der Baum erstrahlte.

»Vor zwei Jahren hatt ich noch Kerzen, war schön, macht anderes Licht, aber dann haben die Kinder gesagt, lass gut sein, Mama, ist zu gefährlich, ruckzuck hast das Haus abgefackelt. Abgefackelt, haben sie gesagt, wie das klingt, als ob man nicht mehr ganz dicht ist.«

»Wenn ich in Ihrem Alter noch Ihr Format habe, werde ich heilfroh sein«, sagte Frau Weibel. »Möchten Sie eine Pause machen? Sie hatten einen anstrengenden Tag.«

»Geht schon. Wenn nix am Gernot hängen bleibt, hat sich's gelohnt.«

»Herr Hager, tja, da gibt es auch noch Lücken. Wir haben bei Frau Pawlak einen Zettel gefunden, auf dem seine Adresse und Telefonnummer vermerkt sind. Warum, wieso, frage ich mich?«

Anna kratzte ihren Handrücken. »Ich weiß nix. Gernot hätt bestimmt was gesagt, wenn ihn die Pawlak hätt sprechen wollen. Franz, weißt du was?«

Luginger verneinte. Dann murmelte er: »Die Pawlak hat doch einen an der Waffel. Was weiß ich, wie die tickt.«

Herr Meisner telefonierte.

»Nichts«, sagte er zu Frau Weibel gewandt. »Herr Hager ist zu Hause, Frau Pawlak noch nicht aufgekreuzt. Alles beim Alten.«

»Sie lassen Gernot überwachen?«, fragte Anna.

Frau Weibel nickte. »›Überwachen‹ hat einen falschen Zungenschlag. Wir passen auf ihn auf. Wir kümmern uns, wenn Sie so wollen.«

* * *

Türgeläut.

Luginger marschierte los. »Dani. Hockst ja gar nicht unterm Christbaum.«

»Nein, mein Bester. Christbaum fällt aus. Bin viel zu gut in Form für Jesus, Maria und Josef. Dein Edelneger hat mich übrigens sehr zuvorkommend behandelt. Doppelter Wodka nach Gardinenpredigt. Unübertroffen, Fürsorge und Leck-mich-am-Arsch …«

»Mach mal halblang, ja. Komm rein. Die Polizei ist da.«

Dani schwankte in die Küche. »Servus miteinand. Und frohes Fest obendrauf.«

Anna taxierte ihren Gast mit strengem Blick. »Franz, mach einen starken Kaffee für Frau Pflügler. Setzen Sie sich.«

Dani grinste Herrn Meisner an. Herr Meisner rückte einen weiteren Stuhl an den Tisch.

»Braves Hündchen«, flötete sie.

Frau Weibel wie sie zurecht: »Wenn Sie pöbeln oder beleidigen wollen, ist der Zeitpunkt schlecht gewählt, Frau Pflügler. Haben Sie etwas zur Sache beizutragen?«

»Was für eine Sache?«

»Wir versuchen, den Mord an Ihrem Mann aufzuklären. Haben Sie das vergessen?«

»Schön, versuchen Sie's. Hat aber auch Zeit bis nach Weihnachten. Wird ja nicht mehr lebendig, mein Hansi, oder?«

Während Luginger Dani Feuer anbot, sah er, wie ihre Hände zitterten. »Jetzt rauchst mal eine, kriegst einen super Kaffee, dann haust dich hin, oben ist Platz.«

»Waltraud Schwarzenbeck. Wer kennt hier eine Waltraud Schwarzenbeck?« Dani zog an ihrer Zigarette. Dann fiel ihr Blick auf Tonys Zeichnung.

»Eine Waltraud hatten wir eben schon mal«, sagte Herr Meisner.

»Oha«, kommentierte Dani.

Luginger setzte Wasser auf.

»Da vorne, das ist ja Hansi. Also, als er jung war.«

»Sind Sie sicher?«, fragte Frau Weibel.

»Übel. Und der Junge am Kreuz ist Tony, oder?«

»Ja«, sagte Luginger. »1966. Dein zukünftiger Göttergatte und andere Mistkerle hatten sich einen Spaß daraus gemacht, Tony an ein Kreuz zu binden und die ganze Geschicht auch noch zu fotografieren.«

»Fotos gibt's auch noch. Wer hat die denn?«

»Die Kripo, vorher die ehemalige Haushälterin vom Pfarrhaus.«

»Und Hansi hat da mitgemacht? 1966?«

»Leider gibt es nichts, was uns zweifeln lässt, Frau Pflügler«, sagte Frau Weibel.

Luginger sah, wie Dani die Zeichnung genauer betrachtete.

»Der Junge oder das Mädchen mit Bart da am Kreuz, das ist wirklich verblüffend, der sieht aus wie die Kümmernis auf Hansis Bildchen.«

»Wie kommst denn jetzt da drauf?«, fragte Luginger.

»Wart's ab«, rief Dani in die Runde und lehnte sich auf ihrem Stuhl zurück.

»Wir machen kein Quiz, Frau Pflügler.« Frau Weibels Ton war schärfer geworden. »Ich lasse Ihnen ein Taxi kommen, und Sie schlafen Ihren Rausch aus.«

Dani drehte sich Richtung Herd. »Franz, Waltraud Schwarzenbeck, sagt dir das was?«

Luginger verneinte.

»Und Sie, Frau Luginger. Waltraud Schwarzenbeck, klingelt's im Oberstübchen?«

Anna starrte auf die Zeichnung. Keine Antwort.

»Versteh schon, Schwarzenbeck ist ja auch kein Leuterdinger Adel, also weder blut- noch geldmäßig.«

»Wenn Sie was zu sagen haben, sagen Sie es.« Luginger spürte, dass Frau Weibel die Faxen dicke hatte.

»Sie haben geschlampt, Frau Kommissarin, Sie und Ihre Kollegen haben nicht richtig hingeschaut, als Sie unser Haus auf den Kopf gestellt haben. Alle Augen auf das Scheiß-Handy und keine Augen auf die heilige Kümmernis.«

Pause.

Luginger schmiss Kaffeepulver in den Filter.

»Weiter«, sagte Frau Weibel.

»Ja, also die Kümmernis. Achtzehn kleine Bildchen von der Gekreuzigten liegen in Hansis Karton. Ich hab sie gezählt, heut Nachmittag, nachdem ich auf der Rückseite von einem Bildchen eine Handschrift entdeckt hab.«

Pause.

Luginger goss Wasser auf den Kaffee.

»Waltraud«, sagte Anna plötzlich. »Liebes Ding. Hat mit ihren Eltern nur ein paar Monat bei uns in Leuterding gewohnt, dann sind sie wieder weggezogen.«

Luginger war perplex. »Wie? Du hast über das Mädchen was gewusst?«

Anna legte ihre Hände übereinander. »Niemand hat sich um Tony gekümmert wie sie. Obwohl sie die Freundin vom Hansi war. Tony war glücklich, wenn sie zusammen was gemacht haben. War halt zu kurz, die Zeit, mein ich.«

»Muss eine Hammerbraut gewesen sein«, sagte Dani. »Wenn Hansi ein halbes Leben lang so ein Kümmernis-Bildchen aufgehoben hat, Mann oh Mann. Wo die Liebe hinfällt. Und dann hat sie sich in den Kaplan verguckt, so geht das, und der Herr Kaplan war ein Gentleman.«

»Was steht denn auf diesem Bildchen drauf, Frau Pflügler?«, fragte Frau Weibel.

Dani kramte in ihrer Handtasche. »Mein lieber Hansi«, las sie, »pass auf dich auf und vergiss nicht, dass Tony Unterstützung braucht. Mit Herrn Rieber war nichts, ich schwöre. Vertraue mir. In zwei Wochen bin ich schon in Amerika. Ich weiß nicht, was werden soll. Deine Waltraud.«

»Heiliger Strohsack«, sagte Luginger, »wie alt war das Mädchen noch mal?«

»Sechzehn«, murmelte Anna. »Und ich weiß nicht, was aus ihr geworden ist. Wo sie lebt. Ob sie Kinder hat. Aus den Augen, aus dem Sinn. So geht's, obwohl's falsch ist.«

»Jung gestorben ist sie, 1991.« Dani zog an ihren Fingern. Luginger hörte Gelenke knacken. »In Hansis Unterlagen hab ich eine Karte gefunden. Hansi war wirklich kein Sammler, aber die Karte mit der Todesnachricht und die Kümmernis-Bildchen, die hat er aufgehoben. Da hat was in ihm gesteckt, sehr tief.«

»Und von dieser Waltraud hat er dir nie was erzählt?«, fragte Luginger.

»Doch. Sie war mal bei uns, kurz nachdem wir geheiratet haben. Hansi hat sie mir vorgestellt. Sie kam auch nicht allein. Gernot war bei ihr. Ein Bub war er damals, vielleicht fünfzehn.«

Frau Weibel war aufgestanden und lief auf und ab. »Schon wieder Herr Hager. Das Mädchen und ihr Besuch damals werden doch ein Thema unter den Geschwistern gewesen sein. Bei all dem Unglück, das Frau Oliveira hier in ihrer Kindheit erlebt hat, wäre es doch normal, würde sie ihren Bruder nach der Person fragen, die gut zu ihr war. Herrgott noch mal, dieser Mann mit seinem Suff und seinen Erinnerungslücken. Mit keinem Wort hat er Waltraud Schwarzenbeck erwähnt. Nie!« Die Kommissarin stoppte vor ihrem Bierglas. »Und Sie, Frau Pflügler, Sie sind vorhin ins Hammer-Eck gefahren, weil Sie mit Herrn Luginger über Waltraud beziehungsweise die Liebe Ihres Mannes reden wollten, richtig?«

»Ich brauch was zu trinken, Franz. Hast einen Schnaps?«

»Dani, null Komma nix warst nüchtern grad. Willst nicht dabei bleiben?«

»Komm mir nicht so, ja. Hansi und eine, die Waltraud heißt! Waltraud Schwarzenbeck. Wahrscheinlich die Liebe seines Lebens. So viel Durst kann ich gar nicht haben, um alles wieder zu vergessen, was ich heut schon gedacht hab.«

»Und Frau Pawlak hat das Mädchen Schwarzenbeck auch gekannt, habe ich das vorhin richtig verstanden?«, fragte Frau Weibel nach.

»Schlecht geredt hat sie über sie«, flüsterte Anna. »Hätt den Männern den Kopf verdreht, kurze Röck hätt sie angehabt, geraucht hätt sie.«

Frau Weibel nickte.

Luginger spürte, dass sie zum Ende kommen wollte.

»Haben Sie noch mehr aus dem Leben Ihres Mannes gefunden, das uns entgangen ist, Frau Pflügler?«

Dani schüttelte den Kopf. Luginger schenkte Kaffee ein.

»Ohne Cognac krieg ich die Brühe nicht runter, Franz.«

Luginger holte einen Asbach aus dem Schrank.

»Ich glaub, die Pawlak fährt zum Gernot«, sagte Anna.

»Möglich«, erwiderte Frau Weibel. »Sie könnte aber auch Herrn Rieber einen Besuch abstatten. Herr Rieber, der gepetzt und jungen Dingern den Kopf verdreht hat.«

»Sie meinen, eine letzte Rechnung begleichen, jetzt, wo eh alles gelaufen ist«, sagte Luginger.

»So ist sie nicht«, brummte Anna.

»Vielleicht ist Frau Pawlak raffinierter, als Sie denken, Frau Luginger. Immerhin hat sie in ihrem Leben schon einige Leute manipuliert. Unterschätzen Sie sie nicht.« Frau Weibel fuhr sich durchs graue Haar. »Herr Luginger, würden Sie mich zu Herrn Hager begleiten? Vielleicht kann er uns erklären, warum Frau Pawlak seine Adresse aufgeschrieben hat. Und zu dem Mädchen Schwarzenbeck könnte ihm ja auch was einfallen. Sie, Herr Meisner, bringen Frau Pflügler nach Hause und fahren dann nach Markt Schwaben zum Herrn Rieber. Er wollte gegen acht Uhr von seinen Weihnachtsbesuchen zurück sein. Falls Frau Pawlak bei ihm auftaucht, rufen Sie mich an. Sofort.«

»Wieso ist Gernot zu Haus?«, fragte Luginger. »Der hat doch bei Bernie Quartier gemacht.«

Frau Weibel zuckte mit den Schultern. Luginger telefonierte. Faulhuber erklärte, dass Gernot nach dem Gottesdienst abgedampft sei, zu Hause nach dem Rechten sehen. Lüften, Heizung checken, Müll sortieren, Hausmannspflichten, Franz, du weißt ja, keine Frau, keine häusliche Pflege.

Die Kommissarin blies zum Aufbruch. Als sie Anna die Hand reichte, sagte sie: »Vielen Dank für Ihre Hilfe. Bitte verstehen Sie, dass Sie nicht mitkommen können. Ich weiß natürlich, wie sehr es Ihnen in den Fingern juckt, aber sicher ist sicher. Ich habe einfach keine Ahnung, was uns noch erwartet. Außerdem sollten Sie jetzt Weihnachten feiern, Frau Luginger. Genießen Sie das Fest. Sie haben wahrlich genug getan.«

* * *

Frau Weibel öffnete ihren Dienstwagen »Es wäre gut, Sie würden fahren, Herr Luginger.«

»Ich! Wie komm ich denn dazu?«

»Ich habe etwas zu viel getrunken.«

»Ich auch.«

»Sie sind aber kein Beamter kurz vor der Pensionierung. Außerdem vertragen Sie mehr.«

Luginger blickte in den BMW. »Zu viel Cockpit. Ist nichts für mich.«

»Stellen Sie sich nicht so an. Wir müssen los.«

»Wenn Ihr Alkoholpegel der einzige Grund ist, weswegen ich mitkommen soll, rutschen Sie mal allein über die Straßen. Ist glatt geworden.«

»Rein jetzt. Ich zeig Ihnen alles. Glatt hin oder her.«

Luginger steckte sich eine an. Dann ließ er sich auf den Fahrersitz fallen.

Die Kommissarin brummte: »Prima. Endlich raucht mal einer in meinem Auto.«

Luginger öffnete das Seitenfenster. Der angekündigte Kälteeinbruch hatte den getauten Schnee in Eis verwandelt. Allein das Wendemanöver im Drachenweg machte ihm klar, dass die Fahrt zu Gernot nur im Schritttempo zu bewerkstelligen war.

Frau Weibel drehte an Reglern. Warme Luft blies nach oben.

»Dass weder Sie noch Frau Pflügler dieses Schwarzenbeck-Mädchen gekannt haben, wundert mich«, sagte Frau Weibel.

»Wieso? Wenn sie wirklich nur ein paar Monate in Leuterding gewohnt hat. 1966 war ich acht.«

»Trotzdem. In einem kleinen Ort fällt doch jeder auf.«

»Quatsch.«

»Was halten Sie eigentlich von Herrn Pflügler? War er ein guter Landrat?«

»Keine Ahnung.«

»Ich habe mich umgehört. Herr Pflügler galt als kompetent, loyal und beliebt. Auch in der CSU hört man nur Gutes.«

Luginger aschte aus dem Fenster. »Einer wie Hansi bekommt Kohle und Parteibuch in die Wiege gelegt.«

»Vielleicht hat er sich seinen Erfolg hart erarbeitet«, sagte Frau Weibel. »Ist ja auch ein Weg voranzukommen.«

Luginger bremste. Vor ihnen streute ein Fahrzeug des Winterdienstes Steinchen auf die Straßen. »Die Pawlak hätte sich nie und nimmer umgebracht, ohne vorher die Fotos zu vernichten.«

»Stimmt«, sagte Frau Weibel. »Gibt's keinen anderen Weg zu Herrn Hager? Das dauert ja ewig.«

Luginger schmiss seine Kippe aus dem Fenster und überholte. »Alles, was die Pawlak meiner Mutter erzählt hat, könnt auch anders gelaufen sein. Die Story in Pflüglers Auto. Und dann kein Wort zu Tonys unfreiwilligem Abgang.«

Während er in die Johann-Strauß-Straße einbog, sah er, wie die Kommissarin erleuchtete Tannenbäume bewunderte.

»Schön haben Sie es hier«, bemerkte Frau Weibel.

»Dunkel ist auch nicht schlecht«, knurrte Luginger. »Energiewende und so.«

»Dann lassen Sie Ihren Dodge mal weiter schön auf dem Hof stehen. So ein Auto braucht ja eine eigene Tankstelle.«

»Sind wirklich keine Zeugen aufzutreiben, die gesehen haben, was in Pflüglers Karre passiert ist?«

»Nein. Leider. Das macht Ihre Zweifel ja so zwingend, Herr Luginger. Bis auf Frau Pawlaks Darstellung liegt der Tathergang im Dunkeln.«

»Wenn die Pawlak zugeschaut hat, wie sich Pflügler mit ihrem Schnaps ins Jenseits befördert, wandert sie in den Knast. Unterlassene Hilfeleistung, Beihilfe, was weiß ich. Warum erzählt sie's dann meiner Mutter?«

Frau Weibel blickte aus ihrem Seitenfenster. »Weil ihr die innere Befriedigung, die Welt von einem ganz und gar verdorbenen Menschen befreit zu haben, wichtiger ist als die juristische Beurteilung ihrer Tat. In einem dummen Zufall, nämlich des Landrats Gier nach Schnaps, hat sie die einmalige Chance gesehen, sich für alles zu rächen, was Pflügler Domscheidt und ihr angetan hat.«

Luginger parkte. Die Polizistin wollte aussteigen.

»Eine Sekunde noch«, sagte Luginger. »Was war mit dem Durchsuchungsbeschluss? Warum ging das nicht einen Tag früher?«

»Sie sind ja eine richtige Nervensäge. Also gut. Ich hatte heute früh ein langes Telefonat mit Herrn Rieber. Er hat den Verdacht geäußert, die Kreuzigungsfotos könnten bei Frau Pawlak liegen. Auch er war der Meinung, Herr Domscheidt sei nicht der Typ, um Dinge aufzubewahren und unter Verschluss zu halten. Außerdem hat ihr Ex-Kaplan sehr überzeugend dargelegt, dass Frau Pawlak in ihrer verqueren Verehrung für Herrn Domscheidt nichts wegwerfen würde. Herr Rieber ist ein bedächtiger Mann. Wenn er eine solche Vermutung äußert, kann ich das nicht auf die leichte Schulter nehmen …«

Frau Weibels Handy klingelte. Luginger stieg aus. Bevor er zum Hauseingang marschierte, hörte er noch, wie sie sagte: »Geht's etwas genauer, Herr Meisner?«

Die Tür war offen. Er ging nach oben. Alles ruhig. Auch Gernots Wohnungstür war nicht verschlossen. Plötzlich schwante ihm Übles. Licht brannte. Leise ging er durch den Flur. Als er das Bad passiert hatte, hörte er ein Geräusch. Ein harter Schlag traf ihn am Hinterkopf. Widerstandlos knickten seine Beine weg.

»Herr Luginger, aufwachen. Kommen Sie, machen Sie die Augen auf.« Frau Weibel tätschelte seine Backen. »Bleiben Sie liegen, Notarzt und Rettungswagen werden gleich hier sein.«

Lugingers Schädel brummte. Rieber brachte ein nasses Handtuch.

»Raviolireste«, hörte er die Kommissarin sagen. »Was soll ich damit?«

»Legen Sie es unter seinen Kopf«, erwiderte Rieber.

»Wo ist Gernot?«, flüsterte Luginger.

»Betrunken neben der Heizung«, sagte Frau Weibel.

»Bratpfanne«, ergänzte Rieber und zeigte auf Lugingers Kopf.

Luginger wälzte sich zur Seite und drückte sich mit beiden Händen vom Boden ab. Als er aufrecht an der Flurwand saß, drehte sich alles. Er hörte Rieber sagen: »Alles ging sehr schnell. Ich bin hier rein, die Wohnungstür war nur angelehnt. Dann habe ich Herrn Hager in seiner Küchenzeile liegen sehen. Er hat sich nicht artikulieren können. Die Flasche Hochprozentiges ist mir erst später aufgefallen.«

»Schon gut, Herr Rieber. Einzelheiten haben Zeit, bis die beiden Mannsbilder wieder geradeaus schauen können. Sie haben mir gesagt, dass eine Frau aus der Wohnung gelaufen ist, nachdem Herr Luginger niedergeschlagen wurde, und Sie meinten, es sei Frau Pawlak gewesen.«

»Im Flur war es dunkel, nur im Treppenhaus brannte Licht, aber sie war es. Die Figur, die Haltung, eine junge Frau war es bestimmt nicht.«

»Und auch kein Mann, da sind Sie sich sicher?«

Rieber nickte.

Luginger war schlecht. Er sah, wie ihn Frau Weibel musterte. »Wenn Sie sich übergeben müssen, nur zu. Herr Rieber bringt Ihnen eine Schüssel.«

Luginger fielen die Augen zu. Er glitt zur Seite und war drauf und dran, das Bewusstsein zu verlieren.

Ein lauter Knall schreckte ihn auf.

Frau Weibel war verschwunden. Rieber schlug die Hände vors Gesicht. Gernot stand am Fenster.

Luginger hörte ihn »Unfall« lallen. Und: »Brettmann, was will der denn hier?«

Motorengeräusche, Stimmen von draußen. Rieber hatte mittlerweile beide Fensterflügel aufgerissen. Gernot lachte. Luginger hörte, wie der kleine Mann immer mehr lachte, bis er zu wiehern anfing, sich umdrehte und auf ihn zu schwankte. Gernot bewegte die Lippen, doch Luginger war's egal. Er hörte und sah nichts mehr. Stille und Frieden. Weihnachten, Luginger war angekommen.

* * *

Mit einer Decke über den Schultern saß Luginger im Rettungswagen und blickte nach draußen. Winterlich eingemummte Nachbarn staunten nicht schlecht. An Heiligabend Rettungssanitäter, Notarzt und Polizei gab's sonst nie. Alex Meier war auch schon da und knipste, was das Zeug hielt. Wo Leuterdings Haus-und-Hof-Fotograf plötzlich hergekommen war, war Luginger ein Rätsel.

Neben ihm lag Gernot auf einer Trage. Stumm, müde, angetrunken, schwere Gehirnerschütterung. In der Vene seines rechten Arms steckte eine Nadel. Irgendwas Flüssiges tropfte in seinen Körper. Als er vor wenigen Minuten nach unten gebracht worden war und der Notarzt auch Luginger geraten hatte, das Laufen sein zu lassen, hatte er sich strikt geweigert, auf die gleiche Art wie Gernot die Wohnung zu verlassen. Er laufe und sitze, hatte er gesagt. Die kurze Ohnmacht habe ihn erfrischt. Zudem könnten seine neunzig Kilo für die Sani-Hänflinge ein Problem werden.

Anna wurde gestützt. Sie humpelte. Luginger vermutete, ihr Knie sei geschwollen. Als er eben noch bei ihr war, hatte sie allerdings keinen Mucks von sich gegeben. Von wegen verletzt oder Schmerzen oder ärztliche Hilfe. Geht schon, Bub, hatte sie gesagt und mehr Freude und Optimismus ausgestrahlt, als er vertragen konnte.

Luginger sah Brettmann mit Polterer diskutieren. Beide deuteten auf die Straße, ehe sie zu den beschädigten Autos gingen. Vorne Brettmanns Opel, dahinter Pawlaks Fiat.

Rieber brachte heißen Tee. »Trinken Sie«, sagte er zu Luginger. »Ist frisch aufgebrüht. Herr Hager hat sogar Earl Grey im Haus.«

»Haben Sie den gemacht?«, fragte Luginger.

Rieber nickte. »Irgendwas muss ich ja tun.«

»Richtig was los hier«, brummte Luginger.

»Christi Geburt wird üblicherweise anders gefeiert.« Rieber lächelte. »Ist Herr Hager bei Bewusstsein?«

Gernot hob seine Linke.

»Schön«, sagte Rieber.

»Wo kamen Sie vorhin eigentlich her?«, fragte Luginger.

»Zufall, reiner Zufall. Ich wollte Herrn Hager besuchen und ihm beistehen. Er hat ja nun wahrlich viel mitmachen müssen. Nachdem ich an der Haustür geläutet habe und niemand aufgemacht hat, habe ich gemerkt, dass die Tür nur angelehnt war. Frau Pawlak muss dann gehört haben, wie ich die Treppe hochkam. Jedenfalls habe ich sie überhaupt nicht gesehen. Nur Herrn Hager, wie er am Boden lag. Kurz darauf sind Sie gekommen und etwas später die Frau von der Polizei, Frau Weibel.«

»Und die Pawlak hat mir eins übergebraten. Ich glaub's nicht.« Luginger befühlte seinen Verband, den der Notarzt angelegt hatte.

»Fehlt Ihnen was? Haben Sie Schmerzen?«

»Wissen Sie, wie's meiner Mutter geht? Gerad eben spielte sie noch das blühende Leben. Jetzt humpelt sie. War der Auffahrunfall mit Brettmanns Kiste schlimm oder nicht?«

»Sie hat leichte Prellungen im Brustbereich. Der Sicherheitsgurt, das kennt man ja. Und ihr Knie ist dick. Die Schwellung kann aber auch von ihrem Sturz heute Nachmittag herrühren. Sie hat kurz davon erzählt.«

»Und Brettmann hat Pawlaks Fiat nur erwischt, weil er beim Bremsen ins Schleudern kam? Zufall und keine Absicht, hab ich das vorhin richtig verstanden?«

»Ich denke, wir sollten davon ausgehen, dass sich der Unfall so zugetragen hat, ja. Frau Pawlak wollte wegfahren, also fliehen, wenn man so will, und Herr Brettmann hat sie gestoppt. Es war viel zu glatt, um bei höherer Geschwindigkeit sauber abbremsen zu können. Ihre Mutter muss den Mann zur Eile gedrängt haben.«

Luginger nickte. »Kann ich mir denken. Mit dem Hintern zu Haus bleiben hätt sie sollen. Und was macht sie? Schnappt sich Brettmann und zwingt ihn, seine Karre zu demolieren. Das gibt Gerede.«

»Gottes Wege sind unerforschlich«, bemerkte Rieber. »Ich weiß, ein ganz abgedroschener Satz, aber in diesem Fall passt er.«

Luginger fragte Gernot, ob er Tee wolle. Gernot verneinte. Stattdessen fragte er: »Hast 'ne Fluppe, Franz?«

Rieber wies Gernot zurecht. »Seien Sie bitte vernünftig, Herr Hager. Zigaretten sind jetzt ganz schlecht für Sie.«

»Die Pawlak hat doch ein Rad ab«, brummte Luginger.

»Frau Weibel verhört sie gerade. Bald wissen wir mehr.«

Plötzlich stand Faulhuber neben ihnen. Schicker Mantel, Mütze, Handschuhe. »Schöne Bescherung!«, rief er, während er nach kurzem Gruß ohne Umschweife in den Rettungswagen stieg. »Gernot, du bist wirklich das größte Arschloch weit und breit. Ich weiß alles. Und alles ist alles. Suff, Pawlak, Schlag in die Fresse. Also erzähl ja keine Märchen. Wie fühlst du dich? Brauchst was? Kuscheltier, priesterlichen Beistand oder neue Freunde, die besser auf dich aufpassen?«

»Üben Sie Nachsicht«, hörte Luginger Rieber sagen.

»Nachsicht«, rief Faulhuber. »Nachsicht! Geht trocken bei mir weg, um sich in seiner Hütte ein paar Wodka hinter die Binde zu kippen.« Faulhuber prüfte Puls und Blutdruck. »Alles im grünen Bereich. Hast schon gekotzt?«

Gernot schüttelte den Kopf.

»Okay. Magen auspumpen. Birne gerade rücken, Entzug einleiten. Ich rede mit dem Sanitrupp da draußen.« Faulhuber stieg aus. »Und du«, sagte er zu Luginger, »hast mit deiner Mutter den Fall gelöst. Gratuliere. Habe gerade mit den zuständigen Einsatzkräften gesprochen. Kriegst einen Orden. Wie ist das Befinden?«

Luginger zeigte auf seine Teetasse und Rieber.

Faulhuber kontrollierte den Verband. »Irgendwo offene Wunden da drunter?«

»Ruf Barbara an, Bernie.«

Faulhuber zückte ein Handy, das Luginger noch nie gesehen hatte. »Neu, ein Weihnachtsgeschenk von meinem Hund.«

Faulhuber wählte. Luginger sah, wie er sich wegdrehte und einige Schritte ging. »Niemand da«, rief Faulhuber. »Ich probier's gleich noch mal.«

Rieber goß sich Tee nach.

Luginger fragte: »Wie hat's die Pawlak eigentlich zu ihrem Wagen geschafft, nachdem die Weibel oben war? Die Weiber hätten doch auf der Treppe zusammenprallen müssen. Die eine hoch, die andere runter.«

»Frau Pawlak hat das sehr geschickt gemacht, Herr Luginger. Nachdem sie Sie niedergeschlagen hatte, ist sie ein paar Stufen nach oben gelaufen, als sie gehört hat, dass noch jemand kommt. Und während Frau Weibel sich um Sie gekümmert hat, ist sie entwischt, wenn ich so sagen darf.«

Luginger nickte.

Mit schnellen Schritten kamen die Rettungssanitäter zu ihrem Wagen gelaufen. »Wir fahren Sie gleich nach Ebersberg ins Krankenhaus«, sagte der Ältere der beiden. »Die Kriminalhauptkommissarin möchte nur noch kurz mit Herrn Hager sprechen. Das sind Sie doch?« Der Ältere blickte zu Gernot.

Gernot nickte.

»Ich fahr nicht mit«, sagte Luginger. »Bin deutlich auf dem Weg der Besserung.«

Der Ältere warnte: »Mit Kopfverletzungen ist nicht zu spaßen. Seien Sie vernünftig, kommen Sie mit, und bleiben Sie über Nacht zur Beobachtung. Heute ist bestimmt nicht viel los. An Weihnachten sind alle gesund, da ist der Service im Krankenhaus tipptopp. Wissen Sie, dass Sie sich jetzt ganz gut fühlen, hat nichts zu bedeuten. So was ändert sich.«

Mit wehendem Mantel rauschte Frau Weibel heran.

»Lassen Sie's gut sein«, erwiderte Luginger. »Ich bleib hier.«

»So«, sagte Frau Weibel. »Herr Hager, bevor Sie das Fest unter ärztlicher Aufsicht verbringen, muss ich noch eine Minute mit Ihnen sprechen. Geht das?«

»Geht«, brummte Gernot.

»Herr Luginger, was ist mit Ihnen? Sie sehen prima aus. Ihre Mutter sitzt in meinem Wagen. Ich hab ihr gesagt, Sie hätten bloß eine Schramme abbekommen, morgen sei alles vergessen. Ich hoffe, ich war nicht zu optimistisch?«

»Was Sie im Griff haben, haben Sie im Griff«, erwiderte Luginger und drückte der Polizistin seine Teetasse in die Hand. »Falls Sie so was brauchen, wenden Sie sich an Herrn Rieber. Ist gut, das Zeug.«

»Gehen Sie später ins Hammer-Eck?«, wollte Frau Weibel wissen.

Luginger nickte. Dann fragte er: »Wo haben Sie gesteckt, als ich Sie hätte brauchen können?«

»Wie meinen?«

»Als die Pawlak mir die Pfanne übergezogen hat. Verdammt noch mal, warum haben Sie in Ihrer schicken Kiste gewartet, bis das Mistweib mit ihrer Prügelorgie zu Ende war?«

»Sie hatten doch gesehen, dass ich telefonieren musste.«

»Was gab's denn so Dringendes?«

»Herr Meisner hat erfahren, wie Frau Pawlak an die K.-o.-Tropfen gekommen ist. Dringend genug, oder?«

»Und?«

»Nix und. Ich möchte jetzt ein paar Dinge mit Herrn Hager besprechen. Wollen Sie sich nicht zu Ihrer Mutter setzen?«

»Ich höre«, brummte Luginger.

Frau Weibel stöhnte. »Herr Hager, Frau Pawlak hat mir eben erklärt, dass ihr Herr Pflügler kurz vor seinem Tod erzählt habe, Sie wüssten über die sexuellen Übergriffe von Herrn Domscheidt an Ihrem Bruder Tony Bescheid. Stimmt das?«

»Nö«, flüsterte Gernot.

»Sie haben also weder von Frau Oliveira, als sie aus Brasilien zurückkam, noch von Waltraud Schwarzenbeck, die Sie und Herrn Pflügler 1978 besucht hat, irgendetwas zu diesem Thema erfahren. Ist das richtig?«

»Stimmt.«

»Kennen Sie überhaupt ein Mädchen namens Waltraud Schwarzenbeck?«

»An die hab ich mich erinnert, als die Pawlak vorhin damit angefangen hat. Also, dass die Schwarzenbeck mich besucht hat und wir bei den Pflüglers waren. Aber dass sie was zu Domscheidts Sauereien gesagt haben soll, wär mir neu.«

»Deshalb also Gernots Adresse in Pawlaks Wohnung«, sagte Luginger, während er spürte, dass sein Hirn nur langsam auf Touren kam. »Weil sie nach Pflügler und meiner Mutter auch noch Gernot ausquetschen musste, um alle abgecheckt zu haben, die über Domscheidts beschissene Neigungen hätten Bescheid wissen können.«

Frau Weibel nickte. Dann fragte sie: »Bitte schildern Sie mir kurz, wie Frau Pawlaks Besuch bei Ihnen abgelaufen ist, Herr Hager.«

»Sie hat geklingelt, ich hab einfach aufgemacht, obwohl ich das gar nicht hätte machen müssen. Die Tür unten ist kaputt, sie schließt nicht richtig. Dann stand sie vor meiner Wohnung. Ich kannte sie ja gar nicht. Sie hat sich vorgestellt und gefragt, ob sie reinkommen kann. Klar, hab ich gesagt. Dann hat sie losgelegt wie ein Maschinengewehr. Die ganze Scheiße von früher eben. Und ob Tony mir davon erzählt hat. Ich hatte schon was getrunken. Sie hat mir noch mal Wodka eingeschenkt, hat wohl gedacht, wenn ich noch mehr intus hab, würd ich doch was sagen. Ich war einfach mies drauf, weil ich eben nichts wusste, also hab ich den Wodka weggezogen, dann hat sie mich geohrfeigt, wie daheim damals. Ich bin hingefallen und irgendwo draufgeknallt oder so. Wach war ich erst wieder, als es draußen gekracht hat.«

»Gut«, sagte Frau Weibel und streckte ihren Rücken. »Das reicht für heute. Ab ins Krankenhaus, und schlafen Sie sich aus.«

Die Kommissarin wandte sich zum Gehen. »Kommen Sie, Herr Luginger, Ihre Mutter wartet.«

Luginger konnte immer noch nicht glauben, was er gerade gehört hatte. »Verarscht die Pawlak doch glatt meine Mutter. Macht einen auf Ich-erzähl-Ihnen-alles, und dann so was. Dass Pflügler ihr gesagt hat, Gernot wüsst von dem ganzen Missbrauchskram, hat sie doch gar nicht erwähnt.«

Sein Handy klingelte. »Mensch, Franz, alles klar bei dir? Ich hab eben mit Faulhuber geredet. Tut mir leid, mein Telefon war aus. Lag mit Laura in der Kiste.«

»Mach dir nicht ins Hemd, Sammy. Alles im grünen Bereich. Wo steckt Barbara?«

»Keine Ahnung. Faulhuber sagt, sie geht nicht ans Telefon.«

Luginger konnte sich denken, warum. »Sie wollt DVDs schauen, du kennst sie ja. Weihnachten ist nicht ihr Fest. Vielleicht hat sie Kopfhörer auf.«

»Ich fahr hin. Mann oh Mann, ist ja alles eine Scheiße.«

Als Luginger das Gespräch beendet hatte, klingelte es erneut. »Moni hier. Soll ich dich abholen? Geht's dir wirklich gut? Was ist mit Anna? Faulhuber hat so komische Andeutungen gemacht.«

»Meine Mutter ist okay. Ich fahr mit Bernie gleich ins Hammer-Eck. Kannst ruhig Weihnachten feiern.«

»Wenn ich gewusst hätte, wie sich das entwickelt bei dir, hätte ich mein Handy nicht im Mantel gelassen. Hanno hat gesungen, *Ihr Kinderlein kommet* und *Stille Nacht, heilige Nacht,* und seine Kinder haben mitgesungen, so was habe ich seit hundert Jahren nicht mehr erlebt, also, ich fahr dann gleich los.«

»In der Ruhe liegt die Kraft, Moni. Pass auf, es ist spiegelglatt draußen.«

»Hanno fährt mich. Er denkt, ich hab ’nen Vogel. So ein Geschiss um meinen Arbeitgeber.«

Anna saß in Frau Weibels Dienstwagen. Sie war blass und konnte kaum die Augen aufhalten. Ihre Hand lag auf ihrem Knie, das leicht bandagiert war.

Luginger hörte, wie ihr Brettmann gut zuredete. »Das wird schon wieder. Sie haben sich überanstrengt. Sie müssen sich dringend ausruhen.«

Luginger zeigte auf den Verband. »Haben die Sanis das gemacht?«

Anna nickte. »Salbe zum Abschwellen. Wird nix helfen, aber versuchen sollt ich’s trotzdem.«

»Ich bring dich heim, Mama. Bernie fährt. Brettmann nehmen wir mit. Dann mach ich den Baum an, und du legst dich hin. Kannst von deinem Bett auf die Lichter schaun.«

»Bist niedergeschlagen worden«, sagte seine Mutter. »Von der Pawlak. Von hinten. Hab ich ja gar nicht gewusst. Tut’s noch weh?«

»Halb so wild. Wenn ich den Kopf ruhig halt, krieg ich den Tag schon rum.«

Faulhuber brachte Krücken.

»Wo haben Sie die denn her?«, fragte Frau Weibel.

»Liegen immer im Kofferraum. Für Notfälle.«

Die Kommissarin lächelte und bot Lugingers Mutter ihre Hand an. »Kommen Sie. Wir zwei Alten schaffen das schon.«

Als sich Anna aus dem Autositz nach oben gehievt hatte, fragte sie: »Hat die Pawlak was zum Tod vom Tony gesagt?«

»Sie kriegen wohl nie genug.« Frau Weibel schüttelte den Kopf, bevor sie erklärte: »Herr Pflügler soll Frau Oliveira gestoßen haben. Er sei von ihr erpresst und mit einer Pistole bedroht worden. Nach einem Handgemenge sei zuerst die Pistole und dann Frau Oliveira vom Parkdeck geflogen.«

»Die Waffe ist die von Gernot?«, fragte Luginger.

»Sehr wahrscheinlich. Die vielen Fingerabdrücke sind Ihnen ja bekannt.«

»Woher wusste sie von der Knarre? Wer hat ihr das erzählt, wenn nicht Pflügler?«

»Gute Frage, Herr Luginger. Sehr gute Frage. Und was folgern Sie daraus?«

»Pflügler war's«, knurrte Anna. »Und die Pawlak hat's mir verschwiegen. Zweimal hab ich gefragt, und nix gesagt hat sie.«

Frau Weibel reichte ihr die Hand. »Versuchen Sie ab jetzt endlich Weihnachten zu genießen, Frau Luginger. Und ärgern Sie sich nicht. Frau Pawlak ist auch für mich eine harte Nuss.«

Anna humpelte los. Luginger stützte sie. Als Faulhuber die Türen seines Daimlers öffnete, drehte sie sich um und rief: »Mord oder Selbstmord in Neufahrn, Frau Kommissarin?«

Frau Weibel antwortete nicht. Sie saß schon in ihrem Auto, winkte und drückte vorsichtig aufs Gas.

* * *

Sammy brachte Cola. Barbara übte Zigarettendrehen. Faulhuber legte Hand an und schnürte Lugingers Turban fester.

»Siehst aus wie Dieter Hoeneß damals im Pokalendspiel gegen Nürnberg«, sagte Heider.

»Hinlegen wär gescheiter«, sagte Moni.

Joe machte Fotos.

Die Stimmung im Hammer-Eck war ausgelassen. Luginger mit einer Bratpfanne niedergeschlagen und seine Mutter, die Brettmann überredet hatte, seinen Opel zu opfern. Besser ging's nicht.

Barbara gab sich Feuer. Ein Papierchen mit Tabakkrümeln

brannte. Hustend reichte sie Luginger die Kippe. »Tut mir leid. Etwas wenig Tabak.«

Luginger rauchte. Sofort fühlte er sich besser.

Brettmann tätschelte Annas Hand. Beide waren nicht heimgegangen. Anna nicht, weil sie zu aufgewühlt war, und Brettmann nicht, weil er sie nach all den Strapazen nicht allein lassen wollte. Seine Frau war nicht begeistert gewesen, das hatte Luginger mitbekommen, als Brettmann mit ihr telefoniert hatte. Der Mann im Parka hatte sich pausenlos am Kopf gekratzt, während er den Unfall und sein auf später verschobenes Eintreffen am Weihnachtsabend zu erklären versuchte.

Sammy verteilte Pizzastücke. Hawaii, Funghi, Schinken, Salami. Gleich nach Weihnachten würden die Österreicher den Ofen liefern, dann sei Schluss mit Fertigware, hatte er vorhin gesagt. Bis dahin würde er an eigenen Kreationen arbeiten. Seine Lieblingsidee: Pizza ohne. Jeder würde ja Pizza mit verkaufen. Mit Rucola, mit Käse, mit Sardinen. Er würde gerne Pizza ohne anbieten. Also Pizza Funghi ohne Champignons oder Pizza Quattro Stazioni ohne Stazioni. Niemand hatte verstanden, wo Sammys Idee hinführen sollte. Weder Anna noch Brettmann, weder Faulhuber noch Luginger. Zu viert hatten sie bei Sammy in der Küche gestanden und zugehört. Ist noch nicht ganz ausgereift, die Idee, hatte Sammy zugegeben, also die werbliche Umsetzung, daran müsse er noch feilen. Laura sei mit im Boot, sie habe Ideen, gute Ideen sogar, aber der letzte Schliff würde eben fehlen. Andere Konzepte seien selbstverständlich auch willkommen. Er stehe ja erst am Anfang. Er wolle Pizza einfach nur intelligenter verkaufen, spritziger, moderner.

»Auf die Lugingers!«, rief Faulhuber und hob sein Glas. »Der große Franz lässt sich eins überbraten, und die wilde Anna stoppt den Todesengel. Wunderbar. Skål!«

Alle tranken.

Barbara lächelte sanft. »Yul Brunner hätte sich niemals von einer alten Schachtel niederschlagen lassen, mein Lieber.«

»Horst Buchholz schon«, erwiderte Luginger.

»Horst Buchholz spielt ja auch einen jungen Trottel. Ehrgeizig und selbstsüchtig und dumm.«

»Whiskey in meiner Cola wär nicht schlecht.«

»Weihnachten ohne Krawall noch besser.«

»Ohne Gernot fehlt mir was.«

»Tja, der Herr Hager war wenigstens so gescheit, ärztlichen Rat zu befolgen und ins Krankenhaus zu fahren.«

Luginger starrte auf sein Glas. »Dass die Pawlak so durchgeknallt war, um zu glauben, Gernot würd nach all den Jahren Domscheidt hinhängen? Nur weil das Schandmaul Pflügler ihr kurz vorm Abnippeln seine Lügengeschichten aufgetischt hat.«

»Wenn Frauen hassen«, sagte Barbara und drückte Lugingers Kippe aus. »Erinnerst du dich? Einer der ersten Western, den wir geschaut haben.«

»Johnny Guitar, schöner Streifen, uralt, nur hat die Pawlak nicht gehasst, sondern geliebt, Mädchen.«

»Klugscheißer mit schlechtem Gedächtnis«, kam es zurück, ehe Faulhuber auftauchte und sich nach Lugingers Befinden erkundigte.

»Schwindel und Übelkeit sind sofort meldepflichtig. Dass du eine Gehirnerschütterung hast, steht außer Frage. Mach die Sache nicht schlimmer, als sie ist. Wenn das hier rum ist, bleibst du zwei Tage im Bett. Wenigstens. Ich habe mit Moni gesprochen. Sie schmeißt den Laden, und Frau Murray kann sich auch nichts Schöneres vorstellen, als an Weihnachten hinter dem Tresen zu stehen.«

»Frau Murray?« Luginger wunderte sich. »Kann da nicht Sammy einspringen?«

Faulhuber zeigte auf Laura-Mäuschen, die gekommen sein musste, ohne dass es Luginger bemerkt hatte, und die Sammys Mundhöhle bearbeitete.

»Moni hat ihm freigegeben. Die Kleine ist schon leicht angesäuert. Immer nur Arbeit, na ja, junge Leute, du weißt schon.«

Luginger nickte. Dann griff er nach seinem Tabak.

»Bist schon groß, Franz. Je weniger Gift, desto besser.«

Luginger steckte das Päckchen weg.

Faulhuber fragte: »Hast du mal zwei Minuten für gemeinsames Nachdenken?«

»Wie gemeinsam?«

»Meine Sicht auf die verbrecherische Welt in Neufahrn. Ich brauche einen Zuhörer. Am besten zwei, wenn Barbara dabei ist.«

Barbara zog einen Stuhl heran. »Setz dich und leg los.«

»Also«, hob Faulhuber an, nachdem er seine Beine übereinandergeschlagen hatte und der Zeigefinger oberlehrerhaft auf Luginger deutete, »wenn da in Neufahrn jemand jemanden hat umbringen wollen, dann die Pawlak den Pflügler. Und zwar von Beginn an und geplant. Sie hat ihn auch nach Neufahrn bestellt und nicht umgekehrt.«

Luginger schloss die Augen. Wenn Faulhuber so startete, wusste er, was kommen würde. Ein langer Monolog, ein Fünf-Sterne-Gedankenstrom, der nur versiegen würde, wenn Barbara sich zurückhielt und Faulhubers Ideenwelt nicht zusätzlich befeuerte. Das konnte sie nämlich wie keine andere. Einen laut Denkenden zu Höchstleistungen antreiben, weil sie nach der x-ten Verästelung immer noch wusste, warum Verästelungen überhaupt nötig waren.

»Stellen wir uns vor, was vor dem besagten Treffen in Neufahrn geschehen ist. Die Pawlak erfährt vom Tod Frau Oliveiras. Sie weiß, dass die Frau früher Tony Hager hieß. Sofort schrillen bei ihr alle Alarmglocken. Tony bedeutet Verführung, Missbrauch, Misstrauen und für sie eine unendlich harte Prüfung ihrer Liebe zu Domscheidt. Dann kommen die Anrufe von Hansi Pflügler. Warum ruft er sie an? Warum mehrmals? Warum mit der immer dringlicheren Bitte, sie zu sehen? Klar, da hat ihn jemand am Schlawittchen, da macht jemand Druck. Tony alias Oliveira ist zurück und kurze Zeit später auch noch tot. Die Fotos, Pflügler will die Fotos von seiner schlimmsten Jugendsünde zurück. Er befürchtet, als Tonys Mörder aufzufliegen und angeklagt zu werden. Seine miese Vergangenheit wird ihn einholen. Und das in Kombination mit seiner miesen Gegenwart, siehe Bordellbesuche in São Paulo, wird gar nicht lustig. Einer mit 'ner Sexmacke. Früher Zwitter quälen, heute seine Frau betrügen. Er kauft Sex, wer weiß, was für Neigungen sich hinter der sauberen Landratsfassade sonst noch verbergen. Schlagen, geschlagen werden? Jungs? Tiere? Die Nutten spielen nach Oliveiras Tod keine Rolle mehr. Doch leider wird genau das, wovon er sich durch Oliveiras Sturz vom Parkdeck befreit fühlt, zum Bumerang. Die Polizei ermittelt. Und wenn jemand nach vierundvierzig Jahren heimkommt, wird gefragt werden, warum. Und wer warum fragt, fragt auch, was gewesen ist. Und zack: die Fotos, die Kreuzigung, die Missbrauchsvorwürfe und das Paar Domscheidt–Pawlak, das in seinem unseligen Wissen um eine gemeinsame, sexuell völlig verkorkste und versaute Vergangenheit zusammengeschweißt ist.«

»Entschuldigen Sie, Herr Luginger. Ich möchte mich gerne verabschieden.« Brettmann stand neben ihnen und hielt seine Pudelmütze vor seinen Bauch. »Meine Frau wartet.«

»Wollen Sie nicht kurz Platz nehmen? Mein Zahnarzt bohrt gerade sein Hirn an, und wir lauschen, was rauskommt.«

»Um was geht es denn?«

»Warum die Pawlak den Pflügler in voller Absicht von ihrem Schnaps hat trinken lassen.«

Brettmann lächelte. »Nicht schlecht. Wenn sie eine stringente Beweisführung beisammenhaben, lassen Sie es mich wissen.«

»Bevor Sie gehen, Herr Brettmann, Sie waren doch an der Herkunft der K.-o.-Tropfen interessiert. Frau Weibel scheint die Frage geklärt zu haben. Wissen Sie Genaueres?«

»Wie von mir vermutet, Herr Luginger. Der Großneffe der Pawlak verkauft über einen Mittelsmann im Ausland diese Tropfen. In Deutschland ist das verboten. Und der junge Mann hat heute Abend ausgesagt, seine Großtante hätte durchaus die Möglichkeit gehabt, bei ihm eine kleine Menge mitgehen zu lassen. Schönen Abend dann.«

Brettman ging Richtung Ausgang.

»Eine Sekunde noch«, rief ihm Faulhuber hinterher. »Woher wissen Sie das schon wieder?«

Brettmann stoppte. »Nach der Festnahme von Frau Pawlak habe ich einige Gedanken zu dem Fall mit Herrn Polterer ausgetauscht. Und Herr Polterer war so freundlich, in diesem Punkt meine Neugier zu befriedigen.«

Nachdem Brettmann die Tür hinter sich geschlossen hatte, fragte Faulhuber: »Wisst ihr noch, wo ich stehen geblieben war?«

»Bei Domscheidt und Pawlak, die in ihrer sexuell verkorksten und versauten Vergangenheit zusammengeschweißt waren«, erwiderte Barbara, ohne auch nur eine Sekunde darüber nachgedacht zu haben, an welcher Stelle Faulhuber vorhin unterbrochen worden war.

»Aha«, sagte Faulhuber. »Die Pawlak ist ja bei all dem, was ich gehört habe, ein zwanghaftes, mieses Stück, aber auch intelligent und hellwach. Sie muss irgendwann Folgendes im Kopf gehabt haben: Nach Oliveiras Tod wird die Kripo auf Pflügler kommen. Zu viele Spuren aus seiner Kindheit deuten auf die brisante Verbindung zum jungen Tony. Und dann klick: Pflügler wird auspacken. Er wird all das öffentlich machen, was sie, die Pawlak, jahrzehntelang durch Taktieren und Vertuschen von sich und Domscheidt ferngehalten hat. Und warum? Weil Pflügler angeschossen ist. Weil man ihm seinen jüngsten Kontakt zu Frau Oliveira nachweisen wird. Weil er irgendwann nichts mehr zu verlieren hat. Seine Ehe ist futsch, siehe Sexreisen, sein Job ist weg, siehe Verdacht, Anklage, Verurteilung. Und weil plötzlich Mitwisser von früher auf den Plan treten, allen voran Rieber. Die Kripo zieht die Schlinge enger. Rache. Oliveira alias Tony ist zurück und will sich für die Demütigungen von früher rächen. Oder er will Pflügler erpressen. Erpressen ist noch besser, denkt die Pawlak. Rache ist billig, Erpressung teuer.«

»Zwei Minuten, Bernie. Du hast mich um zwei Minuten gebeten«, grummelte Luginger.

»Lass gut sein, Franz«, sagte Barbara, und Luginger hörte etwas Dringliches und Gläubiges in ihrer Stimme.

»Schön«, sagte Faulhuber. »Um es abzukürzen. Die Pawlak bittet Pflügler nach Neufahrn. Allein damit zeigt sie, dass sie ihn durchschaut hat. Der Ort gemeinsamen Wegschauens. Der Ort größter Demütigung für sie. Tony, der der heiligen Kümmernis so ähnlich sieht und der gerade damit ihren gliebten Pfarrer in Versuchung führt. Und selbstverständlich der Ort größter Angreifbarkeit für unseren Landrat. Ins Puff gehen doch alle, Manager, Versicherungsvertreter, wer regt sich heute noch übers Puff auf, die Kosten werden sogar ganz offiziell als Betriebsausgaben abgesetzt, aber einen jungen Burschen, einen Zwitter, eine arme Sau ans Kreuz binden und dann auch noch fotografieren, das ist was, wenn so was rauskommt, freut sich die Presse, ein Schlachtfest gibt das, hochrangiger CSU-Politiker und Landrat Dr. Dr. Dr. Hans Pflügler spielt Kreuzigung mit einem jungen Mann, der wie ein Mädchen aussieht, und wird von Pfarrer gedeckt, der den jungen Mann, der wie ein Mädchen aussieht, jahrelang missbraucht hat, weil er als junger Mann eben auch wie ein Mädchen aussieht. So sehe ich das, Herrschaften. Und genau deshalb hat die Pawlak das Pulverfass mit Schnaps und Gift aus dem Verkehr gezogen, bevor es explodiert ist.«

»Wahnsinn«, sagte Luginger.

»Nicht schlecht«, sagte Barbara. »Aber mit einer ähnlichen Argumentation hätte Pflügler auch Pawlak umbringen können. Sie wusste alles, sie konnte ihn hinhängen, sie hatte ihn in der Hand. Nach Tony, dem ersten und wichtigsten Zeugen seiner Gemeinheiten, jetzt die Pawlak. Dann sind alle aus dem Weg geräumt. Bis auf Rieber, der aber vieles nur vom Hörensagen weiß und im Reigen der Boshaften, Verlogenen, Perversen ein anständiger Mensch ist.«

»Ja, meine Liebe«, entgegnete Faulhuber und massierte sich siegessicher den Nacken. »Aber die Pawlak hatte ein weiteres Motiv, das alle anderen aussticht. Rache – Rache für Domscheidt, der durch Pflügler zum Monster geworden ist. Fummler, Grabscher, Kinderficker, sie wusste ja, dass Pflüglers Mama die Petze war, Domscheidt nicht, aber sie. Und jetzt hat sie den Scheißkerl vor der Flinte. Und peng.«

Barbara war hin und weg. »Rache ist gut. Frauen und Rache. Frauen, Rache und Gift. Das passt. Franz, was meinst du?«

»Ich glaub, Bernie wollt das nur mal erzählt haben. Weil's 'ne gute Story ist und er ein paar seiner Lieblingswörter hat unterbringen können. ›Kinderficker‹ zum Beispiel. Oder ›sexuell verkorkste Vergangenheit‹.«

Empört schlug Faulhuber auf den Tisch. »Dir kann man wirklich mit nichts eine Freude machen. Wofür die Kripoheinis jetzt Tage brauchen werden, dafür habe ich schlüssige Erklärungen. Und das am Vierundzwanzigsten, wo normalerweise …«

Die Kneipentür sprang auf. Mantel, Sonntagsausgehtäschchen, glatter Scheitel, jede Menge Haarwasser. Gernot stand im Eingang und rührte sich nicht. Für Sekunden war Ruhe im Hammer-Eck.

»Formidabler Auftritt«, sagte Faulhuber als Erster.

»Gernot«, hörte Luginger seine Mutter rufen. »Gernot, schön, dass du da bist, komm rein. Franz, Gernot ist da.«

Nicht zu übersehen, dachte Luginger.

Im Nu waren Tische zusammengerückt. Gernots Knie zitterte. Moni brachte ein Tablett Weißbier.

»Pflügler ja, Gernot nein«, rief Heider.

Gläser krachten.

»Hart wie Kruppstahl«, sagte Sammy.

Laura-Mäuschen boxte ihn in die Seite.

»Hinfallen, aufstehen, weitermachen. Niemand kann das besser als du.« Joe kippte seinen Tequila weg.

»Wie bist du denn den Ärzten entkommen?«, fragte Moni.

»Eigenes Risiko«, brummte Gernot.

»Fehlt ja nur noch Rieber«, sagte Luginger.

»Der ist fertig«, meinte Gernot. »Ist ja auch nur zufällig in den Schlamassel reingeraten. Von wegen Weihnachten und alleine und was Ihnen alles passiert ist, Herr Hager. Hat mich sogar hergefahren, war die ganze Zeit bei mir. Also, im Krankenhaus, bei den Untersuchungen und so.«

»Ein Kümmerer«, sagte Moni.

»Aber hallo«, sagte Sammy.

»Wenigstens lag er nicht auch noch in deiner Hütte am Boden«, feixte Faulhuber.

Alle tranken. Luginger sah, wie Gernot nur nippte, um danach Moni sein Glas zu reichen.

»Ich nehm ein Wasser, bitte.«

»Probe bestanden. Wasser geht aufs Haus«, flötete Moni.

Faulhuber legte einen Arm um Gernots Schulter. »Waltraud Schwarzenbeck, mein Lieber. Dass die noch mal eine Rolle spielt. Ich hab gehört, sie hat dich besucht, als du vierzehn warst. Ein scharfer Zahn, oder?«

Luginger staunte nicht schlecht. »Jetzt aber, Bernie! Du hast diese Waltraud in zartem Knabenalter kennengelernt?«

»Unbedingt. Sie wohnte mit ihren Eltern neben uns. Zur Miete, bei Kaisers, unterm Dach. Ihr Vater war Herzchirurg, später eine richtige Koryphäe und auf dem Sprung an irgendeine Superklinik in den USA. Herzchirurgie war damals schwer im Kommen und eine Lizenz zum Gelddrucken. Ich weiß nicht mehr, warum die Familie ausgerechnet in Leuterding haltgemacht hat, ich erinnere mich aber noch, dass sie so schnell wieder weg war, wie sie gekommen ist. Und die Waltraud war schön! Eine Pracht. Und nett und aufmerksam. Sie schwebte über allem.«

»Passt schon«, meinte Luginger. »Du wolltest sie heiraten, Kinder zeugen, Familie gründen, nur hatte sie grad was anderes vor.«

»So ungefähr, ja. Gernot, jetzt bist du dran. Mir kam zu Ohren, dass die Pawlak nicht nur das Schwarzenbeck-Mädchen gekannt hat, sondern auch so mutig war, dich nach ihr zu fragen.«

»Waltraud Schwarzenbeck«, murmelte Gernot. »Die Alte wollt wissen, ob ich mich an das junge Ding erinnern würd. Als sie aus Amerika zurückgekommen war und mich besucht hat. Und ob Tony von ihr erzählt hätt. Hat er auch. Als ich so dasaß und sie mir gegenüber, vorhin in meiner Wohnung, ist's mir eingefallen. Ich hatt das völlig vergessen, dass sie mich mal besucht hat. Verdammt lang her, da war ich vierzehn.«

»Seit wann fällt dir denn was ein, wenn du dicht bist?«, fragte Moni.

»War halt so«, sagte Gernot. »Tolle Frau, also, als sie aus Amerika zurückkam, sah prima aus und hatte Kohle. Tony wollt wissen, wo sie lebt, was sie macht, das Übliche eben. Aber ich hatte keine Ahnung. Dann hat er irgendwas gefaselt von Zwittern, und dass sie die Einzige war, die gewusst hat, was mit ihm los war. Also eher geahnt, er hat's ja selber nicht gewusst. Ist mir echt wieder eingefallen, als die Pawlak mit ihrem krummen Buckel vor mir stand und rumgequatscht hat.«

Gernot schob sein Wasser zur Seite. »Hast einen Kaffee, Moni?«

»Eine wie die Schwarzenbeck hätt dem Ort gutgetan«, bemerkte Anna. »'ne Schlaue und Mutige.«

»Klar, Mama, aber das wär auch eine gewesen, die hätt die Pille verteilt, damit es beim Sex weniger Stress gibt«, sagte Luginger.

»Also wertkonservativ war sie bestimmt nicht«, ergänzte Faulhuber.

»Wert was?«, blubberte Heider.

»Geraucht hat sie«, sagte Anna. »Und Englisch konnt sie. Hat dem Tony sogar mal eine Zeitung auf Englisch mitgebracht.«

»Stimmt«, rief Faulhuber begeistert. »Englische oder amerikanische Zeitungen. Hab ich bei denen im Müll gefunden. Ach, und sie trug Hosen und Röcke, kniescheibenkurz waren die. Und sie hatte eine Polaroidkamera. Mit der hat sie ständig rumfotografiert. Polaroids, Leute, wer kannte damals schon Polaroids?«

Luginger war baff. Die Sofortbildkamera! Das Ding gehörte gar nicht Papa Pflügler, Hansi hatte sie von seiner Freundin Waltraud. Luginger blickte zu seiner Mutter. Keine Regung. Also hatte sie Faulhubers Hinweis zu Hansis Polaroidkamera überhört. Während Sammy irgendwas von Pizza Schwarzenbeck und Pizza Beckenbauer und Pizza Müller schwafelte, fiel ihm ein, was Hilfsbulle Meisner bei seiner Mutter zum Besten gegeben hatte. Die Kameras kamen aus Amerika. Und wenn der alte Schwarzenbeck im Begriff war, als Herzchirurg mit seiner Familie über den Großen Teich zu düsen, warum sollte er nicht schon mal drüben gewesen sein?

»Pizza Vorstopper, Pizza Libero, Pizza rechter Läufer wär auch eine Möglichkeit«, meinte Joe. »Als Erinnerung an alte taktische Mannschaftsaufstellungen.«

»Kennt heute doch keiner mehr«, erwiderte Heider. »Pizza Linksaußen, vergiss es. Marketingmäßig ein Eigentor.«

Faulhuber nahm den Faden wieder auf. Luginger hörte, wie er sagte: »Also Waltraud Schwarzenbeck hätte vielen den Kopf verdreht. Unsere männliche Jugend wäre Schlange gestanden, um ihr die Füße zu küssen.«

»Und bei wem ist sie hängen geblieben?«, fragte Luginger, um die Antwort gleich hinterherzuschieben: »Beim Pflügler. Ausgerechnet.«

»Was heißt hier ›ausgerechnet‹, Franz. Ausgerechnet! Artgerecht war das. Evolutionsbiologisch einwandfrei. Was hätte sie anderes tun sollen?«

»Geschmack zeigen, Bernie. Den harten Jungs aufs Maul hauen.«

Faulhuber faltete die Hände und blickte flehentlich zu Barbara. »Kannst du deinen Boyfriend zurückpfeifen? Seine intellektuelle Kurzsichtigkeit wird schmerzhaft.«

»Wow«, rief Heider, während Gernot Kaffee löffelte.

»Also, um Waltraud Schwarzenbecks Paarungsverhalten zu erklären, Franz. Sie hat sich den Stärksten gesucht, den Rücksichtslosesten, den Durchsetzungsfähigsten, kurz den, der genetisch am besten geeignet war, ihre späteren Kinder durchzubringen. Daran gibt es doch nichts auszusetzen. Instinktiv hat sie entschieden, was vorteilhaft ist und was nicht. Kulturell und biologisch. Zuerst hat sie die neuen Zeiten eingeläutet, weil die alten überholt waren, und dann hat sie das männlichste Jungtier angegraben, das damals bei uns zu haben war.«

Bernies Palaver ging Luginger mächtig auf die Nerven. »Mach mal Pause, ja.«

»Hanno ist anders«, sagte Moni.

Joe fummelte eine Zigarette aus Heiders Päckchen. Dann brummte er: »Die dümmsten Bauern ernten die dicksten Kartoffeln.«

Barbara lachte. »Genau. Sie riechen nämlich, was Vorteile bringt.«

Faulhuber lehnte sich zurück und raunte: »Den Tatsachen in die Augen sehen ist auch eine Kunst.«

Gernot löffelte immer noch. Luginger griff ihm in den Arm. »Lass gut sein. Kriegst 'ne Schöpfkelle.«

Gernot blickte auf. Luginger sah in traurige Augen und wusste im selben Moment, dass der kleine Mann, der seit Urzeiten in seine Kneipe kam, völlig am Ende war.

»Tut mir leid«, sagte er leise. »Brauchst was?«

Gernot fasste an sein zitterndes Knie. Joe reichte ihm seine Kippe. Heider stiftete Feuer. Während Gernot rauchte, schob er sein Sonntagausgehtäschchen sinnlos hin und her.

»Wenn ich dir mit irgendwas eine Freude machen kann«, sagte Luginger, »ich mach's. Versprochen.«

Gernot schniefte und schaute in die Runde. »Die Bayern im Champions-League-Endspiel wär gut. Finale dahoam, im Mai 2012.«

Alle staunten.

Niemand lachte.

Faulhuber hob sein Glas: »Gernot, was hätten wir nur gemacht, wenn du im Knast gelandet wärst? Keiner hätt dieses Jahr an Weihnachten gewusst, was ein prima Wunsch ist. Prost, mein Lieber. Auf dass es gelingen möge.«

Eine bärtige Frau am Kreuz und ihre schöne »Geschichte«

Das Titelbild dieses Krimis zeigt eine bärtige Frau, die wie Jesus Christus am Kreuz dargestellt ist. Diese bärtige Frau zählt zu den ungewöhnlichsten Schaustücken des Diözesanmuseums Graz. Die Dame wurde zwar nie heilig gesprochen, aber im Volksglauben als Heilige verehrt, nimmt sie einen interessanten Stellenwert in der Frömmigkeit des Alpenraumes ein.

Die bekleidete Frau am Kreuz wird mit Namen Wilgefortis oder auch Kümmernis genannt, und sie ist eigentlich keine »Heilige«. Vielmehr muss ihre Person dem mythologischen Volksglauben zugerechnet werden. Umso erstaunlicher sind die Legenden, die sich um ihr Leben ranken.

Die Darstellung der Kümmernis steht unmittelbar in Zusammenhang mit einem mittelalterlichen Bildtyp des Christus am Kreuz, wobei Jesus Christus dabei ein langes Triumphgewand trägt, das auch mit Schmucksteinen verziert sein kann. Kulturhistorisch spielt die südländische Kleidermode, bei der auch Männer lange Gewänder (Tunika) trugen, eine Rolle. Dagegen herrschte im Norden Europas und unter den Menschen der Völkerwanderungszeit die Hosentracht vor. Ein besonders bemerkenswertes Exemplar dieser Triumphkreuze ist die in Lucca bewahrte Darstellung des Volto Santo aus dem 8. Jahrhundert: Sie zeigt Jesus Christus nicht bis auf das Lendentuch unbekleidet, sondern im prächtigen Kaiserrock und gekreuzigt.

Seit der Mitte des 15. Jahrhunderts wurde daraus die Geschichte einer Braut wider Willen. Rasch verbreitete sich die Legende. So sei Wilgefortis um das Jahr 130 die Tochter eines heidnischen Königs gewesen, die sich zum Christentum bekannte, sich taufen ließ und sich gegen die vom Vater erzwungene Heirat wehrte. Die Auflehnung gegen den Vater brachte sie in den Kerker. Zudem erbat sie sich eine Verunstaltung, um ihre Gunst bei den Männern zu schmälern. Ihre Gebete wurden erhört, ihr wuchs ein Bart. Der erzürnte Vater ließ sie daraufhin ans Kreuz schlagen. Doch bevor sie an diesem verstarb, verkündete sie den Glauben Jesu Christi und bekehrte viele zum Christentum. Ihr Schicksal führte wohl auch zum sprechenden Zweitnamen Kümmernis.

An das Volto-Santo-Bild knüpft auch die Geschichte vom armen Spielmann, dem das Bild auf wundertätige Weise einen goldenen Pantoffel zuwirft. Auch diese Geschichte wird ab dem 15. Jahrhundert auf Wilgefortis übertragen. Der wegen des Diebstahls verurteilte Musikant durfte noch einmal vor der Heiligen aufspielen. Als Zeichen seiner Unschuld löste sich der zweite Pantoffel vom Fuß der Wilgefortis.

So ist aus dem Unterschied zwischen südlicher Kleidungstracht und nordischer Hosenmode das Missverständnis der bärtigen Frau am Kreuz entstanden. Als frommes Vorbild verbreitete sich die Wilgefortis/Kümmernis. Darstellungen haben sich vor allem im Alpenraum als Besonderheit gelebten Volksglaubens erhalten.

Die Kümmernis der Titelseite ist eines von nur zwei Bildwerken in der Steiermark. Sie besticht vor allem durch die Art ihrer

Darstellung und ihre prunkvolle Kleidung und zieht mit ihrer Besonderheit alljährlich BesucherInnen des Diözesanmuseums Graz in ihren Bann.

Heimo Kaindl

DIÖZESANMUSEUM GRAZ

Das Museum der steirischen Kirche
Bürgergasse 2, A 8010 Graz
www.dioezesanmuseum.at